미 CIA
스파이
유리

미 CIA 스파이 유리

초판 1쇄 발행 2025년 5월 15일

지은이 박현숙
펴낸이 박현숙
펴낸곳 오림 Noon Forest
출판등록 제2024-000032호

교정 김지원
디자인 정윤솔
편집 정윤솔
검수 한장희, 이현
마케팅 김윤길

주소 서울특별시 중랑구 상봉로 131 상봉 듀오트리스 B
이메일 nonthru@naver.com

ISBN 979-11-992596-0-7(03810)
값 18,000원

- 이 책의 판권은 지은이에게 있습니다.
- 이 책 내용의 전부 또는 일부를 재사용하려면 반드시 지은이의 서면 동의를 받아야 합니다.
- 잘못된 책은 구입하신 곳에서 바꾸어 드립니다.

미 CIA 스파이 유리

박현숙 지음

숲林 Noon Forest

작가의 말

『KGB 스파이 유리』의 속편이다. 등장인물과 내용 전개가 전편에서 이어진다. 전편을 읽은 독자들의 「유리는 어떻게 되었어요?」라는 질문을 받고 힘을 얻어 속편을 내게 되었다.

독자들은 소설 내용을 사실처럼 느낄지도 모르겠다. 채택된 소재들은 국내외의 신문 잡지와 인터넷, TV 방송 등에 다양하게 공개돼 있는 것들이다. 공개된 사건과 사례들과 그에 관련됐던 조직들, 장소, 시간, 상황을 각색하고 가공의 인물들을 개입시키며 구성했다. 따라서 Fact와 Fiction을 결합한 Faction이다. 조직, 기관들의 명칭과 장소는 그대로 차용했다.

아직 구상은 없지만 언젠가 제3편을 이어서 낼 수 있으면 좋겠다.

2025. 5. 박현숙

차례

작가의 말 ·· 5

전편 『KGB 스파이 유리』에서 ··· 8

1. 포섭 ·· 10
2. 재회 ·· 41
3. 아이코 ··· 65
4. 파견 ·· 76
5. 마카오 ·· 100
6. 예레나 ·· 130
7. 밀수 ··· 149
8. 9.9절 ··· 166
9. 576kg ·· 184
10. 소환 ··· 198
11. 신년 ··· 213
12. 위조 ··· 236
13. 위축 ··· 262
14. 사스 ··· 273
15. 붕괴 ··· 281

전편 『KGB 스파이 유리』에서

1968년, 여름방학에 동해안에서 실종된 중학교 3학년 외동아들 유리는 소련으로 납치되어 온갖 고초와 외로움을 부모님을 그리워하는 마음으로 이겨 내며 KGB의 스파이로 양성되었다. KGB 스파이가 된 유리는 독일과 평양과 벨기에에서 스파이 활동을 하였고, 1985년 12월에는 서울로 잠입했다.

KGB의 동료 스파이 로라와 부부조로 세종로의 빌딩에 공작 거점인 위장업체 〈안트베르펜〉을 오픈하고 스위스 샤프하우젠의 IWC 시계와 벨기에 안트베르펜의 다이아몬드를 수입 판매하며 정보 수집 공작 활동을 활발히 전개하고 있었다. 비밀리에 고향을 찾아가 보니 원자력발전소가 들어서 흔적조차 없었고 부모님은 미국으로 이민을 가신 것을 알았다.

1991년 소련이 붕괴되어 14개의 독립 국가들로 분리되고 12월 3일에 KGB마저 최종적으로 완전 해체됨으로써, 유리와 로라는 모스크바 본부와의 연결고리가 끊어지고 단절되었다. 낙동강 오리알이 된 것이다. 그런 처지에서 두 사람은 생존해 나갈 앞길을 함께 고민하였으나 러시아 태생인 로라는 고국 러시아로 돌아가기 위해 1991년 12월 18일 김포

국제공항을 통해 출국하게 되었다.
 로라가 출국장으로 들어간 후 바깥 로비에 홀로 멍한 채 앉아 있던 유리에게 백인 여자 하나가 접근해 오더니 서울 시내로 들어가는 길을 묻는다.

 유리는 아무 의심 없이 그녀를 자기 차에 태우고 시내로 들어가고 있었다.

1.
포섭

「유리 씨!」

「……? 나를 잘 아시는군요!」

「예, 솔직히 그렇습니다. 시간을 좀 내 주시면 저가 상세히 말씀드리겠습니다.」

「시간을 내라고요?」

KGB 스파이 유리를 지켜보다가 치밀하게 접근하여 유리의 차에 동승한 이 여자가 태연하고도 부드럽게 말하고 있었다. 유리는 당황하기보다는 혼란스러웠다. 이 여성이 자기를 훤히 지켜보고 있었고, 로라의 출국 일정도 알았고, 절망적으로 심란하고 처량해진 자기에게 타이밍을 잡아 접근한 것임이 분명했다. 경계심이 들기보다 먼저 쾌씸했고 적의를 느꼈다. 순간 즉시 허리 벨트 이중 가죽 속의 비밀 주머니에 숨긴 살인 공작 독약 앰플에 손이 갔다. 「이 여자를 지금 죽이고 차를 돌려 공항으로 가서 어디로든 출국해 버릴까?」 망설였다. 그러면서 이상하게 동시에 자포자기하고 있었다. 한국을 떠나든가 아니면 언젠가는 자수를 해야만 되는 자신의 처지가 떠오르며 기운도 의지도 빠지고 있었다. 이 여자의 미모와 차분하고 부드럽고 우호적인 태도는 유리의 적의도 거부감도 무너뜨리고 있었다. 절망한 포로처럼 긴장도 적의도 불안도 없어졌다. 조용히, 순순히 따라도 괜찮을 것 같았다. 다른 선택지도 없었다. 「운명일까? 미인계인가?」 생각하고 있었다.

「드래곤 힐 호텔로 가시지요!」 한강대교의 끝단이 보일 때 그녀가 말했다. 그 잠시 후 드래곤 힐 호텔 카페의 구석 자리에 마주 앉았고 커피를 시켰다.

「유리 씨, 전혀 긴장하지 마세요!」 서로 마주 앉자 긴장감을 못 감추는 유리에게 그녀가 풀린 자세로 앉아 「아무 일도 아닌 것」처럼 딴전을 부리며 내뱉는 말이었다.

「황당하군요! 당신은 나를 이미 잘 알고서 이렇게 접근했고, 나는 당신을 전혀 모릅니다!」

「유리 씨에게 최대한 적극 도움이 되도록 할 것입니다.」

「이런 상황에서……. 말치장 말고 직설적으로 솔직히 말하세요!」

「예, 그게 우리들의 스파이 세계에서는 신뢰의 기준이니까요! 나는 주한미국대사관 CIA 거점 요원 〈니콜〉입니다. 우리 CIA는 제네바에서 로라를 감시해 왔습니다. 유리 씨가 제네바에 나타나 로라를 만나고 소련으로 돌아가는 것도 파악했습니다. 또 로라가 제네바를 떠나 모스크바로 복귀하는 것을 확인했는데, 갑자기 서울로 들어왔고 맨 처음 만난 사람이 유리 씨였습니다. 그래서 우리는 서울에 있는 유리 씨를 알게 됐습니다.」

「……?」

「유리 씨와 로라에 대해서는 우리 CIA만 알고 있습니다. 한국의 국가안전기획부 등 정보수사기관들에는 절대 비밀로 지키고 있습니다. 안심하시기 바랍니다.」

「놀랍습니다!」

「놀랄 일도 아닙니다! 우리는 솔직히 유리 씨의 머릿속에 있는 모든 것을 다 알고자 합니다. 디브리핑입니다. KGB에서도 우리와 다르지 않을 것입니다. 정보적 가치 여하는 둘째입니다. 최대한 기억해 내서 말해 주시면 됩니다. 그것이 신뢰성의 확인 절차이고 협력의 시작이고 지속 가능성과 성패를 결정합니다.」

「물론이겠지요!」

「유리 씨는 조사 신문 받는 일이지만, 우리는 매뉴얼상 면담(Conversation)입니다. 디브리핑한 내용을 본부에 보고하면 유리 씨의 신뢰도와 활용 방안이 평가되고, 그에 따라 다음 단계가 결정되고 추진될 것입니다.」

「잘 압니다.」

「솔직히 말해…… 당신을 활용해 나갈 방안과 수준을 정하고, 지급할 보수도 정하는 근거가 될 것입니다.」

「보수요?」

「당연하지요! 너무 앞서가는 얘기입니다마는… 본부가 결정합니다. 당신이 앞으로 할 수 있는 일이 무엇인지, 또 얼마나 중요한 것인지에 따라 좌우될 것입니다.」

「내가 어떤 상황에 처해 있는지는 판단이 안 섭니다마는… 기왕지사이니 최대한 적극 협조하겠습니다!」

「디브리핑 기간 동안에 유리 씨가 필요하신 것, 도움받으실 일이 있으면 불편이 없도록 전적으로 지원하겠습니다. 우리의 진심을 이해해 주시기 바랍니다!」

「아시겠지만 나는 속히 이사를 해야 됩니다. 싼 집을 구해야 됩니다.」

「아마 그 문제는 쉽게 해결될 수 있을 것 같은데요.」

「무슨……?」

「이 호텔 아래 미군기지에는 우리의 안전 가옥들이 있습니다. 당신이 당장 들어가 지내며 대화할 수 있는 주거 겸 업무시설입니다. 당신이 동의하시면 당장 들어가실 수 있습니다.」

「……예?」

「면담은 업무 시간에 따릅니다. 일과 후와 주말은 휴식 시간입니다. 외출해도 됩니다. 시간표에 맞추어 복귀하면 됩니다. 그러나 한국에서 신변이 가장 안전한 곳은 여기 기지 안입니다. 외출 중 한국 정보수사기관에 체포되거나 또는 언론에 노출되면 모든 것이 허사가 됩니다.」

「명심하겠습니다. 실수는 없을 것입니다.」

유리는 곧 그녀를 따라 용산미군기지의 CIA 안전 가옥에 들어갔다. 안가는 철조망과 시멘트 담장이 둘러싼 구역 속의 잔디밭 마당이 있는 단층 건물이었다. 밖에서 보기보다는 내부가 널찍했고 침실, 휴게실, 식당과 욕실을 갖추고 있어 일반 주택 같았다. 그러나 컴퓨터 통신실과 책상 두 개를 맞붙인 면담실은 전혀 다른 분위기의 조사실이었다.

「이 집에서 〈면담〉을 종료할 때까지 지내시겠습니다.」 니콜이 말을 이어 나갔다.

「제 생각에 아파트는 반납하셔도 될 듯합니다. 빈집에 비싼 월세를 내기보다는…….」

 그 말을 듣고 유리가 잠시 망설일 때에 현관문이 열리며 두 남자가 들어왔다. 미 대사관의 CIA 거점장과 한국계 미국인 요원이었다.
 그들은 유리가 앞으로 지켜야 할 행동 요령과 〈면담 진행 방법〉에 대해 설명했다. 또 잠시 협의 결과 면담은 모래부터 시작하기로 정했고, 오늘 바로 아파트에서 짐들을 옮겨 오기로 했다. 일사천리였다. 유리의 아파트는 기본 계약 기간이 지나 있어서 언제든지 계약 해지를 할 수 있는 상태였던 것이다.
 함께 유리의 아파트로 가니 요원들이 이미 현관에서 기다리고 있었다. 그들은 유리와 로라의 물품들을 일일이 체크했고, 대형금고 속에 숨겨 놓은 서울과 모스크바 KGB 본부 간에 교신하던 암호통신 컴퓨터, 모스크바로 회송하지 못한 채 파기하지도 않았던 암호통신 디스켓 등 암호자재들, 보고 전문 파일과 수신 해독 전문 파일들까지 모두를 미 대사관의 CIA 거점으로 옮겼다.

「모두 미국 본부로 보낼 겁니다. KGB 통신시스템을 해킹하는 데 도움이 될 수 있는지 본부의 과학통신기술 부서에서 분석할 것입니다.」
「성과가 좋으면 유리 씨에게 보상도 비례할 것입니다.」 옮기는 짐들을 지켜보면서 거점장이 조용히 말했다.
 그 말에 유리는 기왕지사 보상에 대한 기대도 생겼다. 이제부터는 살아가자면 돈이 필요하기 때문이었다. 이렇게 유리는 순식간에 집과 짐까지 정리하고 용산미군기지 속의 주한 CIA 거점 안전 가옥으로 들어갔다.

저녁에는 CIA 요원들이 안전 가옥으로 왔고 기지 속 슈퍼마켓에서 와인과 피자와 식재료들을 사 와서 식사 겸 술도 마셨다. 이튿날은 쉬고 모래부터 면담을 시작하기로 했다.

1991년 12월 20일 금요일 오전 9시에 면담이 시작되었다. 자유롭고 활기가 있었지만 진지한 분위기였다. 따라서 대화라기보다는 신문(訊問)이었다. 그때까지 있었던 모든 일들을 세세히 정확히 최대한 기억해 내는 작업이었다. KGB에서 겪었던 일들, 교육받고 습득한 내용, 알고 있는 KGB 요원들의 신원 사항, 포츠담 모스크바 평양 안트베르펜에서 익히고 알게 된 정보들과 활동 내용들을 진술했다. 맨 처음에 한국 동해안에서 소련으로 납치된 경위, 블라디보스톡과 모스크바에서 겪었던 수사관들과 조사받은 내용, 포츠담 고등학교 생활, 상트 페테르부르크(레닌그라드) KGB 군사방첩학교의 교육 내용과 교관들 신원 사항, 예레나와 남편 알버트와 아버지 게오르기 쥬코프 장군과 어머니 예카테리나 부인과 동생 이반, 모스크바 KGB 제르진스키 하이스쿨의 교육 내용, 포츠담 KGB 7번 기지의 임무 역할 및 활동 내용, 모스크바의 서혜령과 성혜림, 스위스 유학 왕대장, 평양의 조선로동당중앙당청사 및 서기실 대상 통신위성 연결 감청공작, 최현 장군, 보위부 현무광, 유리 부모님의 미국 주소, 서울의 안트베르펜 무역, 로라까지 최대한 상세히 기억하며 사실대로 진술했다.

CIA 주한 거점은 위 내용을 본부에 보고하고 또 본부의 지시사항을 추가 신문하여 보고하느라 여러 날을 보내고 있었다. 연말연시의 휴일도 없었다. 처음에는 한국 거점의 알렉스가 신문을 주도했는데 이틀 후에는 본부의 소련 담당과 북한 담당 전문가들이 긴급히 날아와서 직접 신문했다. 신문이 종료된 후에는 CIA 요원이 유리와 동행하며 북한산 도봉산 관악산을 등산하는 등 시간을 보냈지만, CIA 본부의 최종 지시를 기다리면서 몇 번 내려온 추가 질문과 보충 사항들을 신문하며 보고하고 있었다.

한편 CIA 본부는 유리의 아파트에서 긴급히 통째로 가져간 KGB의 암호통신컴퓨터와 암호자재들을 역공학(Reverse Engineering)으로 분석하며 KGB 통신망으로 침투를 시도하고 있었으나 성과가 없었다. 실무자인 유리의 도움이 필요했다. 그러자 유리를 미국 CIA 본부로 불렀다.

1992년 1월 둘째 주말, 유리는 출장을 왔던 CIA 본부 요원 두 명과 함께 오산 비행장으로 가서 미 군용기에 탔다. 미군기지를 통해 출국함으로써 한국에 유리의 출국 기록을 남기지 않았다. 다음 날 워싱턴 D.C. 동남쪽의 앤드류스 공군기지에 도착했고 곧바로 노던 버지니아 랭글리 CIA 본부가 가까운 포토맥 남쪽 강변 언덕 위의 안가로 들어갔다. 그날 하루는 휴식이었다.

다음 날 유리는 그들을 따라 CIA 보안실(Center for CIA Security)로 갔고 여기서도 KGB처럼 먼저 유리의 성명, 그간 사용한 가명, 생년월일, 국적, 출생지, 주소, 학력, 경력, 소속, 계급, 가족관계, 부모님의 미국 주소까지 적은 신원진술서와 보안서약서를 작성하여 제출하고 선서도 했다. 곧 CIA 과학기술국장(Directorate of Science and Technology) 산하 프로그램분석 및 시스템공학 연구소의 역공학(Reverse Engineering)실로 갔다. 서울에서 가져온 유리의 KGB 암호장비, 암호자재, 암호전문(電文) 원문 디스켓들을 테이블에 놓고 RE실장과 적국 암호 분석 해독 요원, 암호통신 해킹 공작 요원, 통신감청기술 연구 요원들이 기다리고 있었다.

「어서 오십시오! 오시느라 수고 많았습니다.」 RE실장이 눈빛을 번쩍이며 유리를 맞이했다.

「우리는 모든 적국과 우방국에 대해 정보 보안 기관과 외교 국방 경제 과학기술 분야 기관들의 암호체계를 분석하여 해독하고 암호통신컴퓨터와 네트워크와 웹서버에 침입하는 일을 합니다. 해킹을 하는 것입니다. 어느 국가든지 특히 정보 보안 기관들은 해킹에 대한 방어 시스템이 고도로 까다롭습니다. 국가마다 각기 암호체계를 독특하게, 극도로 복잡하게 만들어 운영하기 때문입니다.」

「그렇겠지요! 이해가 됩니다.」

「우리는 빨리 당신의 이 암호통신컴퓨터로 모스크바의 구 KGB 컴퓨터 시스템에, 웹서버에 접속해 보고 싶습니다. 유리 씨가 도와주면 되지 않을까요?」

「유리 씨, 우리는 기대도 크고 또 책임도 무겁습니다.」

「이것들을 가지고 우리가 해킹에 성공한다면 실로 CIA의 역사적 사건으로 기록될 것입니다.」

「우리의 실력을 좀 자랑해 보고도 싶습니다. 물론 대외적으로는 비밀이라 CIA 내부적으로 또 당연히 백악관에만 자랑하는 것입니다.」

저마다 한마디씩 하는 기술 요원들은 의욕과 기대가 컸다. 젊고 스마트해 보였고 부드러웠다. 순간 어릴 때 자신이 KGB에 처음 납치되어 가서 겪었던 끔찍한 고문들이 머릿속을 스쳐 가며 분개심이 일었다. 그 적개심은 유리를 CIA에 적극 협조하겠다고 마음먹게 만들고 있었다.

「아, 예! 적극 시도해 보겠습니다.」 유리는 대답하며 서울에서 옮겨온 암호통신컴퓨터 단말기 앞에 앉았다.

「KGB의 침입 방어 시스템은 다중으로 복잡합니다. 먼저 야센바에 연결되는 단말기는 컴퓨터의 부팅 암호가 독특합니다.」 유리가 컴퓨터를 부팅했다.

「이렇게 부팅 후 네트워크에 로그인되는 암호도 복잡한데요. 매달 1일에 바뀝니다. 우리 요원들만 아는 공식과 룰이 있습니다.」

「아! 그래서… 그랬던 거군요!」

「또 본부가 인증해 준 요원 ID와 Password로 로그인을 통제합니다. 삼중으로 하는 것입니다. 이렇게 시간이 좀 걸립니다. 진행이 좀 느리지요?」 유리가 시범을 보이며 설명하고 있었다.

「아! 타이밍을 독특하게 이용하는군요! 그런데 시간이 꽤 걸리는군요…….?」

「이렇게 시간 지체 타이밍이 있다는 비밀을 모르면 시도를 포기해 버리겠군요……!」

「바로 그겁니다! 그뿐만 아니라 해외 거점의 암호통신컴퓨터 단말기들에 대해서는 접속 때마다 IP주소의 발신지 위치를 자동추적 확인합니다. 이 암호통신컴퓨터 단말기의 발신 위치가 한국에서 미국으로 바뀌었으니 접속이 당연히 거부될 수밖에 없습니다. 반복 시도하면 완전히 차단될 수도 있습니다.」

「그건, 서울의 유리 씨 아파트를 IP 주소와 발신지로 〈IP 우회〉 작업을 이미 해 놓았습니다.」

「예? 아, 당연히 그랬겠지요!」

「그러면 송신과 수신 방법을 설명하겠는데요…….」 유리는 그들의 조치에 놀란 채로 설명을 이어 나갔다.

「송신은 암호통신컴퓨터를 이렇게 송신 모드로 돌려 놓고요, 송신할 원문 디스켓과 송신용 난수 디스켓을 각각 이렇게 삽입합니다. 그리고 송신할 원문을 하나씩 차례로 선택해서 엔터키를 치면 암호 디스켓에 의해 자동으로 암호가 변환되면서 송신됩니다. 이렇게…… 간단하지요?」

그들이 고개를 끄덕였다.

「다음으로 수신 방법은…… 본부에서 전문이 들어오면 컴퓨터 본체의 이 작은 구멍에 불빛이 켜집니다. 그때 수신 모드 스위치를 이렇게 켜면 수신된 전문들 리스트가 뜹니다. 그에 따라 해독용 난수 디스켓을 여기에 꽂아 주고 수신 전문을 차례로 선택하면서 엔터키를 치면 자동으로 해독되어 출력됩니다.」

「우리 CIA와 똑같은 방식이군요!」

「기계, 암호통신 컴퓨터만 다를 뿐이군요!」

「모스크바 본부에서는 이렇게 송신하고 수신한 암호문들 모두를 웹서버에 데이터로 존안하고 있습니다.」

「그건 우리 CIA도 마찬가지지요!」

「그렇다면 암호통신컴퓨터, 네트워크, 웹서버 이들 세 개를 다 뚫어야만 되겠군요!」

「유리 씨가 송신한 전문 원문들과 그것을 암호로 변환했던 송신용 암호자재 디스켓들, 수신한 전문들과 그것을 해독했던 수신용 암호자재 디스켓들, 암호통신컴퓨터 단말기까지 우리에게 다 있습니다. 이것들을 리버스 엔지니어링(역공학)으로 분석하면 KGB의 암호체계에 뚫고 들어갈 수도 있을 것입니다. 희망적입니다!」

함께 있던 기술 요원들은 앞으로 해킹 성공에 대한 기대가 더 커지고 있었다. RE실장은 유리에게 다시 고맙다고 인사하며 나갔다.

그날부터 CIA는 최고의 해커들과 암호전문가들과 컴퓨터 엔지니어들은 유리의 도움을 받으며 함께 암호통신컴퓨터 단말기와 암호자재에 대한 리버스 엔지니어링을 본격 개시했다. 자체의 슈퍼컴퓨터를 동원하여 구 KGB의 암호체계와 암호컴퓨터의 운용체제를 분석하기 시작했다. 유리의 단말기에 깔려 있는 기존 KGB의 시스템을 이용하여 한 달 전인 12월에 신설된 SVR(해외정보청)과 FSB(연방보안부)의 컴퓨터망에 침투하고 해킹하는 방안을 본격 연구하기 시작한 것이다.

1992년 1월 말, 그들은 KGB 컴퓨터 시스템 암호체계의 코드락 알고리즘을 뚫었고 프로그램 소스를 알아냈다. 수학의 무한소수를 이용하여 삼중으로 뒤얽어 만든 고난도의 시스템이었다. KGB가 1991년 12월 해체되었다가 FSB와 SVR으로 분리되어 되살아나서도 여전히 사용하고 있었던 암호체계를 풀어낸 것이다. 또 앞으로 그들이 획기적으로 완전히 새로운 암호체계로 바꾸지 않는 한, 이것을 바탕으로 변형하거나 새로 제작하는 암호들도 해독할 수 있을 것 같았다.

이제부터는 러시아의 SVR이나 FSB가 정상적으로 사용하고 있는, 살아 있는 암호통신컴퓨터 단말기나 암호통신회선 네트워크를 확보하여 침투만 한다면 시스템을 총체적으로 해킹할 수 있을 것 같았다. 만일 그들이 알게 되면 경악하고 기절할 사건이었다.

CIA의 해커들은 우선 일차적으로 유리의 단말기를 사용하여 유리의 ID와 Password와 서울 용산 주소로 만들어 놓은 우회 IP로 야센바 SVR 본부의 컴퓨터 시스템에 접속을 시도했다. KGB는 1991년 12월 3일 최종 해체되었고, 12월 18일 이를 쪼개서 4개 기관으로 만들었는데 SVR(해외정보청)은 4개 중 하나였다. KGB의 제1총국 등 해외업무를 수행하던 몇 개 부서를 합쳐 만들었고 KGB가 해 오던 해외 공작을 계승하는 것이었다. 그러나 모스크바의 본부도 해외지부들도 KGB가 해체된 후 분리 독립된 지가 아직 두 달째라 제정신이 아니었다. 요원들은 신규 보직 등 새로운 인사 명령도 못 받은 상태였다. 자신이 어디로 소속되어 살아남을지 잘리게 되는지도 모르는 불안한 상태였다. 그런 와중이라 해 오던 업무도 손을 놓고 있었다.

유리의 암호통신컴퓨터 단말기와 본부 제1총국 흑색공작실 사이의 통신은 1991년 12월 3일 KGB가 해체되고 나서도 송수신이 단절된 채 회선만 살아 있다가 언젠가 끊어졌었는데 지금도 접속되지 않는 것이었다. SVR에서 유리의 ID를 차단한 것인지. 유리의 서울 KGB 흑색 거점을 폐쇄시키면서 거점 IP를 차단한 것인지, 둘 다 때문인지 알 수가 없었다. 모스크바로 돌아간 로라가 투철한 충성심으로 차단 조치를 하게 했을 것도 같았다. CIA 요원들은 기대감과 의욕이 잔뜩 컸던 탓에 실망보다는 좌절하고 있었다. 유리도 CIA에서 쓸모가 없어지는 자신의 모습이 실감됐다. 이제는 언제라도 팽당할 것이었다. 유리의 희망도 생존도 위기 속으로 빠져들고 있었다. 공작 건을 제안해서 살길을 만들어야만 했다.

―――

「벨기에 안트베르펜의 흑색 거점 이오시프 무역사와 이바노브 씨는 KGB에서 보물이었습니다. 그들이 절대로 포기하지 못합니다. 그곳을 뚫어 봅시다.」 유리가 제안을 했다.

「…….」

「뭐라고요?」

「왜요?」

「너무 중요한, 뿌리 깊이 정착된 곳이기 때문입니다. 그대로 살아서 활동하고 있을 것입니다. SVR로서든 FSB로서든 무리해서라도 살려 가야 할, 놓치면 안 될, 운영해야 할! 중요한 곳이기 때문입니다!」 유리가 다시 강조했다.

「검토는 해 보지요…….」

「보고는 해 보겠습니다만……」 그들이 유리의 눈빛을 예리하게 잠시 들여다보더니 말했다.

「내가 한국에 침입하기 전에 이오시프 무역사에서 아홉 달 동안 실습을 했습니다. 이오시프의 암호통신컴퓨터 단말기를 직접 사용했고요. 훤히 잘 알고 있습니다. 이바노브 씨도 그때 나와 함께 일했던 사이니까요! 그곳에서 30년째 고정 말뚝이고요!」

그들은 귀가 솔깃해지는 듯 표정이 바뀌고 있었다.

「우리는 기술 분야라 그런 공작사업을 결정하고 실행하는 것은 우리의 권한 바깥입니다. 위에 보고를 하면 관련 부서들이 협조해서 결정할 것입니다.」

「보고는…… 해 보겠습니다.」

이틀 후에 유리는 CIA의 공작국장 회의실로 안내되었다. 회의 테이블에는 공작국장과 산하의 벨기에 담당 서유럽지역과장과 요원들, 또 과학기술국장과 그 산하 첨단기술과장과 RE실장과 해킹 공작 엘리트 요원들이 모두 모여 있었다. 그들은 회의를 시작하며 맨 먼저 유리에게 「이 공작의 모든 과정을 안내한다, 실패하면 책임을 진다고 서약하시오!」라고 거칠게 말했다.

실패하면 유리의 책임이고 성공하면 자기네 공이라는 것이었다. CIA도 웰빙(wellbeing)주의와 출세주의 관료들의 문화였다. 위험부담과 자기희생으로 국익을 추구하기보다는 출세와 이익을 타산하는 관료주의였다. 무소불위의 권한으로 소련 사회의 지배자였던 KGB가 조직 자체도 요원들도 자기 이익 추구에만 매달려 있었던 모습과 다르지 않아 보였다. 그런 KGB는 결국 자신의 숙주인 소련을 사망시키지 않았던가?

유리는 자신의 생존을 위해 안트베르펜의 이오시프 무역사에 대한 해킹 공작 방안을 설명했다.

「첫째 방안은 이오시프 무역사의 암호통신컴퓨터에 해킹 프로그램을 설치하는 것입니다. 내가 해킹 공작 기술자를 안전하게 침투시키고 작업을 마치게 현지에서 도와주는 것입니다. 모든 책임을 저가 지는 것입니다!」

「아주 좋습니다.」

「그런데 유리 씨, 둘째 방안도 있다는 것입니까?」

「예, 그렇습니다. 두 번째 방안은 이오시프 무역사 빌딩의 광케이블 노드(Node)에 감청라인을 연결하여 기존 KGB 네트워크를 상시 해킹하는 것입니다.」

「그것도 좋겠는데요……? 우리가 이미 모스크바의 암호체계를 뚫었으니 본부의 웹서버까지도 해킹하자는 것인가요?」

「이거 좀 솔깃한 말인데……!」

「글쎄……. 성공만 한다면 획기적인 건 분명해!」

다들 반신반의하면서도 기대감을 드러내는 말투였다.

「예. 바로 그것입니다! 제가 필사즉생의 각오로 실행해 보겠습니다!」

「유리 씨, 당신은 현재 KGB의…… 아니, SVR과 FSB의 내부 상황이 어떻게 돌아가고 있다고 보십니까? 당신이 왜 이런 말을 하는지 궁금하군요?」

「이에 대해서는 CIA 여러분이 훤하게 잘 아실 테지요!」

「당신 생각을 그냥 말해 보세요. 우리가 듣고 판단하니까요!」

그들은 공격적으로 유리를 자극했다. 그렇다고 맞설 일도 아니었다. 유리를 테스트하는 것이 분명했다. 유리는 설명을 해야 했다.

「1989년부터 1991년 12월 사이에 동유럽의 공산정권들이 붕괴되고 소련군도 KGB도 철수했습니다. 1991년 12월까지 소비에트연방의 공화국들도 모두 독립했고, 12월 26일에 소련도 해체되어 크렘린에서는 소련 국기를 마지막으로 내렸고 혁명(1917년) 전의 러시아 국기를 다시 올렸지요. 그런데도 폴란드(~1993. 9. 18.)와 동독(~1994. 9. 1.)에는 해체된 KGB와 소련군이 아직도 멀쩡히 남아서 빈사 상태로 버티고 있어요. 그런 상황에서 소비에트연방의 공화국 14개가 독립한 것은 해체된 KGB 요원들에게 설상가상이지요! 동유럽 국가에 있는 KGB 지부와 소비에트연방 공화국들 지부의 요원들은 이중 해고된 처지가 됐어요. 더구나 소련 경제의 패망 지경은 KGB 실업자들과 그 가족들에게는 아주 가혹합니다. 치안 공백과 무질서 혼란과 부패는 극으로 치닫고 정상적인 것은 소련에 아무것도 없어졌습니다. 비상식과 불법을 누구도 문제 삼지 않습니다.」

유리는 계속해서 얘기했다.

「소련군은 탱크 전투기 중장비까지 국내외의 암시장에 팔아 치우고 있어요. 채굴 석유도 유조선째로 밀수출됩니다. 어선들이 조업하는 수산물도 그래요. 통제도 간섭도 없고 거래선만 연결되면 누구나가 무슨 짓이라도 서로가 먼저 다 해 먹으려고 합니다. 해외의 KGB 지부 소속이던 실직자들은 암호통신장비나 무기와 비밀문서까지 들고 현지 새 정부에 줄을 댑니다. 그럴 수 있는 자들은 그나마 행운이지요. 대부분은 암울

하게 모스크바로 돌아가야 합니다. 서유럽 국가에서 활동하던, 나와 같은 흑색 요원들은 모스크바로 돌아간다 하더라도 찾아 들어갈 소속 사무실도 없어요. 최악의 경제난 속에 각자도생해야 해요! 암호통신 장비와 자재와 문서를 들고서 영국 MI6 등 서방국가의 정보기관을 찾아가 문을 두드리는 요원들도 있습니다. 이런 상황을 이용하여 KGB 요원 매수와 컴퓨터 시스템 침투 공작을 벌이자는 것입니다!」

「…….」 모두가 진지해져 듣고 있었다.

「내가 전에 일했던 안트베르펜의 이오시프 무역사와 흑색 요원 이바노브를 목표로 해 봅시다.」 유리는 이 말을 하면서 어쩐지 마음에 가책이 느껴졌다.

「안트베르펜이 아니라 앤트워프로 부릅시다. 영어로요!」

「그렇다면 우선 이오시프의 현재 상태를 현지 요원을 통해 긴급 확인해 봅시다!」

그 자리에 있던 요원들 몇 명은 유리에게 모멸적 태도를 보이며 빈정대는 어투로 브레이크를 걸었고 다른 몇 명은 기대 섞인 반응을 보이기도 했다.

「지금의 러시아 정보 요원들의 상황에서는 가능성이 높다고 자신합니다!」 유리는 더 강조했다.

며칠 후 브뤼셀의 CIA 거점으로부터 「이오시프 무역사도 이바노브도 활동 중」이라는 보고가 왔다. 〈이오시프는 본부와 단절돼도 자생하는 완전히 현지화된 영구적 전진 거점〉임을 확인한 것이었다. 그에 따라 2차

회의를 했다. 2차 회의에서는 분위기가 마치 간절히 기다려 왔던 것처럼, 유리에게 매달리는 것처럼 돌변해 있었다. 인간의 마음이란 이랬다. 이오시프사를 통해 컴퓨터 시스템 해킹 공작을 추진하기로 즉시 결정된 것이었다.

그에 따라 유리는 이오시프 무역사의 사무실 및 입주 건물의 구조, 통신선로의 위치, 주변의 환경에 대해서도 지도를 갖다 놓고 그림을 그려 가며 설명했다. 이바노브의 성격과 행동 특성도 설명했다.

즉시 이어서 기술 요원들은 현지에 가서 설치할 컴퓨터통신 공작 장비와 프로그램 등을 신속히 준비했다.

───

유리는 혼자서 앤트워프로 먼저 갔다. 이오시프사와 이바노브 씨의 동향을 사전에 파악해야 했기 때문이다. 앤트워프 국제공항으로 입국해서 택시로 시내로 들어갔다. 이오시프사까지 거리가 걸어서 1km 남짓한 구시가지의 힐튼 호텔에 투숙했다.

CIA 본부는 해킹 공작 장비를 담은 삼소나이트 여행 가방을 미 국무부의 철제 외교파우치 컨테이너에 넣어 미 군용기 편으로 브뤼셀의 미 대사관 CIA 거점에 따로 먼저 보냈다. 공항검색을 피하기 위한 것이었다. 며칠 후 본부의 기술 공작 요원들이 앤트워프 국제공항에 도착한 후 택시 승차장에서 줄을 서 기다릴 때, 브뤼셀의 CIA 요원은 공항으로 입국한 사람이 택시를 타는 것처럼 자연스럽게 그들 사이에 끼여 선 다음, 본부에서 보내온 가방을 슬쩍 놔둔 채 자기 가방만 갖고 혼자 택시를 타고 앤트워프로 가서 이오시프사 근처 호텔에 따로 투숙하기로 했다. 만일 문제 상황이 발생할 경우에 출장 온 요원들을 지원해 주기 위한 것이었다. 모두 유리가 제안한 방식이었다.

힐튼호텔에 혼자서 투숙한 유리는 거리로 나와 호텔 주변 구시가지와 큰길을 건너 중앙역 앞쪽 다이아몬드 구역을 돌아다니며 지형 감각을 되살리고 거리의 변화를 점검했다. 다음 날에도 구석구석 돌아다녔다. 만 7년 전인 1985년 1월 28일 이 도시에 맨 처음 도착했을 때를 회상하며 앤트워프 거리의 공기를 가슴 깊이 들이마셨다. 정확히 7년이 지나 있었다. 사전 정찰을 충분히 해야만 했다.

이오시프사는 그 빌딩 1층에 예전대로 있었다. 이오시프사 매장을 드나드는 사람도 유심히 살폈다. 이바노브 씨가 고용하고 있는 현지 직원들이 어떤 사람인지 동태를 충분히 파악했다. 그러다가 밤에는 계단실의 통신선 단자함과 지하실의 빌딩통신선 통합단자함도 살펴보았다. 설비는 새것으로 교체돼 있었으나 구조는 그대로였다. 자물쇠로 잘 잠겨 있었다. 이렇게 사전 정찰을 마쳤다.

다음은 이오시프사에 들어가서 이바노브 씨와 직원들을 만나야 했다. 얘기를 나누면서 일을 어떻게 추진해 나갈지 감을 잡아야 했다. 내실 금고 뒷벽 구석에 숨겨져 있는 암호통신컴퓨터 단말기에 본부에서 오는 해킹 공작 요원들이 접근할 수 있는 상황과 방법을 어떻게 만들 것인지, 또 계단실과 지하실의 통신 단자함의 KGB 네트워크 노드(Node)에 감청 통신선을 연결시키는 상황을 예의 면밀하게 계획하고 추진해야 했다.

다음 날 유리는 오후를 기다렸다. 긴장도가 높은 오전보다는 퇴근 무렵이 좋을 것이었다. 갑자기 찾아 들어가기보다는 먼저 전화 통화를 하면서 이바노브 씨의 현재 근황과 반응을 파악하는 게 좋을 것이었다. 이오시프사가 들여다보이는 골목 공중전화 부스에서 전화를 걸었다.

「여보세요! 좋은 오후, 이오시프 다이아몬드사입니다.」

「안녕하세요? 이바노브 사장님을 바꿔 줄 수 있을까요? 저는 옛날 친구 유리라고 합니다.」

「물론입니다! 잠깐만요.」

「안녕하세요? 이바노브입니다.」

「안녕하셨어요? 이바노브 선배님, 저 유리입니다, 정말 오랜만입니다!」

「뭐라고요? 누구? 유리? 이거 진짜야? 너 살아 있었구나!」

「예, 살아는 있어요, 너무 고생하고 있지만요!」

「어찌 된 거야? 어디야? 지금 어디서 전화하는 거야? 이 반가운 목소리야!」

평소에 말이 적고 무관심하고 느긋하던 그가 열을 내는 것이 보였다.

「지금 브뤼셀 공항에 있어요. 모스크바로 들어가려고 해요.」

「왜? 너만 먼저 살아난 거냐? 새 보직 명령을 받은 거야? 우리는 아직 소식도 없어!」

「그건 아니지요……. 선배님한테야 그런 문제는 없잖아요? 철 말뚝, 랜드마크인데요?」

「야, 헛소리다! 내 사정을 네가 알기나 해? 모스크바에 지금 왜 들어가? 모두가 빠져나오려고 야단인데……. 상황을 알기나 하냐 너는? 제정신인 거야?」

「한국에서, 서울에서 몇 년 사업을 잘했는데 갑자기 정리를 하느라 오리알 신세가 됐어요, 돈도 없고 거지예요! 먹고살 길을 찾아 보려고 들어가는 거예요…….」

「야! 이 정신 나간 애송이야! 그럴수록 돌아가는 사정을 알기나 하고 움직여라, 멍청아!」

「예?」

「야! 아무튼 들어가는 것은 좀 미루고 여기로 먼저 와라……. 나랑 먼저 얘기라도 좀 해 보자!」

유리는 이바노브 씨가 통화하면서 유리창 안에서 열을 내며 팔을 흔드는 몸짓을 바라보았다. 무거운 몸집과 느린 몸짓의 그가 테이블을 치고 펄쩍 뛰듯 하며 열을 내는 것을 보았다. 그는 진심이었다.

「예, 선배님! 알겠어요. 그럼 비행기 표를 바꿔야 되고 짐도 있으니까 맡겨 놓고 내일 갈게요. 출발할 때 전화드릴게요!」

「그래, 그러자. 이런 상황에서는 충분한 정보를 갖고 잘 결정해라! 큰 코다치지는 말아야지!」

「예, 그럴게요, 내일 뵐게요!」

「그래!」

「선배님! 저가 지금 브뤼셀에서 기차를 타요. 한 시간쯤 걸리겠지요?」
다음 날 유리는 출발한다고 이바노브에게 전화하며 또 거짓말로 알렸다.

「그래, 빨리 네 얼굴 좀 보자! 야! 그런데 네가 전보다 더 멍청해진 거 같은데, 찾아올 수나 있겠냐?」

「예, 선배! 물론이지요!」

─

 여행 가방 하나를 들고 호텔을 나온 유리는 중앙역의 플랫폼까지 들어갔다가 나와서 이오시프사로 걸어갔다. 브뤼셀에서 온 열차 도착 시간에 맞춘 것이었다.
 「야! 반갑다……」 이바노브는 문을 열고 들어서는 유리에게 다가와 거칠게 포옹했다.
 「사람은 환경이 바뀌어야 생각이 생기는 거다, 깨우친다고……! 안락한 자기 집에서는 생각에 변화도 없고 문제를 인식하지도 못한다고! 도전이란 턱도 없는 일인 거야!」
 「예? 무슨……?」
 「네가 애송이에다 멍청해서 모르는 거다! 변화에 처하면 자기를 돌아봐야지, 우리 KGB한테도 위기는 역시 기회다. 너 같은 멍청이가 뭘 알겠냐마는?」
 이바노브는 옛날에 기계 부속품처럼 똑같은 일을 말없이 단순 반복했던 그런 모습이 아니었다. 눈빛이 번뜩이고 있었다.
 「……?」
 「야! 지금 다들 빠져나오려고 기를 쓰고, 각자도생하려고 무슨 일에든 목숨을 거는 판인데, 왜 거기로 들어갈 생각을 하는 거냐?」
 「그런가요?」
 「여기 사창가조차도 다 우리나라에서 쏟아져 나온 애들로 꽉 차 있단 말이다! 환멸을 느낀다, 부끄럽다! 나라 꼴이 이게 말이 되냐?」
 「…….」

「우리 KGB가 여태껏 쏟았던 충성과 희생이 뭐였냐고?」그는 전처럼 내실 금고 뒤편에서 물잔에 보드카를 따라 오고 있었다.」

「그들의 거짓과 기만과 탐욕을 보장해 주기 위해 우리가 목숨을 걸었던 것 아니야?」

「선배, 저 구석에는 아직도 보드카가 있어요?」

「그래! 문제냐? 네가 모스크바로 들어가서 나를 감찰 보고라도 해라! 내가 지금 안 마실 수 있는 기분이냐 너를 만났는데…….」그가 갑자기 뿔끈했다.

「선배! 그런 말이 아닌 거 아시잖아요? 옛날 생각이 나서 물어본 건데요?」

「그래! 내가 예민하구나……. 지금 뭐가 뭔지를 모르겠어……. 어떻게 해야 될지! 힘들어! 우리 기분이나 풀러 가자!」

「예?」

「가자! 따라와!」

함께 간 곳은 지난번 그 사창가였다. 온통 소련 아가씨들이었고 그때의 절반 값에 호객 경쟁을 하고 있었다. 경제난과 통제 붕괴로 쏟아져 나온 것이었다. 지난번 그 집에서 시간을 보내고 나왔고, 호베니에 거리로 돌아와서 이오시프사 옆의 바(Bar)로 갔다. 같은 1층이었다.

「내 꼴이, KGB에서 인정받던 나인데……. 너한테 쪽팔린다!」

「선배님, 생리적인 기능인데요? 먹는 것이, 똥오줌 싸는 것이 죄인가요? 신체는 건강할수록 생리 기능이 강하잖아요? 우리 육신은 빛으로 된 게 아니잖아요? 흙에서 왔으니 흙으로 돌아가는 거잖아요? 죄악이라고요? 먹지도 말아야 된다고요? 거룩해져라, 먹지도 똥 싸지도 말라고요?」

「뭔 헛소리냐?」

「결국 그 말이지요……!」 유리는 이바노브의 말을 잘못 이해하고 있었던 것이다.

「그런 고상한 얘기는 난 관심도 없다, 너희들끼리 해라! 내 말은…….」

「……?」

「생각해 봐! 내가 사망 선고된 KGB에서 아직 말뚝 역할을 맡고 있다는 이 사실을 말이야? 이게 무슨 현실이냐고?」

「나는 자본주의를 그 속에서 숨 쉬며 몇십 년째 살고 있는 존재다!」

「…….」

「나를 반역자라고 모스크바에 보고해라! 아니면, 네가 벨트 속에 숨기고 있는 그 공작용 캡슐 독약으로 나를 죽이고 반역자를 처형했다고 보고해라.」

「……선배! 왜 이러세요?」 유리는 크게 당황했다.

「우리 KGB에서는 거짓 조작이라도 〈반역자〉로 낙인만 찍어 버리면 누구를 죽여도 문제가 안 되잖아……. 적보다 반역자를 더 두려워하는 것이 우리 소련에서 KGB의 역사다. 나를 그렇게 해도 좋다는 말이다!」

「…….」 유리는 괜히 속마음이 저리며 고민에 휩싸이고 있었다.

「너는 한국에서 어떤 경험을 했냐? 답하지 마라!」

「나는 네 눈빛을 보고 말한다. 나를 삼십여 년간 이곳에서 충성한 평생 말뚝 공작관이라고 말한다. 그러나 내가 나를 보기에는 그렇지 않다……. 이젠 나를 반역자라고 말할지도 모른다. 너부터가 말이다.」 그는 눈에서 광채를 번뜩이며 말하고 있었다.

「내가 왜 이러는가? 이런 말까지 하게 되었는가? 세상이 왜 이렇게 바뀌었는가? 소련이 왜 이렇게 무너졌는가? 내가 문제인가? ……너는 내 말의 뜻을 모른다!」

「…….」 이바노브는 깊은 회의에 혼란을 겪고 있는 것이 분명했다. 유리는 그의 마음을 읽고 있었지만 속말을 다 해 주기를 기다리고 있었다. 그러다가 이바노브가 취했고 두 사람은 헤어졌다.

다음 날 오후에도 유리는 이오시프사로 나가서 시간을 보내기 시작했다. 이바노브는 어제의 표정과 달라 보이지 않았다. 그가 어제 했던 말과 고민이 진심인 것 같았다. 그도 깊은 회의에 빠져 있었던 것이다.

유리는 이바노브의 진심을 알고 포섭 공작 여건이 좋다고 판단했다. 랭글리의 CIA 공작국으로 전화하여 「날씨가 좋습니다. 일을 할 수 있겠습니다.」라고 약속된 음어로 간략히 통보했다. 〈여건이 좋다 출장을 오라〉라는 의미였다. 그러자 대기하던 공작 요원들이 다음 날 앤트워프로 출발했다.

―――

기술 요원 출장자들은 앤트워프 국제공항에 도착했다. 그들이 공항 택시 승차장에서 줄을 설 때 브뤼셀의 CIA 거점 요원이 그들이 선 줄 속에 끼어서 국무부의 외교파우치로 수령한 해킹공작 장비 가방을 슬그머니 놓고 먼저 시내로 출발했고 별도로 다이아몬드 구역의 호텔에 혼자 체크인했다. 출장자들은 그 가방을 자연스럽게 택시에 싣고 또 다른 호텔에 스스로 예약하고 투숙했다. 그러므로 유리와 그들은 겉으로는 서로 모르는 사이였다.

그날 퇴근 시간 때 유리는 중앙역으로 나가서 역 정면의 트램 정류장에서, 공항에서 낮에 했던 방식으로 CIA 브뤼셀 거점 요원으로부터 이바노브 매수를 위한 공작금을 가방째로 인계받았다. 어두울 때는 출장 기술자들을 이오시프사 근처에서 은밀히 만나 위치와 내부 구조와 주변의 여건을 파악하도록 지도했다. 그러자 둘째 날 낮에 출장자들은 전날 밤 파악한 여건을 자기네끼리 재확인하였다.

저녁때가 되자 유리는 이오시프에서 이바노브를 데리고 나와 식당에서 저녁 겸 술을 마시기 시작했다. 출장 기술자들은 이때를 이용하여 이오시프사 건물 내부의 통신케이블 배선구조, 외부 연결구조, 비상 계단실 벽 작은 철문 속의 굴뚝 통 같은 단자함 및 배선실, 통신설비들의 제품명과 규격까지 파악했다.

밤거리의 가게들이 거의 다 문을 닫을 닫았을 때 두 사람은 다시 이오시프 사무실로 들어왔다. 손에 보드카와 안주가 든 봉지를 들고 있었다. 두 사람은 사무실인지 술집인지 개의치 않으며 또 술을 마셨다. 이오시프사 빌딩의 사람들은 모두가 다 나가고 없었고 현관 출입구는 문이 반쯤 닫혀 있었다.

이바노브는 술이 좀 오른 탓인지 한숨을 깊게 몇 차례 내쉬고 있었다.
「선배, 무슨 고민이 있어요?」 유리가 물었다.
「나는 거지다……. 카지노에서 다 날렸다……. 당장 먹고살기가 급하다……. 휴~ 한심해! 본부에서 공작 자금도 안 나온다. 벌써 몇 달째냐 이게? 하루하루가 간당간당하다……. 매일 쫄린다.」

이바노브는 계속해서 푸념을 늘어놓았다.

「나는 숨겨 놓은 아들도 있다. 런던에서 고등학생이다. 여자는 옛날 나랑 한동안 미쳐 즐겼는데 아들을 낳아 놓고는…… 몇 달 만에 마피아 놈하고 붙어 모나코로 가 버렸다. 나는 돈이 필요하다. 그런데 지금 뭐냐 이게! 내 꼴도 우리나라 꼴도 숨이 막힌다……. 그렇다고 나만 거지냐? 착실히 열심히 일했던, 도둑질할 줄 몰랐던 착했던 우리 요원들은 다 같은 처지다. 너도 뻔하지 않냐? 모스크바로 들어가지 마라! 미친 짓이다! 내가 말리는 거다!」

「알겠어요! 선배!」 유리는 보드카를 입에 털어 넣고 나서 다시 잔을 채워놓고 진지하게 그의 눈을 쳐다보며 말했다.

「선배!」

「다 말해라! 나는 기로에 서 있다! 천 길 벼랑에 겨우 붙어 있다!」

그 말에 유리는 일백만 달러가 든 하드케이스 가방의 지퍼를 열어 그에게로 밀어 주며 말했다.

「선배! 세어 보세요!」

이브노브는 어리둥절하더니 눈이 반짝했다.

「너……?」

「예! 미국에서 여기로, 선배를 만나려고 계획해서 왔어요! 두말할 것도 없는 거 아시겠지요? 그냥 나를 도와주세요! 아무 표시도 흔적도 안 남아요! 지금까지처럼 그대로 똑같이 해 나가시면 돼요! 따로 뭘 하실 것도 하지 말아야 될 것도 없어요! 그저 전과 똑같이 지금까지 해 왔던 그대로……. 선배만 조심하시면 돼요! 다른 무슨 티가 안 나게, 실수만 안 하게요……. 그게 전부예요!」

이바노브는 멍하더니 다시 눈이 번쩍거렸고, 천천히 숨을 깊이 내쉬더니 가방 속 달러 다발의 숫자를 세었다.

「선배! 여기서 이대로 삼십 분 동안만 눈을 감고 있어 주세요! 그냥 이대로요……. 아무것도 할 것도 안 할 것도 없어요. 그냥 눈 감고 앉아 있어만…… 주세요!」

이바노브는 대답도 없이 물컵에 보드카를 가득 채워 꿀꺽꿀꺽 다 마시더니 눈을 꼭 감은 채 등을 뒤로 기댔다.

잠시 후 출장 요원들 네 명이 이오시프 사무실로 들어왔고 두 명은 금고실의 암호통신컴퓨터 단말기에 또 이 단말기를 통해 SVR 본부의 서버에 해킹프로그램을 설치했다. 다른 두 사람은 비상 계단실 뒤편의 배선실 단자함에서 이시오프의 암호통신선 노드를 찾아내어 CIA 통신공작회선을 연결하고, 이를 건물 위층의 회선인 것처럼 위장하여 위층으로 우회시켜서 CIA의 수신 장치와 접속시켰다. 어떤 전문가가 발견하더라도 의심하지 않도록 혼란시키고 만일의 경우에 대비하는 것이었다.

이로써 CIA는 러시아 SVR의 암호통신컴퓨터 시스템에 직접 침투하여 네트워크를 통해 언제든지 접속하면서 의도대로 활용할 수 있게 되었다.

암호통신컴퓨터 시스템에 대한 침투 공작 작업이 그렇게 끝났다. 그 시간 유리와 출장자들은 헤어졌다. 다음 날 오후에 유리는 혼자서 브뤼셀 공항으로 갔고, 덜레스 공항을 통해 랭글리에 복귀하였다.

앤터워프 공작은 운 좋게 일이 잘 풀려서 크게 성공했다. 그러고 나니 CIA는 유리가 또 히트 칠 만한 새로운 공작거리를 제기해 주기를 기대하고 있었고 은근히 재촉하기도 했다. 유리도 사실은 구소련 KGB의 위성통신 체계에 침투해 보자고 제안하고 싶었지만, 그러나 그들이 어떤 반응을 보일까 두려워서 자제하고 있었다. 지난번 앤트워프 공작 추진 때 겪었던 불쾌한 모욕감이 기억이 생생했기 때문이다.

앤트워프 공작에서는 러시아의 극히 민감하고 따끈따끈한 비밀들을 그때그때 모조리 빼내 오고 있었다. 러시아가 미국 및 자유우방 각국들에서 진행하는 첩보 수집 목표들, 인지전(認知戰) 및 심리공작, 각국 정부의 KGB에 포섭된 인사 및 기관 요원들의 명단과 그들의 제보 내용, 각국 기관들에 대한 도청 실태, 무기 등 첨단기술 절취실태, 외교적 군사적 기만술까지 파악하고 있었다. 담당 요원들의 분위기는 그것을 감추지 못하고 있었다. 그러나 그 내용을 유리에게 단 하나도 말해 주지 않고 있었다. 유리는 이 공작이 성공적이라는 사실만 알 뿐이었다. SVR과 FSB의 본부 메인 암호통신서버로부터 빼 오는 비밀들이 무엇인지를 전혀 알 수 없었다. 극히 예민하고 위험 요소가 많은 고급 정보는 모를수록 덜 위험해진다는 것을 위로 삼았다. 그렇게 날짜가 가고 있었다.

―――――

1992년 3월 둘째 주였다. 서울 용산의 CIA 안가에서 조사받았던 〈유리 디브리핑 기록에 대한 검토회의〉가 공작차장 산하와 과학기술차장 산하 합동으로 갑자기 열렸다. 고강도의 진지한 회의였는데, 그것은 유리가 제안할까 망설이고 있었던 것을 그들이 먼저 제의하며 가능성을 탐색하려는 의도로 보였다.

유리가 1980년 평양에서 타스통신 특파원으로 위장하여 활동할 때 조선로동당 중앙당사 재정경리부와 군사부, 중앙청사 김정일 서기실의 통신선에 감청 장비를 설치하였고, 이 회선들의 감청자료가 암호화되어 하늘의 정지궤도에 떠 있는 구 KGB의 첩보위성으로 송신되고 있었다.

CIA는 이것을 인터셉트하자는 것이었다. 이미 앤트워프공작으로 SVR FSB의 암호통신체계, 컴퓨터 시스템, 네트워크를 뚫은 데다 북한 전역을 첩보위성과 고고도 정찰기들로 통신감청과 정찰을 하고 있고 또 신호 발신 포인트인 〈평양 로동당중앙청사 뒤 건물의 옥상〉까지도 알고 있다. 따라서 그 전파를 잡는 것은 수영장에 빠뜨린 반지를 건져 내는 수준의 난도일 뿐이다. 그 전파를 인터셉트해서 여기 CIA 데스크로 가져다주는 것은 통신위성이 다 해 준다. 암호를 풀고 벗겨 내서 평양식 원문으로 복원하는 것도 앤트워프공작의 암호해독 시스템 기계가 자동으로 해결해 준다. 그러므로 이 공작을 즉각 추진하지 않는 것은 중대한 직무태만이라는 결론이었다.

평양의 청사 건물 옥상에서 발신되는 전파를 찾고 인터셉트하는 것은 자동적이라 할 만큼 쉽게 성공했다. 평양의 통신감청 정보 자료가 랭글리의 CIA 본부 과학기술차장 산하로 들어오기 시작했다.

그러자 과학기술차장실은 그 자료들을 정보 분석 및 보고서 생산을 전담하는 정보차장 산하 분석실로 넘겼다. 또 분석실 데스크는 과거에 5년간 평양에서 근무해서 평양 핵심부의 조직과 흐름과 분위기를 알고 있는 유리가 분석업무를 도와주기를 요구했다.

평양 최고핵심부가 비밀리에 움직이는 생생한 모습과 정보를 현재 진행형으로 계속 파악하기 시작한 것이다. 이것을 분석한 정보보고서를 백악관에 보고하려는 의욕도 있었다. 그러자면 감청자료를 정확히 분석해야 하므로 유리의 도움이 필수적이었던 것이다.

유리는 이렇게 미국 체류가 연장되고 있었다. 한편 CIA 업무지원국 감찰실과 정보차장 산하의 분석실은 이런 유리에 대해 보호감시를 했다. CIA의 안전요원이라는 사람들이 유리가 외출할 때는 동행하거나 뒤에서 따라다녔다.

「왜 바쁜 업무를 두고 매일 나와 함께 다니는 것인가요?」 유리가 그들에게 물었다.

「당신은 CIA의 비밀을 너무 많이 알고 있고 또 너무 깊이 개입되어 있어요.」

「당신의 안전과 도움이 앞으로도 CIA를 위해 계속 필요하기 때문입니다.」 그들이 대답했다.

2.
재회

「아시겠지만 저의 부모님이 동부 어디엔가 살고 계십니다. 주말에 부모님을 좀 찾아가서 뵙고 올 수 없겠습니까?」 어느 날 유리는 그들에게 말했다.

「유리 씨의 상황을 우리도 알고 있습니다. 유리 씨의 생각을 상부에 보고해 보겠습니다.」

그러나 대답을 해 놓고 소식이 없었다. 일주일이나 지난 후 그들은 유리에게 미국 운전면허증을 만들어 주고 지도도 함께 주면서 부모님이 사시는 집으로 찾아가는 길도 설명해 주었다. 여기 랭글리의 CIA 본부로부터 부모님이 사시는 노던 버지니아의 아난데일까지는 몇 시간 걸어갈 수도 있는 거리였다. 차로는 반 시간이면 갈 수 있었다.

「유리 씨, 그렇지만 아직은 좀 기다려 보세요!」 그들이 말했다. 유리는 이게 꿈만 같고 가슴이 뜨거워지며 두근거리고 있었지만 말없이 기다렸다.

「언제쯤 찾아가도록 해 줄까? 얼마나 더 기다려야 할까?」 기대와 궁금증에 마음이 급해지기도 했다. 그러나 허락을 기다려야만 했다. 지나온 날들을 돌아보고 있었다. 아직 젊은 나이였지만 자신의 운명은 정말 기이한 사건들과 전환으로 이어졌고 이제는 변곡점에 서 있는 것 같기도 했다. 소설 같기도 했다. 그런 유리는 나이가 팔십이 되신 부모님이 건강하시기를 기원했다. 또 외동아들을 잃어버린 아픈 상처를 오랫동안 견뎌 내 오셨는데 그 자식이 갑자기 나타나면 얼마나 놀라실까 걱정도 되었다. 이제부터는 직접 모시면서 오래도록 행복하게 살고 싶었다. 여기 미국에서는 한국과는 다르므로 그동안 겪어 온 비밀스러운 과정들을 모두 다 상세히 부모님께 말씀드려도 문제 되지 않을 것 같았다.

 4월 둘째 주말 금요일은 포근한 봄날이었다. 북버지니아 랭글리의 CIA 본부에 온 지가 벌써 넉 달째였다. 한국에서 23년 전에 잃어버렸던, 그러고서 마음속에서조차 애써 지워서 까맣게 잊고 있었던 외아들이 여기 외로운 미국에서 느닷없이 찾아가면 부모님은 기절을 하실 것만 같았다. 그런 노부모님을 어떻게 찾아가 만나는 게 좋을지 걱정하며 생각하고 있었다. 포토맥 강둑의 CIA 안가에서 내려다보이는 강변길 〈조지 워싱턴 메모리얼 파크 웨이〉에는 벚꽃들이 찬란했다. 포토맥강 북쪽 강변과 그 뒤로 펼쳐진 조용하고 풍광 좋은 조지타운과 남향 비탈은 화창한 하늘과 찬란한 햇빛으로 벚꽃들은 현란했다. 안가 창가에서 커피를 놓고 벚꽃 잔치를 바라보며 부모님을 생각하다가 노곤해지자 고개를 떨어뜨린 채 잠에 취해 있었다.

 그때 유리의 어깨에 따뜻한 느낌이 닿았다. 잠이 푹 든 사이에 누가 소리도 없이 다가왔는데 그 손길이 너무 다감하고 편안하게 느껴져서 놀라

지도 않았다. 그런 채로 잠깐 비몽사몽으로 있다가 기지개를 켜듯이 느린 동작으로 고개를 들어 눈을 뜨고 얼굴을 돌려 보았다. 세상에! 이럴 수가!

잠결에 눈에는 백발이 다 벗겨진 노인이 휠체어에 앉아서 유리 어깨에 손을 올리고 있었다. 그 옆 다른 휠체어에 완전 백발의 조그만 한 할머니가 있었다. 분명히 유리의 아버님이셨고 어머님이셨다. 너무도 늙으셨지만 그 순간 즉시 알았다. 아버님도 그러셨다. 그런데 어머님은 아무런 표정도 없이 쳐다보는 듯 마는 듯 하고 있었다. 아버님은 유리의 손을 꼭 붙잡고 소리도 없이 굵은 눈물방울을 뚝뚝 흘리셨다. 아무 말씀도 없으셨다. 유리는 용수철이 튕기듯이 벌떡 일어나며 두 분을 함께 끌어안았다. 눈물이 더 먼저 펑펑 쏟아지고 있었다. 가슴이 왈칵 북받치고 목이 뜨겁고 꽉 막혀서 말은 한마디도 할 수 없었다. 옆에는 함께 온 CIA 요원 두 명과 한국인 교포 요양인이 서 있었다. 요원들이 요양인을 먼저 돌려보내 놓고 말했다.

「유리 씨가 갑자기 부모님을 찾아가면 건강도 안 좋은 부모님께서 너무 놀라셔서 안 좋을 것 같아서, 우리가 먼저 두 분을 찾아가서 유리 씨의 상황에 대해 차근히 설명해 드렸고… 두 분께서 마음의 준비가 되신 것 같아 여기로 모시고 온 것입니다.」

「아버지 어머니! 엄마! 아빠!」 유리는 불러 보려고 애썼지만 목은 꽉 막혀 있었다.

「유리 씨! 가슴 아픈 말씀입니다마는……, 지금 어머님은 골다공증에 치매가 심하시고요. 또 아버님은 중풍을 겪으신 후 뇌경색으로 마비가 진행되어서 거동도 말씀도 잘 못하십니다.」

「어머니는 골다공증이 심해서 몸이 많이 위축되셨고요, 외부 활동을 하시기가 위험합니다.」

「거동하시기가 불편한 댁보다는 편의시설을 갖춘 이곳이 첫 상봉을 하시기에 좋을 것 같아서, 또 주말이라 이렇게 모시고 왔습니다.」

「어머니! 엄마! 내가 누구지요? 나를 아시겠어요? 내 이름이 뭐냐고요? 내가 누구냐고요? 내가 당신 외아들 유리라고요! 유리!」 유리는 어머님을 안고 눈물로 흐느끼며 말하고 있었다.

「나를 모르시냐고요? 당신이 한씨가 아니냐고요? 당신이 여기 미국으로 오시기 전에, 옛날에 살았던 고향이 어디지요? 고향을 말해 보세요! 그 고향에서는 당신에게 아들이 있었지요? 그 아들 이름이 뭐였지요? 그 아들이 바로 나라고요! 여기 내가 그 아들이라고요!」 유리는 어머니를 붙잡고 자기를 알아보시기를 간절히 바라며 몇 번이나 애타게 되물었다. 그러나 어머니는 그렇게도 간절하게 「나를 왜 모르느냐, 내가 누구냐」라고 묻는 유리에게 아무 반응도 보이지 않으며 강 건너 불 보듯 하고만 있었다. 그런 어머니는 어쩌다가 「몰라!」라고 퉁명스럽게 한마디 내뱉기도 했고 또 「오빠!」라고도 했다가 「아저씨!」라고도 했다.

「내가 유리라고요! 유리! 유리를 몰라요? 유리라고 좀 불러 보세요! 유리라고 좀 말해 보세요!」라고 붙들고 외쳤지만 어머니는 쳐다보지도 않고 고래를 돌리며 무심히 「유리」라고 한번 내뱉고 마는 것이었다. 그러면서도 어머니는 유리의 손을 잡고 놓지 않았고 눈물방울이 눈에 고여 있었다. 어머니의 지력은 완전히 없었지만 외아들 유리에 대한 느낌이 있는 것 같았다. 아버지는 유리의 손을 꼭 잡은 채 눈물만 흘리고 계셨다.

유리는 너무도 슬펐다. 삶은 이토록 잔혹하고 냉혹한 것이었다. 가슴은 절규하며 한없이 깊고 처절한 슬픔으로 절망하며 흐느낄 뿐이었다.

「삶이 이렇게도 잔혹하고 슬플 수가 있단 말인가? 23년 전 중학생으로 납치되어 우여곡절을 겪어 오다가 지구 반대쪽 북미대륙의 동쪽에서 천우신조로 만난 부모님 두 분이 다 거동도 못 하시는 데다 한 분은 아들을 알아보지도 이름조차도 못 부르신다니……. 삶이 이렇게 잔인할 수가 있단 말인가? 이러고도 이 세상이 정상이라는 말인가? 부모님을 만나겠다는 일념으로 어린 몸으로 그토록 심한 고문의 고통도 참아 내고 외로움과 고초를 이겨 내며 지금까지 버티어 오지 않았는가? 23년의 세월을 버티어 왔던 희망의 결과가 이것이란 말인가?」 유리는 한없이 슬픔으로 떨었다. 반갑기보다는 슬펐고 기쁨보다는 절망이었다. 가슴속은 고통으로 찢어지고 숨도 막혔다.

아버지는 눈물을 계속 흘리며 두 손으로 유리의 얼굴을 쓰다듬다가 어깨를 포옹한 채 「그래, 네가 무사했구나! 고생이 많았구나! 고생을 많이 했어!」라고 겨우 말하시는 것이었다.

어릴 때의 유리에게는 바닷가의 가난했던 작은 시골 마을 고향이 온 세상이었고 세상은 평화였다. 걱정도 불안도 아쉬움도 몰랐다. 환상처럼 꿈속처럼 행복하고 아름다웠다. 고향집은 사랑의 꽃바구니 같았다. 그러다가 납치된 후로 지금까지 고향과 부모님은 유리에게 삶의 동력이고 의지였다. 그러나 그랬던 고향은 흔적조차 없이 사라졌고 부모님은 지금 다 사그라져 가는 모습으로 자기 눈앞에 있었다. 여태까지 유리의 영혼은 아직 유아기적 애착에 머물러 있었다. 그것은 자신도 모르는 혼자만의 미신이었다. 자기최면으로 유리를 기만한 것이었다. 납치 후 23년의 세월 속에서 그 미신은 유리에게 절대 신앙이었다.

그 미신은 여태까지 유리에게 단 하나의 사소한 보상도 준 적 없지만 그토록 충실한 믿음과 헌신과 봉사를 받아 왔는데, 한순간에 다 사라져 버린 것이었다. 유리는 순교할 것처럼 그토록 애착했던 그 믿음을 상실했다. 그것은 유리에게 자기기만이었고 헛된 우상이었음을 인정해야 했다. 그렇지만 당장은 너무 잔혹했고 아직은 그럴 단계가 아니었다. 당장 유리에게는 자신에게 주술을 걸고, 일으켜 세워 줄 다른 샤먼이 필요했다. 자신을 몰입시키고 매달릴 수 있게 하는 것을 찾아내야 했다.

부모님과 안가로 왔던 요양인은 아버님의 제자였다. 미국에 이민 온 후 남편과 헤어지자 요양 일을 하게 되었고 예순의 나이였다. 유리의 부모님은 보수를 좋게 주었고 간병이 힘들지도 않았으므로 유리 부모님 댁에서 24시간 근무하고 있었다. 유리도 그 여자도 이날 처음 만난 것이었다. 한국에서는 어디에서 살았고 아버님 외가 누구의 조카라고 했지만 알 수 없는 얘기였다.

그날은 요양인을 돌려보내고 유리는 부모님과 안가에서 오후를 보내며 일박했다. 다음 날 유리는 CIA가 빌려준 차로 부모님을 모시고 포토맥 강변을 따라 제퍼슨기념관 링컨기념관과 타이들 베이슨(Tidal Basin)의 현란한 벚꽃 경치를 구경하다가 부모님이 금방 피곤해했으므로 오후에는 부모님이 사는 집으로 들어갔다. 벨트웨이 7번 출구에서 가까운 곳이었다. 유리는 토요일부터 일요일 밤까지 부모님의 아파트에서 함께 지내고 월요일 오전에 다시 CIA로 복귀하도록 허락받았던 것이다.

유리는 부모님을 댁에 모셔 놓고 아난데일의 한국인 슈퍼와 식당을 찾아가서 된장과 식재료를 사 왔고 맛있게 끓여서 저녁 식사를 드렸다. 그러나 두 분 모두 음식을 겨우 몇 숟가락밖에 못 드셨다. 그 모습이 또 가슴 아프게 했다.

「23년 만에 되찾은 아들이 정성껏 해 드리는 음식조차도 억지로 겨우 몇 숟가락밖에 못 드신다니! 이 얼마나 가슴 아프고 참혹한 일인가!」 상상조차도 못 할 일이 지금 눈앞 현실이었다.

저녁 식사를 겨우 조금 드신 부모님은 피곤해서 곧 주무셔야 했다. 두 분을 침대에 눕혀 드리며 유리는 또 깜짝 놀랐다. 손에 잡히는 이불은 부드럽기는커녕 이상하게 뻣뻣했고 뭔가가 손에 걸렸다. 왜 이런가 살펴보니 하도 세탁을 하지 않아 시커메진 이불잇에 굵직굵직한 때 덩어리들이 온통 덕지덕지 들러붙었고 전부가 누렇게도 꺼멓게도 변색되어 있었다. 끔찍하게 불쌍한 부모님이었다.

요양인은 일하는 모습을 CCTV로 감시를 받고 점검받고 자주 새로운 사람으로 바꿔야만 하는 것이었다. 늙고 병드신 이 두 분을 당장 지금부터 앞으로 어떻게 해 드려야 할지를 잘 생각해야만 했다. 부모님을 제대로 보살피고 챙겨 드릴 사람은 아들 유리뿐이었다. 요양인은 장기간 부모님을 독점하다 보니 건성으로 돌보면서도 베푸는 척 행세하며 자기 집처럼 살고 있는 것이었다. 독점을 하면 지배자가 되고 횡포를 부리는 것이었다.

다음 날 근처의 쇼핑센터들을 다니며 새 이불과 침대보를 사 와서 갈아 드렸다. 오후는 아파트 둘레의 키 큰 숲 정원에서 휠체어를 밀다가 벤치에서 쉬기도 하며 부모님과 하루를 보내고 또 어제 사 온 한식 식재료로 음식을 해 드렸다. 월요일 아침 일찍 요양인이 부모님 아파트로 출근하자 유리는 부모님을 잘 돌봐 주실 것을 간절히 당부하고 랭글리로 출근했다.

———

CIA는 그때 「러시아의 SVR, FSB의 암호통신망 침투 앤트워프 공작, 평양 핵심부에 대한 감청 인터셉트 공작 등 두 공작을 성사시킨 유리에 대한 공적심사」를 하게 되었다. 포상을 어떻게 얼마나 할지 검토 결정해야 했다. 그 결과 CIA는 두 가지를 결정했다.

「첫째: 각 공작에 대해 300만 달러씩 600만 달러의 보상금을 유리의 통장에 입금시켜 준다. 단, CIA가 허용할 때까지 인출하지 못한다. 구좌는 동결된다.」 유리는 거부할 이유가 없었다. 서약서를 작성하고 서명했다. 이런 조건을 붙인 이유와 설명도 첨부되어 있었다.

「둘째: 유리는 KGB와의 관계를 완전히 단절하고 KGB가 접근해 오거나 어떤 낌새라도 보이면 즉시 CIA에 보고한다. 앞으로 오로지 CIA에 헌신 충성하며 변절하지 않겠다. CIA는 앞으로 유리의 신뢰성에 대해 필요시 심사 평가를 실시한다. 또 심사 평가 결과에 따라 정식 CIA 요원이 되어 공작 활동을 수행할 수 있다.」 유리로서는 간절히 바라는 일이었다.

요약하자면 〈유리가 이중간첩인지를 감시한다, 신뢰성이 검증되면 돈을 인출하게 해 준다, CIA가 유리의 배신 여부를 언제든지 감시 평가한다는 것〉이었다. 유리는 서면 동의를 했다.

1992년의 뜨거운 여름이었다. 유리는 랭글리의 안가에서 출근하고 있었지만 평일의 퇴근 후와 주말에는 빠짐없이 부모님 아파트로 다니면서 돌봐 드리고 있었다.

유리의 아버지는 뇌경색이 점점 더 나빠지고 있었다. 하반신은 근육이 오그라들고 굳어지면서 휠체어에 옮기는 것도 화장실 욕실 볼일도 힘센 도움이 필요했다. 그러다 갑자기 졸도를 해서 응급차로 가까운 패어팩스병원에 입원했다. 그전에 경막하출혈이 있었다는데 나빠져 뇌경색으로 악화된 것이었다. 다리와 팔의 마비가 심해지며 근육이 마르고 수축되어 전신이 오그라들고 있었다. 식사도 유동식을 호스로 했고 말도 못 하는 상태로 나빠지자 패어팩스병원에서는 「여기서 아버님은 더 계실 수가 없는 상태입니다. 퇴원해서 민간 양로병원(Nursing Home)으로 가셔야 합니다!」라고 했다. 패어팩스병원에서 소개해 준 양로병원의 노인병동(Geriatric Ward)에 아버지를 입원시켜 드렸다.

아버지는 호스피스실에서 지내시다가 한여름 이른 아침에 운명하셨다. 7월 19일이었다. 그날 유리는 출근 준비를 하다가 양로병원의 전화를 받고 급히 달려갔지만 아버님의 임종을 보지 못했다. 아버님을 패어팩스 카운티 공동묘지에 모셨다. 잠깐 뵙던 아버님이 이렇게 세상을 떠나시니 한없이 멍했다. 아버님은 혈육의 정과 추억을 제대로 나눠 보기도 전에 서둘러 돌아가신 것이었다. 아버님의 장례를 치르고 나자 유리는 「내가 여태까지 혼신을 쏟아 온 것은 뭘 위한 것이었는가? 나는 무슨 꿈을 위해 발악했던가? 지금 내 존재는 무엇인가?」 반추하며 한없이 멍했고 자기 영혼이 사라진 것 같았다. 우울증이었다. 「얼마나 그리워했던 아버님인가? 23년 만에 천우신조로 만나서 겨우 3개월째 아들과 만나고 있었는데 이렇게 속절없이 돌아가 버리시다니!」

아버지도 외아들 유리도 지난 23년 동안 부자간의 사랑으로 절망 속에서도 그리워해 왔지만 이질적 삶과 단절의 긴 세월은 노령이신 아버지와 중년 유리에게 서로를 알고 적응할 기간을 요구했다. 옛정과 친밀감을 회복하는 데는 아직 시간이 부족했던 것이다.

그저 멍했고 갈피를 잡을 수도 없고 공허했고 기운도 완전히 잃었다. 자신이 살아갈 이유가 사라졌다. 여태까지 애써 살아온 것이 허망했다. 모두 헛된 그림자였고 어리석고 무의미했다. 자신은 영혼도 몸도 소멸되며 사라져 버리고 싶었다. 그러던 유리는 놀랐다. 자신을 추스르고 마음을 다잡아야 한다고 느꼈다. 어머니를 생각한 것이다. 중증 치매로 아무 고민도 인지력도 없이 백치처럼 아기처럼 천진하고 선한 모습이 되어 아버지가 돌아가신 것도 모르는 어머니를 매일 찾아가 살펴드리고는 있었지만 갑자기 너무 불쌍해지며 더 안타까워졌고 얼마도 못 사실 어머니께 최선을 다해야 된다고 생각했던 것이다.

아버님 장례를 치르느라 유리는 집에서 혼자 요양인과 계시는 어머님께는 신경을 덜 썼던 것이다. 어머님께 가서 분위기와 상황을 살펴보아야 했다. 구타도 당하며 골방에 갇히고 묶여 지내는 치매 환자들 얘기들이 신문과 TV에서 넘쳤던 것이다.

즉시 유리는 어머니 집으로 갔고 집 앞의 숲에서 거실 창문을 들여다보았다. 그때 어머니는 거실 바닥에 앉은 채 한 손으로 뭔가를 자꾸 주워서 다른 한 손에 담고 있었는데, 얼마 후 요양인이 나타나더니 한 손으로 어머니를 목덜미를 잡아끌고서 작은 방 안으로 들어가 가두어 놓고 혼자 나오더니 소파에 드러눕는 것이었다. 골다공증으로 몸이 왜소해진 어머니는 요양인의 한 손에 목덜미가 잡혀 목이 조이며 거의 드러누운 상태로 가볍게 끌려가고 있었다. 그 모습에 유리는 화가 나기보다는 절망을 느꼈다. 이렇다면 내 집이라도 편한 것이 아니었다. 어머니를 하루속히 양로병원으로 모시는 것이 나을 것 같았다. 잠시 마음을 가다듬고서 유리는 어머니의 집으로 들어갔다. 요양인은 유리가 들어서자,

「아무 걱정을 마세요! 내가 아주 잘 모시고 있어요! 바쁘신데 왜 오셨어요?」

「이렇게 갑자기 전화도 안 주고 느닷없이 오면 어쩌나요?」

「오면 청소도 해 놔야 되는데, 앞으로 오실 때는 미리 전화를 하세요!」

「내가 장을 보러 나가야 할 때도 있고, 집을 비워야 할 때도 있잖아요?」 노골적으로 통통대고 있었다.

「아들이라고 몇십 년 만에 이렇게 돌아가실 지경에 나타나서 도대체 무슨 권한이 있다는 거야? 쳇……!」

「내가 알아서 잘하고 있는데 이 집에 왜 들어오는 거야?」

「갑자기 나타나서 간섭하며 챙기겠다고? 열심히 일 잘하는데 와서 귀찮게 하지나 말지! 쳇~!」

「아들이라는 당신보다는 오랫동안 모셔 온 내가 두 분에 대한 권한이 더 있다는 것도 몰라?」

「두 분이 남기는 유산은 다 내 거야!」

「당신이 이제 와서 여기에 나타나는 것 자체가 우습지! 필요도 없지! 무슨 소용이 있어?」

「오지도 마라! 나타나지도 마! 도움도 안 되지만……. 보기도 싫다고! 싫어! 얼씬하지 말라고! 쳇~!」

유리가 다 듣는 소리로 혼잣말인 척 구시렁대고 있었다. 오랫동안 부모님의 생존을 자기 손에 쥐고 독점해 온, 완전 남남인 요양인에게는 인지력도 저항 능력도 없는 어머니가 그저 인질이었다. 개인보다는 감시 관리가 되는 전문 시설에 입원하는 게 좋을 것 같았다. 그녀는 착취자이자 가해자였다.

「어머니는 어떠신가요?」 유리는 그 중얼대는 소리를 못 들은 척하며 물었다.

「어디, 어느 방에 계신가요?」 어머니를 끌고 들어가 가둔 것을 모르는 척하며 다시 물었.

「어머님이 자꾸만 방으로 들어가시네요! 넓은 마루에서 계시지 않고서 어느새 또 방으로 들어가셨네요!」라며 현관 앞 방문을 열어 보였다.

불도 안 켜져 깜깜한 작은 책방이었고 어머니는 눈을 뜬 채 소파에 드러누워 있었다. 분명히 감옥 생활 처지였다. 손등과 팔과 어깨와 다리와 등과 발등과 얼굴까지 온몸에 퍼렇게 멍이 들어 있었다. 구타당한 흔적들 같았다.

「더 이상 안 되겠다. 이 여자에게 계속 맡겨 놓았다가는 어머니가 어떤 고통을 더 당할지, 무슨 일이 생길지 모른다!」라고 판단한 유리는 어머니를 병원으로 모시기로 결정했다.

유리는 어머니를 거실로 모시고 나와서 「어머니! 엄마! 내가 누구지요? 유리가 누구지요? 당신 아들 이름이 뭐지요? 유리를 아세요? 당신 아들 이름이 뭐지요?」라며 말을 억지로 시켰지만 유리를 알아보실 듯하다가도 「몰라」, 「오빠」라고 귀찮다는 듯 내뱉고 무관심해하셨다.

그러면서 어머니는 마룻바닥의 러그에 낀 머리카락과 먼지 알갱이들을 손가락으로 찾아내서 다른 손에 옮겨 쥐기를 계속하고 있었다. 그 연세인데도 눈에 그렇게 조그만 것들이 보이는 것 같았다. 그러느라 먼지를 집는 손가락에 침을 자꾸 뱉어서 러그 바닥에 묻히는 것이었다. 유리는 「침을 좀 뱉지 마세요! 침을 이렇게 묻히지 마세요!」라며 반복해서 말렸지만 소용이 없었다. 요양인은 그 모습을 그토록 미워하며 어머니를 괴롭히고 있었던 것이다.

유리는 패어팩스병원에 날짜를 잡아서 어머니의 치매 진료를 예약했다. 랭글리 분석실에 휴가를 내서 어머니를 모시고 패어팩스병원으로 갔다. 어머니는 병원으로 출발하며 집을 나설 때부터 눈을 뜨지 않고 꼭 감으셨다. 이제 이렇게 나서면 다시 이 집에 못 돌아온다는 것을 아시고서 집을 나서기가 싫어서 그러는 것 같았다. 유리는 이러는 어머니를 보며 가슴이 메고 저렸다.

신경과에서는 몇 가지 테스트를 한 후 어머니를 입원시키고 뇌 MRI도 찍었다. 그 후 신경과 전문의가 뇌 MRI 검사 결과를 가지고 유리에게 설명을 했다.

「어머니의 뇌가 너무 많이 손상되었다. 뇌로 올라가는 동맥혈관이 앞쪽에 두 개, 뒤쪽에 두 개가 있는데 여러 군데가 많이 막혀 있다. 그래서 좌뇌도 우뇌도 모두 위 정수리 부분이 많이 손상되어 수축되어 있다.

왜 이렇게까지 나빠지도록 검사를 안 하고 투약을 하지 않았는가? 이렇게 악화되는 것은 막을 수가 있었다. 이런 상태는 치매의 원인이기도 하다. 초기였으면 막힌 혈관을 뚫어 주면 치료가 가능했지만 이제는 환자가 허약한 데다 너무 늦어서 손을 쓸 수가 없다.

분말 치매약을 외래로 처방해 주겠다. 매달 한 번씩 와서 처방받아 타 가서 드시게 하면 된다. 지금은 좀 늦었기 때문에 얼마나 효과를 볼 수 있을지는 약을 드리면서 어머니의 변화를 잘 살펴보기 바란다. 약 처방과 투약 문제는 여기서 퇴원하면 옮겨 갈 양로병원(Nursing Home)의 신경과 의사와 통화해서 그 병원에서도 처방과 투약이 가능한지 알아보겠다. 거기서 안 된다면 외래로 여기 와서 처방을 받으면 된다.

어머니는 혈전이 많다. 혈전이 현재 폐동맥을 많이 막고 있다. 더 나빠지면 폐렴이 될 수도 있고 혈관 속을 돌아다니며 다른 부위를 막아 나쁜 증세가 나타날 수 있다. 계속 누워 있으므로 혈전과 욕창이 계속 늘어나게 되니 이를 방지해 주기 위해 운동, 마사지, 에어 매트리스 등이 필요하다.

혈전 용해제로는 복용약과 주사약이 있는데, 주사약이 효과도 좋고 일주일에 한 번만 맞으면 된다. 양로병원에 순환기과 의사가 있는지 여건이 어떤지 담당 의사와 통화해서 알아봐 주겠다. 양로병원에 순환기 전문의가 없으면 이 병원에 정기적으로 와서 외래로 주사약을 처방받으면 되겠다.

어머니가 눈을 감으시는 것은 뇌 손상이 억제 요소가 되어 그런지 눈을 뜨기가 싫으신 것인지 모르겠다. 보톡스 주사를 놓으면 뜨게 할 수 있다. 주사의 위험성은 없다. 그러나 이런 뇌 손상 상태에서 굳이 눈을 뜨고 보는 것은 피곤을 초래할 수 있으므로 의미가 있는지 모르겠다.

어머니의 다리 근육은 오래 사용하지 않아 굳어지고 있다. 계속 움직이고 운동을 시켜 주어야 한다. 마사지나 운동을 안 시키고 그냥 방치하면 더 나빠지고 오그라들어 펴지 못하고 완전히 못 쓰게 된다. 차도가 생기면 휠체어도 태우고 자꾸 움직이게 하라.

어머니는 젊어서 농사일을 많이 하셨는가? 혹은 바닷가의 강한 햇볕을 많이 쪼이셨는가?」

참으로 친절하시고 성의 있는 고마운 의사 선생님이었다. 유리는 부끄러워 의사 선생님 앞에서 아무 말도 못 했다. 「예! 예!」 하며 고개만 끄덕거리며 「감사합니다!」라고만 했다.

유리는 어머니의 상태가 이런 지경인 것에 너무도 놀랐고 암담해졌다. 온갖 생각이 교차하며 가슴속에 죄의식이 엄습했다. 「어머니의 머릿속이 그런 지경이라니? 치매가 그래서 생긴 것이라니?」 상상도 못 할 일이었다. 참으로 부끄럽고도 한심한 지경이었다.

얼마 후 어머니는 아버지가 입원해 계시다가 돌아가셨던 〈양로병원〉에 입원하셨다. 어머니를 모시고 이 병원으로 들어가면서 유리는 「어머님도 여기서 돌아가시겠구나!」 생각했다.

나만 편하게 잘 살겠다고 어머니를 죽음으로 가는 사형장의 컨베이어 벨트에 올려놓고 도망치는 것 같았다. 가슴은 죄책감, 슬픔, 회한으로 짓눌리며 숨이 막혀 질식할 것만 같았다. 그러고서 며칠 동안 식욕도 잃었다. 잠을 자다가도 꿈속에서 아버지 모습이 떠오르며 부끄러웠고 깊은 한숨을 쉬느라 잠이 깨고 있었다. 그런 유리는 시간이 될 때는 틈틈이 문안을 다녔다. 그렇지만 할 수 있는 일이란 아무것도 없었다. 양로병원에는 어머니를 전담하는 간병인이 24시간 옆에 붙어서 돌보고 있었다. 나무 그늘 잔디밭으로 휠체어를 밀고 다니면서 「어머니!」「엄마!」 불러 보는 것이 유리가 할 수 있는 전부였다.

  토요일 일요일마다 어머니를 찾아갔다. 어머니는 눈을 뜨고 머리 위쪽 천장만 계속 쳐다보고 있다가 유리가 물티슈로 얼굴, 눈, 귀, 목을 닦아 드리면 유리를 쳐다보기도 했다. 무슨 말을 하시려는 것 같아서 귀에 대고 들어 보니 「아프다!」라고 했다. 귀에 대고 「어디가 아프세요?」, 「덥지 않으세요?」라고 물어보면 더 이상 아무 대답을 안 했다.
  며칠 후 어머니를 찾아갔을 때는 열어 놓은 창문으로 시원한 바람이 들어오고 에어컨도 너무 세서 추워하시는 같았다. 담요를 덮어 드리는데, 몸을 못 움직이도록 병상 가드레일에 묶인 손목이 언제 풀렸는지 어머니가 손을 올려 유리의 손을 꼭 잡았다. 유리도 두 손으로 어머니 손을 꼭 잡고 있었더니 얼마 후 주무셨다. 편히 주무시는 어머니를 두고 숙소로 돌아왔다. 양로병원의 병상은 그 자체가 고통의 십자가였다.
  며칠 후에 갔을 때 어머니는 왼손으로 병상 가드레일을 잡고 계시다가 유리의 손을 잡았다. 유리가 갈 때마다 마사지를 열심히 해 드리는데, 마사지를 하면 어머니의 컨디션이 좋아지는 변화가 있었다. 어떤 날은 식사도 못 드시면서 안 좋아 보이기도 한다. 그런 때는 유리가 못 찾아간 날이 며칠이라 그간 간병인이 안마를 충분히 못 해 드렸든가 간병인이 물을 충분히 잘 드리지 않았기 때문인 것 같았다.

「물을 많이 드시는 효과일까? 아들이 손으로 해 드리는 마사지의 효과일까?」생각했다.

11월이 되었다. 며칠 만에 어머니를 찾아갔더니 포도 주스도 음료수도 거의 못 드시고 식사도 못 넘기시고 있었다. 왼쪽 다리는 근육이 벌써 너무 경직되고 있다. 포도 주스를 좀 드리고자 했으나 도무지 못 드셨다. 점심 식사도 거의 그대로 남겨 놓았다. 죽을 겨우 몇 모금 드시는데, 20분이 걸린다 했다. 간병인이 성의껏 해 주시니 고마웠다. 간호사가 와서 월요일에는 식사용 호스를 콧속으로 넣겠다며 동의를 구했다. 나빠져서 어쩔 수 없는 상황이었다.

「어머니! 우리 엄마가 어째서, 왜 이러시나요? 왜 이렇게 되셨나요?」라고 붙들고 물었지만 어머니는 아무 대답도 없었다. 그래도 일주일 만에 보는 아들을 반가워하시는 듯했다. 이때는 유리를 알아보시는 것이 분명했다. 자주 뵈며 마사지를 하며 몸을 접촉하니 아들이라고 알아보시는 것 같았다. 돌아서 나올 때 「엄마, 내일 다시 올게요!」라고 했더니 얼굴을 찡그리고 시무룩해하셨다. 아들이 당신을 두고 가 버리는 것이 싫으신 것이었다.

이튿날 다시 가서 어깨를 만지고 전신을 마사지해 드리니 어머니는 반갑고 좋아하는 모습을 역력하게 보여 주셨다. 마사지를 한 시간 정도 해 드리고 나면 유리는 전신의 기운이 허해졌다. 온몸이 기운이 빠지는 것 같았다.

 월요일 퇴근 후에 가니 아침에 호스를 콧속으로 넣었다고 했다. 불편해하는 모습은 아니었다. 어머니가 눈을 조금씩 뜨셨다. 왼쪽 눈은 자주 뜨시고 오른쪽 눈도 한두 번 뜨셨다. 유리가 옆에서 말을 거니 아들을 보려고 깜박거리면서 쳐다보는 것이었다. 마사지를 한 시간씩 하면 온몸이 허공이 되는 듯 기운이 빠지는 것 같았다.

 12월 중순이었다. 한국에서 미국으로 여행을 왔던 친척과 어머님 아버님의 친구들이 어머니를 찾아왔고 아난데일의 이웃 한국인 교포들도 면회를 왔다. 어머니는 유리가 물수건으로 얼굴을 닦아 드리면 그렇게 좋아하셨다. 유리는 퇴근 후와 주말에는 틈이 나는 대로 어머니를 찾아가고 있었다.

 새해가 되었다. 토요일 오후 어머니에게 갔다. 어머니는 유리가 나타나자 아주 유심히 쳐다보셨다. 「나를, 유리를 아시겠는가요?」 하고 물어보니 「안다.」 하시며 고개를 끄덕이셨고 밝은 표정을 보이셨다. 가끔씩 이렇게 인지력이 좋을 때가 잠깐씩이나마 있으니 다행이었다. 젊어서는 잠도 안 주무시고 캄캄한 새벽부터 자정 때까지 꾸벅꾸벅 졸면서 외아들을 위해 온몸이 부서지도록 그렇게 온갖 일을 하시며 희생하시던 어머니셨는데, 지금 그 아들 눈앞의 당신 모습은 숨 막히게 참담했다. 가슴은 저리며 찢기고 있었고 목은 메며 아팠다. 절망과 좌절의 고통이었다. 어머니는 중증 치매로 아무 정신이 없고 몸도 못 움직이지만, 면회 온 분들이 추억하는 옛날 고생했던 농사일 얘기를 들으면 긴장하며 싫어하셨다.

 패어팩스병원 처방전으로 어머니 약을 받아서 양로병원으로 갔다. 유리는 아침 한 끼를 먹고 오후까지 아무것도 먹지 못한 상태였다. 배가 고파 어지럽고 힘들어 양로병원의 스토어에서 음료수 팩을 사서 주차장 자동차에서 몇 개를 연속해서 마시고 어머니에게 갔다. 마사지기는 전원까지 뽑혀 있었다. 마사지기를 다시 어머니의 다리와 등과 어깨에 틀어 드렸다. 간병인에게 「욕창이 안 생기도록 혈전이 덜 생기도록 마사지기를 자주 좀 틀어 주시면 좋겠습니다」라고 간곡히 당부했다. 이날 어머니는 유리 손을 꼭 잡고서 흔들기도 하고 놓지를 않았다. 유리는 배가 워낙 고파 나오려고 했지만 어머니는 가지 말라며 잡고서 놓아주지 않았다. 이제는 아들을 알아보는 것이다.

랭글리의 CIA의 북한 정보분석 데스크에서 일하면서 퇴근 후와 주말에는 틈틈이 양로병원의 어머니를 찾아가고 있었다. 추수감사절이 지나더니 어느새 더워지고 있었고 어머니는 더 나빠지고 있었다. 더워서 땀이 나면서 등허리 피부에 조그맣던 종기 두 개가 금방 커져서 깊은 욕창이 되었고 패혈증으로 발전해 노인병동 중환자실로 들어가기도 했다. 그러고 며칠 후에 중환자실에서 나왔다가 다시 중환자실로 들어가곤 했다. 살 속에 깊은 심지를 박아서 고름을 뽑아내기를 몇 주일 계속했다. 눈으로 못 볼 지경으로 끔찍했고 안타까웠다. 그러나 마침내 완치되었고 다시 일반 병실로 나와서 지내고 있었다.

초겨울의 어느 날 어머니는 손발이 조금 부어 있었다. 주사를 맞은 주삿바늘 자리였다. 주사 때문인 것 같았고 심하지는 않아 보였다. 그 며칠 후에 갔을 때는 손발, 팔다리까지 온몸이 많이 부어 있었다. 사 들고 간 위생장갑을 끼고 휴지와 물휴지로 온몸을 닦아 드리며 괜찮아지기를 기원했다. 그다음 날 다시 가니 어머니는 눈이 보이지 않을 지경으로 얼굴도 부었고 손, 팔다리 등 온몸이 터질 듯 통통 부어 있었다. 너무 심한 상태였다.

담당 간호사에게 「환자를 어떻게 이 지경으로 만들었냐?」라고 따지며 야단칠 수밖에 없었다. 「담당 의사를 좀 만나자! 왜 이런지 선생님 얘기를 들어 보자!」

「담당 의사는 자리에 없습니다.」

「그렇다면 통화를 좀 해서라도 들어 보자! 의사 전화번호를 다오! 아니면 전화를 걸어서 나를 연결해라!」

「전화번호가 없습니다.」

「자리에도 없고 전화번호도 없다니! 그게 무슨 소리인가?」

「현재 어머니의 상황은 어떻게 된 것인가? 어떻게 해야 되는가? 이대로 놔두겠다는 말인가?」 「왜 며칠 만에 이렇게 나빠진 것인가? 원인이 무엇인가?」

「당신들이 치료할 능력이 없으면 달리 어떻게 하라고 무슨 말을 해 주어야 할 것이 아닌가?」

「…….」

간호사는 우물쭈물 대답도 안 했고 말을 피하며 어떻게든 유리를 피하려고만 했다.

양로병원의 태도는 이랬다. 양로병원 의료진 근무 상태가 이랬다. 경증, 중증 질병의 노인 환자들을 이백여 명이나 수용하고 매월 그 많은 돈을 받으면서도 상근하는 전문의가 없었다. 이름만 걸으로 걸어 둔 의사도 세 명뿐이었다. 그러니 온몸이 이렇게 붓도록 관심을 두는 간호사도 전문의도 없었고 근성으로 일하며 안주하는 책임 의식도 사명감도 없었다. 환자를 성의껏 살피지도 않았고, 환자 상태를 보호자에게 알려 주고 협의할 수 있는 의사가 없었다. 그러니 피하려고만 했던 것이다.

이런 양로병원을 믿고 지금 상태의 어머니를 맡겨 놓을 수가 없었다. 이렇게 했다가는 곧 돌아가시고 말 것만 같았다. 그날 즉시 패어팩스병원 응급실로 가서 입원을 했고 피부과와 내과 검사를 받아 보았다. 2주일 동안 입원 치료를 한 결과 어머니는 좋아졌고 다시 그 양로병원으로 옮기셨다. 전혀 신뢰할 수 없는 곳이지만 종합병원에서는 오랫동안 입원해 있을 수가 없었고 또 더 나은 양로병원을 찾을 수도 없기 때문이었다.

가을날 어머니는 중환자실로 옮기셨다. 식사는 콧속 호스로 하고 있었고, 마사지를 자주 하고 안마기로 근육을 움직여서 혈액순환을 도와주고 있었지만 다리는 접히고 오그라들고 있었다. 어머니는 손을 움직일 틈만 나면 불편한 콧속 호스를 뽑아내려 했다. 이렇게는 더 살지 않겠다고 고통만 연장시키는 연명을 거부하시는 것 같았다. 몸을 아예 움직이지 못하게 두 손목을 병상 가드레일에 끈으로 묶어 놓고 있었다. 말기의 병상은 참혹한 형틀이었다. 이게 십자가가 아니면 무엇이 십자가이겠는가? 이제는 패혈증과 폐렴 증세가 수시로 찾아오고 있어 이것을 피해 내는 것이 생명 연장이었다.

그 중환자실의 병상에는 모두가 수주일 내로 또는 길어 봐야 몇 달 내로 임종하실 분들이었다. 어머니를 찾아다니던 몇 달 동안에 맞은편 병상도 옆 병상도 환자들이 자꾸 바뀌고 있었고 또 어머니를 찾아가서 옆에 서 있는 사이에도 옆에서 건너편에서 돌아가시는 분이 있었다. 유리의 눈에는 그 병실 환자들의 얼굴들 모두가 연옥 영혼들처럼 보였다. 어느 밤 꿈속에서는 얼굴도 이름도 모를 수십 명 잿빛의 얼굴들이 유리를 향해 무리로 앉아 바라보는 것이었다. 그 모든 얼굴들이 흑백도 아닌 화장한 유골의 회색이었고 어둡고 초라한 모습이었다. 자신들을 위해 기도해 줄 것을 갈망하는 연옥 영혼들 같았다. 그 꿈은 잊히지도 않고 생생하게 새겨져 오래도록 남아 있었다.

어머니도 위독한 상황이 자주 나타났다. 병원에서는 어머니의 가슴에 구멍을 내어 기계호흡을 실시하자고도 제의했다. 그러나 그건 너무 끔찍한 짓이었고 도저히 못 할 짓이었다. 어머니의 운명을 대비해야만 했다. 그러던 11월 초의 어느 날 어머니를 찾아갔을 때에는 간호사가 「어머니의 혈중염증 수치가 높다.」라며 수혈하겠다고 혈액을 가져다 놓았다. 혈액 봉지를 마침 확인해 보니 혈액이 A형이었다. 그러나 어머니의 혈액형은 AB형이었던 것이다. 유리는 그들에게 「왜 이러는 거야? 내가 이것을 확인 못 했다면 A형 혈액을 그대로 수혈시켜서 돌아가시게 했을 텐데, 그때는 당신들이 어떤 이유를 둘러대며 변명할 것인가?」

「잘못된 혈액형을 수혈시켜 의료사고를 내고서도 〈수혈 쇼크다〉, 〈수혈할 때는 그럴 수 있다, 뭐다〉 하며 뻔한 거짓말로 책임을 회피할 것이 아니냐?」라고 따졌다.

그러자 병원장이 쫓아와서 유리에게 간곡하게 사과하였고 간호사들도 쩔쩔매고 있었다. 명백한 실수의 현장을 들키자 어쩔 줄 몰랐던 것이다. 그러고서 약 2주째가 되어 가던 12월 19일, 이른 아침에 유리는 어머니께서 위독하시다는 연락을 받았다. 그 전날에도 전전날에도 며칠째 어머니가 안 좋다가 괜찮아지고 했던 것이다. 달려가서 몇 시간 옆에서 지키고 있던 중에 어머니는 임종하셨다. 어머니를 아버지 묘소의 옆에 모셨다.

아버지에 이어 어머니도 저세상으로 가시자 유리는 삶의 의욕도 살 이유도 완전히 사라졌다. 삶의 의미도 목적도 없었다. 살고 싶다는 생각도 없었다. 완전한 외톨인 것이 실감됐다. 완전한 상실이었다. 부모님만 떠나신 것이 아니었다. 〈나〉라는 존재는 없어지고 헛그림자만 있는 것이었다. 생각, 의지, 목적도 없었고 의식도 없이 텅 비어 내 존재 자체가 없었다. 세상도 도로도 길가 건물들도 나무들도 숲도 강물도 길을 걷는 사람들도 랭글리의 사무실도 모두가 그림자로 느껴졌다. 휴가를 내서 충분히 쉬어야만 했다. 혼자서 차를 몰아서 셰난도어 공원 콘도에서 지내며 산과 계곡을 돌아다니다가 다시 버지니아 비치로 체사피크 베이브리지로 오션 씨티로 돌면서 대서양을 바라보며 숨을 가다듬었다. 소금기 무겁고 칙칙한 바닷바람을 맞으며 드넓은 수평선과 흰 포말을 펼치며 흩날리는 파도와 아무도 없이 텅 빈 백사장을 하루 종일 바라보며 며칠을 지내보았다. 그러고도 우울했으므로 다시 좀 더 따뜻한 마이애미로 날아갔다.

온 하늘을 짙붉게 불태우는 찬란한 저녁노을 빛 속으로 오버시즈 하이웨이 브리지(Overseas Highway Bridge)를 천천히 달렸다. 그 빛 속을 천천히 달릴 때 저 다리 건너 하늘의 찬란한 빛 속에서 부모님의 영혼이 지켜보는 것 같았다. 키웨스트(Key West)에 도착했다. 서던모스트 포인트(Southernmost Point)의 호텔에서 한 주일 동안 머물면서 매일 혼자 보트를 타고 나가 망망대해에서 낚시하며 물고기들의 입질에 집중하였다. 걸린 물고기를 끌어 올리느라 싸움을 했지만 그렇게 잡은 물고기들을 모두 다시 놓아주었다. 생명의 소중함은 삶의 의지는 식물도 물고기도 마찬가지라는 생각을 뿌리칠 수 없었다. 그렇게 보내다가 새해 1월 4일 밤에 워싱턴 내셔널공항에 도착했다.

다행으로 어머니를 보내 드리고 나서는 아버지 때보다는 회한 후회가 덜했던 것이다. 어머니를 돌보는 데 마음을 조금 더 기울였기 때문이었던 같았다. 그러나 가슴속에는 잠시라도 불쌍한 부모님 모습에 대한 기억들과 애절한 아픔이 조금이라도 잊히지 않았고 덜해지지도 않았다. 뼛속이 저리는 깊은 한으로 남아서 언제든 불현듯 되살아나고 있었다.

3.
아이코

    1995년 1월 첫 목요일 유리는 랭글리의 정보분석 데스크로 출근했다. 2주일 동안 사무실을 비우고 휴가를 다녀온 것이다. 평양 로동당중앙당 핵심부에 대한 감청 자료들이 쌓여 있었다. 매일 늦은 밤까지 밀린 자료들을 분석하고 보고서를 쓰느라 바쁘고 피곤하게 지냈다. 상념에 빠질 여유가 없었다. 자신을 추스르는 데 도움이 됐다. 더구나 새해 초였던 것이다.

    유리는 분석실 요원들의 권유에 따라 골프를 배우기 시작했다. 포토맥강 위의 〈이스트 포토맥 공원〉 골프연습장에서 퇴근 후 몇 주일간의 레슨을 받은 후 주말에 골프장으로 나갔다. 몰입하기에 좋았다. 처음에는 포토맥강의 섬 〈이스트 포토맥 골프코스〉에서 몇 번 했는데 코스에 오리 똥이 너무나 많아 더러운 데다 잔디도 나빠 재미가 없었다. 데스크 직원들로부터 소개를 받고 지도도 구해 좋은 골프장을 찾아다녔다. 워싱턴 D.C. 둘레의 노던 버지니아와 메릴랜드에는 싸고 좋은 곳이 많았다. 처음 배우는 터라 작은 공 하나에 집중하니 다른 것을 잊는 데 좋았고 또 코스의 아름다운 경치가 좋아서 주말마다 나갔다. 초보자라 쫓기지 않고 치기 위해 주로 혼자서 코스를 돌았다. 남들과 어울릴 수 있게 됐을 때는 봄이 되고 있었다. 하늘에도 대지에도 생명이 살아나고 잔디와 나뭇가지들은 연녹색을 머금고 있었다.

3월 어느 주말이었다. 서쪽 메릴랜드의 언덕진 골프장으로 갔는데 마침 혼자서 골프를 하러 온 일본 여성을 만나서 둘이서 코스를 돌게 되었다.
「사이토 아이코라고 합니다. 도쿄에서 회사 다니다가 공부를 해 보려고 아메리칸 대학으로 유학을 와 있습니다.」
「만나게 되어서 기쁩니다.」 낮고 부드러운 목소리였고 정중하고도 겸손한 말투였다. 나이가 좀 있어 보였지만 귀여운 얼굴이었고 눈과 마음을 확 끄는 용모였다. 초롱초롱한 까만 눈에다 보조개가 깊었고 머리카락으로 착각시키는 까만색 벨벳 소재의 헤어밴드를 쓰고 있었다. 친절하고 다정한 태도에다 밝게 생글생글 웃는 얼굴은 전형적인 일본 여성이었다.
유리는 CIA에서 일하는 자기 신분을 밝힐 수가 없었다. CIA에서도 직원 신분을 철저히 감추고 위장 신분을 내세우는 것은 KGB나 마찬가지로 기본원칙이었다.
「저의 이름은 유리입니다. 얼마 전에 부모님이 다 돌아가셨는데…… 돌아가시기 전에 부모님의 마지막 삶의 몇 개월을 함께 지내기 위해 직장을 그만두었고, 지금은 새 직장을 찾고 있는 중입니다. 유럽에서도 좀 살았고 외국에서만 오래 살고 있습니다.」
아이코는 서른세 살이라고 했다. 그 이상 신상 이야기는 서로가 피했고 골프 이야기만 하면서 코스를 돌았다. 아이코는 일본에서도 골프를 했다는데 실수를 피하며 차분하게 똑똑 잘 치고 있었다. 두 사람은 처음부터 서로 호감을 느꼈지만 첫 만남이라 골프 규칙과 예의를 지키면서 코스를 돌았고 다음 주에도 함께 골프를 하기로 약속하고 헤어졌다. 사는 집이 어느 동네인지도 서로 묻지 않았고 전화번호도 교환하지 않았다. 그렇게 다음 만남을 약속했다.

아이코와 헤어져 돌아온 유리는 마음이 설레고 있었다. 그녀의 모습이 눈에 계속 어른거렸다. 공을 칠 때 휘둘리는 그녀의 가슴과 엉덩이와 몸매와 신음 소리가 자꾸 기억 속에 맴돌고 있었다. 몸속에서 오랫동안 짓눌렸던 열정을 꿈틀거리게 하고 있었다. 한 주가 길게 지나가고 있었고 머릿속에는 아이코와 골프 코스를 도는 모습이 어른거렸다. 그런 저녁에는 포토맥강 위 섬의 골프 연습장으로 가서 레슨도 받고 연습을 했다.

아이코와 약속한 토요일이었다. 유리는 일찍 골프장으로 갔고 연습장 그린에서 퍼팅을 하고 있었다.

「유리 씨!」 열중하고 있을 때 사근사근하고 정감이 가득한 목소리가 불렀다. 아이코였다. 그녀도 연습을 하려고 일찍 온 것이었다. 두 사람은 악수하며 동시에 가벼운 포옹을 했다. 그녀는 몸이 맞닿을 때면 「으음~!」 하며 작게 신음 소리를 냈다. 아이코의 목소리는 낮으면서 사근사근하며 정감 있고 자극적이었다. 포옹하는 순간 그녀는 얼굴이 환하게 밝아지며 기운과 활기와 목소리가 고조되는 것이었다. 유리도 그랬고 그런 아이코를 느끼며 가슴이 두근대고 있었다.

이날 아웃코스는 36홀의 골프장에서 지난번에 돌지 않은 것이었다. 언덕을 많이 오르내리며 덤불숲과 울창한 큰 키 나무숲 사이로 난 코스였다. 아이코는 골프 경력과 실력이 있었으므로 유리를 지켜보기만 하던 지난번과는 달리 조금씩 조언을 해 주고 있었다. 후반 코스를 돌 때였다. 유리의 공이 페어웨이 언저리 비탈 러프에 떨어져 있었고 앞의 큰 나무를 피하며 쳐야 했다. 아이코는 뒤에서 유리의 몸통을 잡고 좌우로 회전시키며 자세를 잡아 주고 있었다. 그때 비탈 잔디에 발이 미끄러지며 아이코는 유리에게 매달렸다. 유리는 순간 아이코를 안아 일으켰다. 그러자 아이코는 매달리듯 유리를 포옹하며 「으음~ 아~」 신음과 함께 열정적으로 키스를 했다. 그런 채로 유리를 한동안 놓아주지 않았다. 두 사람은 서로 신음 소리를 나누며 시간 가는 줄도 모른 채 키스를 하고 있었다.

「아~ 아~! 으~ 으음!」 아이코는 숨을 깊이 내쉬며 자세를 고쳐 잡고 더 꼭 안으며 밀착했다. 「유리 씨! 난 너무 외로웠어요!」 아이코의 신음 섞인 목소리는 키스 속으로 묻히며 사라지고 있었다. 아이코는 키스로 온몸의 갈망을 절규하고 있었다. 그런 후 몸을 바로 세우며 말했다.

「유리 씨, 미안해요! 잔디가 미끄러워요! 조심해야 되겠어요!」 아이코는 얼굴을 붉혔다.

「유리 씨의 샷 자세는 정말 유연하고 멋있어요!」

「유리 씨가 공을 치는 모습을 보면 자세도 좋고 힘도 좋아서 감탄스러워요! 골프를 일찍부터 시작했다면 아마 지금은 프로 선수가 돼 있을 것 같아요!」

「솔직히 유리 씨를 쳐다보면 내 가슴이 쿵쿵대고 마음이 자꾸 혼란스러워져요!」

아이코는 아주 거짓이 없었고 감춤이 없이 솔직했고 용기 있는, 부드러운 여자였다.

그러고 나자 두 사람은 급속하게 가까워지고 있었다. 전동카트를 몰면서 수시로 짧고 가볍게 키스를 나누고 있었다. 그녀는 전동카트 위에서는 줄곧 유리 어깨에 머리를 기대고 있었고 몸을 밀착하여 기대고 있었다. 카트가 평평한 페어웨이 위를 달릴 때는 한 팔로 유리를 끌어안기도 했다. 필드에서 공을 칠 때만 서로가 떨어져 있었다.

이렇게 코스를 마치고 아이코가 살고 있는 동네로 갔다. 스튜디오였다. 포토맥강 다리 남쪽 건너였고 로스린 지하철역이 멀지 않았다. 두 사람은 저녁 식사와 함께 술을 마셨고 와인과 스시와 해산물을 사서 그녀의 집으로 들어갔다.

서른세 살의 아이코는 마음도 몸도 외로움에 짓눌려 지쳐 있었다. 그녀는 대학을 졸업한 후 도쿄 미나토 아카사카의 직장에서 회장 비서로 일하다가 그만두고 유학을 왔다. 처음 취직을 하자마자 회장의 비서가 되었는데, 공식 회사 업무에서는 비서였지만, 퇴근 후에는 회장의 오피스 와이프가 되었다. 회장이 원할 때마다 밤을 함께 보냈다. 십 년간 이렇게 지내면서 아이코는 사랑이 깊어졌다. 그러나 회장이 물러나면서 이 관계가 끊어졌고 아이코는 깊은 상처를 입었다. 그러자 삶을 새롭게 바꾸기 위해 사직을 했고 유학을 온 것이었다.

아이코는 솔직한 여자였다. 자신의 지난 일들에 대해서 물어보지도 않았고 그냥 가만 듣기만 하는데도 솔직히 생각나는 대로 다 말하는 것이었다. 그런 그녀는 「유리 씨, 나는 정말 외로워요!」 「많이 많이 좀 사랑해 주세요!」라고 말했고 사랑을 나누는 동안에도 「더 사랑해 주세요!」라고 말했다. 맑고 커다란 새까만 눈동자에는 눈물을 가득 담고서 원하고 있었다. 이날 밤 두 사람은 몇 번이나 사랑을 나누었다. 그녀도 갈망과 욕정의 불씨를 오랫동안 깊숙이 묻어 놓고 있었고 더구나 다음 날은 일요일이라 푹 쉴 수 있었던 것이다. 일요일 늦은 아침 햇살에 눈을 뜨면서 아이코는 다시 사랑을 요구했다. 그녀는 누워 있는 유리에게 올라와서 리드를 하면서 열정을 다 쏟다가 지치면서 내려왔고 다시 잠이 들었다.

「유리 씨! 유리 씨가 원하시면, 내가 생각나시고 필요하실 때면 언제든지 마음대로 나를 가지세요!」 그녀의 진지한 말과 태도는 헌신적인 일본 여성의 모습이었다. 새롭고 신선한 감동을 느꼈다.

늦잠을 자고 일어난 아이코는 목소리가 아주 밝고 경쾌해져 있었다. 노래를 흥얼거리며 어제 사 온 해산물을 냉장고에서 꺼내 아침 식사를 만들고 있었다. 아침 식사를 준비하는 아이코를 등 뒤에서 허리를 가만히 안아 주었다. 그러자 아이코는 요리하던 손을 씻으며 돌아서서 매달리며 키스를 했고 한 손을 내리더니 유리의 국부를 꽉 잡는 것이었다. 그녀는 무척 사랑스러웠고 유리는 참으로 행복감을 느꼈다.

그런 그녀는 그날도 그 후로도 유리의 신상에 대해서는 묻지 않았다. 「나의 신상에 대해 어떻게 말해야 하나? 직업은 무엇이라고 하고 학교는 어디를 졸업했다고 해야 될까?」 하고 줄곧 고민하고 있었지만 그녀는 물어 오지 않았다. 그건 당장은 다행이었지만 유리의 마음속에서는 자꾸 부담으로 쌓여 가고 있었다. 언젠가는 뭐라고 거짓을 둘러대든가 스스로 꼭 밝혀야만 할 일이었다.

　유리는 늦은 오후에 아이코의 스튜디오를 나와 숙소로 돌아왔다. 앞으로는 매주 토요일마다 둘이서 함께 골프를 치기로 했으며 또 퇴근 후에는 예고 없이도 언제든지 아이코가 전화해서 부르거나 유리가 원할 때면 아이코의 스튜디오를 찾아가기로 약속했다. 이렇게 급히 준동거 상태로 진행되었다. 유리는 매주 토요일과 주중에도 한두 번씩 아이코의 스튜디오를 찾아가고 있었다. 둘은 부부처럼 서로가 친숙해졌고 행복했고 깊이 사랑하고 있었다.

　1996년 7월 중순이었다. 한참 여름휴가 철이라 데스크는 빈자리가 많았다. 남아 있는 요원들은 자기 일에다가 자리를 비운 동료들의 긴급한 업무까지 떠맡아 처리하느라 치열한 싸움을 하고 있었다. 유리는 여전히 첩보위성으로 수신되어 오는 평양의 로동당중앙당 당사와 김정일 서기실 감청 자료들을 분석하고 있었다. 랭글리의 CIA로 들어온 지도 벌써 4년이 넘어 있었다. 이때 유리는 흑색 요원으로서 아시아 국가로 공작 활동을 나가도록 결정되었다. 8월 중순부터 해외파견 공작원교육과정에 입교하라는 인사 명령이었다. 또 감청자료 분석업무를 맡을 후임 요원도 왔다. 공작 활동 목표 지역은 중국과 중동 지역을 선택하는 것이었다. 흑색공작 요원으로서 이들 지역에서 중국과 중동 국가들에 대한 정보를 수집하는 것이 임무였다.

　1996년 8월 중순 유리는 CIA의 정보학교에 입교하여 흑색공작 교육을 받았다. 중국에서 공작하기 위한 여건을 익혀야 했다. 공산당 인민해방군 정부 등 중국의 3축이 돌아가는 시스템과 주요 인물들의 신원 정보, 사회 경제 문화, 각 지역의 특색, 중국어 보통화도 기초를 익혔다. CIA의 공작 기법은 KGB와 별반 다르지 않으므로 서로 다른 부분과 취약 요소를 크로스체크하는 식이었다.

CIA는 긴급하고 불가피한 경우가 아니면 비합법적 비인도적 수단이나 방법을 자제하고 현지 국가의 법률과 사회규범을 지키며 방어적이었다. 그에 비해서 KGB는 공격적 도발적이었고 「불법과 살인은 최고의 수단이다.」 「적발되면 끝까지 부정하고 함구하여 발을 뺀다.」 「정의는 승자의 것이며, 죽은 자는 말하지 못한다.」라는 황금률이 있었다.

「공작에서 성과나 효과가 기대된다면 가능한 수단과 방법으로 최적의 시기를 만들어 자신의 직감에 따라 실행한다.」

「기회나 성과를 적에게 내주는 것, 적을 살려 두어 반격을 당하는 것은 반역이다.」라는 명제는 KGB의 절대원칙이고 체질화된 생리였다. 〈암살〉은 최상부의 지시 없이도 실무선에서 임의적 자발적으로 실행하는 선택 사항이었다. 이것은 요원들의 사명감을 고취시키고 적에게 공포심을 주는 긍정 효과도 있었다. 또 시행착오와 국제적 역풍도 있었다. 그러나 실로 KGB의 조직과 요원들이 정신적 윤리적으로 황폐해지고 비인간화되어 파멸하는 요소였다. 인간 영혼에게는 이성, 윤리, 도덕, 정의, 대의, 명분이 영원한 생명과 영혼의 양식이기 때문이다.

교육 내용은 미행 감시, 탈미(미행 감시를 따돌리고 벗어나는 것) 및 접선, 암호통신, 무인포스트 등 연락 방법, 포섭 활용 등이었고 공작 추진 방안을 수립하는 것이었다. 유리로서는 KGB에서 오래 숙달된 것이라

쉽게 마쳤다. 그러나 공작 목표 분석에서 인물 요해 숙지는 끝이 없었다. 접근해 볼 만한 공산당원들 공무원들 고위군인들 사업가들, 자리 잡은 외국인 사업가 언론인 등 수많은 인물들을 숙지했다. 그러나 결국 현장에서 부딪히면서 해결할 일이었다. 답은 현장에 있고 데스크는 결국 탁상공론이기 때문이다. 실제 상황 속에서 임기응변으로 돌아가는 흐름에 맞추면서 추진할 일이었다. 평양에서도 서울에서도 그랬다.

10월 중순, 유리는 교육을 마쳤다. 출국은 11월 초였다. 그때까지 주말이면 아이코와 골프장을 가고 주중에도 스튜디오를 찾아갔다. 1년 반째 이런 생활에 서로 사랑이 깊어졌고 행복했다. 서로에게는 바라는 것이 없었다. 단지 함께 있는 것으로 모든 것이 충분했고 편안했고 완전한 시간이었다. 남은 기간 보름을 서로 아끼면서 소중하게 보내고 있었다. 아이코는 내년 여름에 학위를 받을 예정이었지만 그 후로도 공부를 계속할 생각이었다.

1996년 11월 1일 금요일은 아이코와 마지막 밤이었다. 전장 투입을 위한 최종 점검으로 바쁜 며칠을 보내다가 아이코의 스튜디오로 가서 함께 마지막 밤을 보내게 되었다. 아이코는 임신 5주째였다. 임신을 확인하고 함께 고민도 했었지만 사랑하는 사이에 자연스레 이루어진 좋은 기회이므로 유리는 당연히 결혼하기로 마음먹었다. 그러나 나이 서른넷의 아이코는 평생 혼자 살더라도 이루겠다는 목표가 있었다. 며칠 전까지 그런 대화를 나눴는데 이날 보니 아이코는 이미 수술을 받은 뒤였다. 아이코는 슬프지도 아무렇지도 않은 듯 행동했다. 그런 아이코는 그러나 그날 밤 유리의 팔을 베고 가슴에 얼굴을 묻은 채 울고 있었다.

「아이코, 왜 그랬어? 잘못 생각한 거지?」

「…….」

「우리 결혼하자! 그리고 다시 아기를 만들자! 그러면 되잖아?」

「아니야! 내가 많이 생각한 결정이야!」

「그렇다면 왜 울겠어? 후회하는 거잖아?」

「그냥……!」

「그게 아니지! 잘못 생각한 거 맞잖아? 그렇게 쉽게 해 버릴 일이 아닌 거잖아?」

「유리 씨! 나 정말 당신을 사랑해!」

「그래, 나도! 그러니까 우리 결혼을 해야지!」

「고마워! 유리 씨의 그 마음을 나는 다 알고 있어요!」

「다시 잘 생각해봐! 아이코!」

「아니야! 더 늦기 전에 공부를 마쳐야만 해! 여기서 놓치면 안 돼! 그건 내가 원하는 삶이 아닌 거야!」

「아이코, 너는 나를 사랑하잖아? 나랑 이렇게 있는 것을 행복해하잖아?」

「유리 씨, 내가 전에 했던 이야기를 잊은 거야?」

「……무슨?」

「나에게는 지울 수가 없는 상처가 있어! …… 나는 이미 사랑에 실패했어!」

「지나간 일이잖아? 지금은 내가 있잖아? 우리가 사는 것은 현재잖아! 지금을 잘 살면 과거도 좋은 것으로 변하는 거야, 앞날은 새로이 더 행복하게 만들어 가야 하는 거잖아!」

「아니야……. 그런 사랑 행복에 더 집착하지는 않을 거야! 이젠…… 하고 싶은 것을 하면서 내 자신의 삶을 살 거야! 외롭더라도…….」 아이코는 숨을 깊이 쉬며 한 마디 한 마디씩 천천히 이어 가고 있었다. 정감 깊은 나지막한 목소리에는 결의가 느껴졌다.

「유리 씨, 정말 고마웠어! 사랑했어요! 그간 좋은 추억이었어! 행복했어요! 유리 씨를 안 잊을 거야!」

그런 아이코는 유리의 팔을 베고 가슴에 얼굴을 묻은 채 여전히 소리도 없이 눈물을 흘리고 있었다. 팔을 적시고 있었다. 두 사람은 서로를 꼭 안은 채 그렇게 마지막 밤을 보냈다.

4.
파견

　다음 날 이른 아침, 유리는 미국 여권과 스위스 여권을 가지고 워싱턴 D.C. 서쪽의 덜레스 국제공항에서 제네바행 비행기를 탔다. 제네바에 도착해서는 현지 CIA 요원을 만나 자신의 미국 여권을 반납했다. 미국을 출입한 흔적도 없는 스위스 여권으로 중국에서 활동하려는 것이었다.

　유리가 서울로 맨 처음 들어갈 때 사용했던 스위스 여권은 이미 10년이 지났으므로 새 여권을 발급받아 놓고 있었다. 사실 그때 유리는 소련 여권, 스위스 여권, 미국 여권 등 세 가지 여권을 가지고 있었다. 그러나 소련 여권은 시효가 끝났기도 했지만 그렇다고 소련대사관을 찾아 들어가서 새 여권을 발급받을 수도 없었다. 그러니 이제는 소련 사람도 아니었다. 더구나 이번에 중국에서는 스위스 여권으로, 스위스 사람으로 활동하는 것이다.

　베이징으로 출발하기 전에 며칠의 숨 돌리는 시간을 가졌다. 로라가 생각나기도 했다. 옛날 로라와 함께 갔던 장소도 둘러보며 로잔과 몽트뢰를 거쳐 호수를 한 바퀴 돌았다. 그러나 곧 중국에 들어가면 부닥칠 상황들과 대응 방안을 생각하느라 긴장 속에 시간이 갔다.

―――

1996년 11월 6일 수요일 오후, 유리는 베이징의 서우두 공항에 도착했다. 랭글리에서 중국을 많이 파악했지만 실제 모습은 낯설기만 했다. 몸으로 부딪히며 대응하고 적응해야 했다.

그러자니 중국의 국가안보를 총괄하고 있는 〈국가안전부〉, 국내 안보와 사회 안정을 명분으로 특히 외국인을 속살까지 들여다보는 〈공안부〉를 먼저 파악하고 그들에 대응한 생존술을 터득해야 했다. 중국 정보기관은 〈목표 인물 한 사람당 미행 감시 요원 20명을 따라 붙인다〉는 랭글리의 보고서가 머릿속에 생생했다. 미행 감시에도 인해전술인 것이다. 유리에게는 그 요원들의 일상적 행태가 어떤지, 기술과 태도가 어떤지, 어떤 사람들인지를 파악하는 것이 급했다. 또 공산당과 인민해방군과 민원 업무를 처리하는 행정기관들이 외국인을 어떻게 대하고 감시는 어떻게 하는지 파악해야 했다. 이것은 자신의 맨몸과 지금까지 쌓아 온 경험과 직감과 다양한 행동 패턴으로 신중히 적극적으로 해 나갈 일이었다.

그들의 일상적 모습과 공작 활동에 유리 불리한 여건들과 위험 요소들을 먼저 파악해야 했다. 기초체력과 기본동작을 갖추는 일이었다. 그런 후에야 베이징에서 그대로 활동하거나 상하이, 선전, 충칭, 청두 또는 홍콩, 마카오 등 어디든 자리를 잡고 공작 거점을 만들어야 할 일이었다. 독자적으로 개척하고 전개하는 이런 흑색공작은 여건이나 사정의 변화에 따라 나중에 장소를 변경할 수도 있다. 감시 통제가 덜한 영국령 홍콩이나 포르투갈령 마카오를 옮길 수도 있을 것이다.

먼저 몸을 둘 호텔부터 정해야 했다. 첫 시작부터 중국 기관들을 자극하여 그들의 눈길을 끌고 감시를 받기로 했다. 그들을 테스트하며 시작하는 것이다. 그러나 체포되거나 조사받거나 추방당하지 않을 정도로 해야 했다. 그들의 관심을 끌고 의심하게 만들어서 유리에게 많은 요원들이 따라붙어 감시하도록 유도해야 했다. 그들의 미행 감시 기술과 방식을 공격적으로 역감시하기로 했다. 그들이 며칠을 헛수고하고 나서 유리를 「신경 쓸 가치가 없는 놈」, 「쓸데없이 성가시게 행동하는 별 볼일 없는 스위스 놈」으로 확실히 결론을 내리게 해서 유리에 대해서 그들이 안심하고 무관심하도록 만들어야 했다. 앞으로 그들의 「집중감시 관리 필요 요주의 외국인 목록」에서 유리 자신을 영구히 제외시키도록 만드는 것이었다.

유리는 서우두 공항에서부터 행동에 착수했다. 공항에 깔려 있는 제복 요원들 사복 요원들에게 「국가안전부 본부를 어떻게 찾아갑니까?」라고 질문했다. 그러자 그들은 다짜고짜 「여권을 달라!」 하면서 유리를 끌듯이 데리고 한적한 구역으로 갔고, 문 같아 보이지도 않게 생긴 벽면이 열리면서 안으로 들어갔다. 그들의 공항 보안실이었다. 유리의 여권을 복사하고 어디로 팩스를 보내고 전화로 보고하고 한참 신문하고서야 보내주었다. 일차 그들의 시선을 끌었다. 유리가 호텔에서 외출하면 그들은 투숙 방에 들어와 짐들을 살살이 뒤져 볼 것 같았다. 그때 유리는 그들이 몇 명인지 숫자와 얼굴과 행동 방식과 기민성을 역감시하기로 했다. 그들의 역량과 행태를 파악하면 앞으로 더 고차원적으로 대응할 수 있는 것이다. 또 유리를 미행 감시하는 국가안전부, 공안부 요원들의 얼굴이나 차량이 바뀌더라도 그것도 알고 대응할 수 있으므로 재미도 느낄 것이다. 그때부터 유리는 그들이 「유리 이놈은 우리 손바닥 안이야!」라고 가볍게 여기며 무시하도록 착실히 불법이나 문제 될 그 어떤 행동도 그 이상 하지 않을 것이다. 유리는 그들과 마주칠 때마다, 자신은 항상 아무에게 먼저 인사를 건네는 사람인 것처럼 먼저 인사하면서 그들을 놀려 줄 것이다. 언제 어디서나 중국 법규를 온전히 지키면서 시비당할 어떤 언동도 하지 않을 것이다. 그들은 결국 몇 개월 더 유리를 미행 및 감시해 보더라도 지치고 실망해서 「아무 문제성 없는 우호적 인물」로 결론짓게 될 것이다. 그때쯤 그들은 자신들의 얼굴과 역량들을 고스란히 다 유리에게 노출시켜 준 채 물러서게 되는 것이다.

「창안로의 국가안전부로 갑시다!」 유리는 일반 택시가 아닌 개인이 영업하는 벤츠를 발견하고 올라타며 근엄하게 말했다.

택시가 창안로에 들어서자 유리는 천안문 앞에서 좌회전시켜 광장 전체를 한 바퀴 크게 돌게 해서 광장 동쪽의 국가안전부 건물 정문으로 들어섰다.

「누구입니까?」

「왜 왔습니까?」 현관 근무자가 택시를 세우면서 신분증으로 여권을 요구했다.

「천푸(陳福) 부주임을 만나러 왔습니다.」 유리는 계획한 대로 말하며 여권을 내밀었다.

여권을 받아 들고 경비실로 들어간 근무자는 잠시 후에 책임자로 보이는 남자와 함께 나와서 「우리는 공안부입니다. 천 부주임님, 그런 분은 우리 공안부에는 안 계십니다. 안전부로 가 보십시오!」라고 말한 뒤 여권을 돌려주며 현관의 다른 쪽을 손짓했다. 안전부와 공안부는 분리 독립되었지만 같은 빌딩에 그대로 있었고 경비실은 현관의 서로 다른 쪽이었다. 유리는 차를 옮겨 안전부 근무자에게로 갔다.

「천푸(陳福) 부주임님을 만나러 왔습니다.」

「천 부주임님과 어떤 사이입니까? 신분증을 주세요!」 여권을 받아 간 그들은 경비실 안에서 어딘가로 한동안 통화하고 있었다.

「당신은 뭘 하는 사람입니까? 신분이 뭡니까?」

「천 부주임님을 어떻게 아는 사이입니까? 방문 목적이 뭡니까?」

「방문하라는 허락을 받았습니까? 약속을 받았습니까?」

「천 부주임님은 당신을 모르신다고, 방문을 허락하지 않으십니다.」

「당장 돌아가시오! 안전부는 이렇게 함부로 아무나 막 찾아오는 기관이 아닙니다. 앞으로 조심하시오!」

친절하던 태도가 그새 달라지며 고압적 위협적으로 변했다. 눈빛이 무서웠고 불쾌해하며 화가 나 있었다. 유리가 손을 내밀기도 전에 여권을 휙 던져 버리는 것이었다.

현관 앞 바닥에 던져진 여권을 주워 들고 벤츠에 다시 오른 유리는 「100% 이상 성공했다!」라고 확신했다. 위협적이던 행동에 개의치 않았고 오히려 흐뭇했다. 차량은 창안대로 북쪽으로 자금성 동쪽 안전부 건너편의 진위후퉁 거리로 들어가서 호텔에 도착했다. 상황을 내내 지켜본 기사는 눈이 예리해져 있었다. 기사들은 정보원 교육을 받는 것 같았다.

유리가 바라는 대로 이 기사는 오늘 직접 몇 시간 지켜본 유리의 행동을 즉시 어딘가로 신고할 것 같았다.

「비행 시차로 피곤합니다. 푹 쉬겠어요. 전화든 무엇이든 방해하지 말아 주세요!」 유리는 체크인을 하며 리셉션에서 다짐을 받았다. 그러고는 룸에 짐을 놓자마자 복도에서 호텔 바깥으로 연결되는 통로를 찾았다. 호텔 로비를 사용하지 않고 곧바로 바깥으로 드나드는 길은 지하의 식당 물품 공급 출입구, 고객용 지하 주차장 출입구, 1층에서 호텔 뒷골목으로 통하는 출입구 등 세 개였다. 또 지하로부터 사람을 피하며 룸으로 드나들 수 있는 길은 화물 엘리베이터와 비상계단이었다. 유리는 이들을 통해 호텔 바깥에서 룸을 드나드는 데 걸리는 시간을 체크했다. 그런 다음 그 통로로 호텔 밖으로 나갔고, 주변 거리를 파악했다. 택시에서 다른 택시를 점프하듯 즉시 바꿔 탈 수 있는 대기 택시들이 많은 위치도 파악했다. 이렇게 주변의 상황을 익히고 들어왔다. 식사는 룸서비스로 시켜 먹었다.

「종일 관광을 좀 하겠습니다. 북경 관광 지도를 좀 주세요! 자금성과 만리장성을 보러 갑니다.」 유리가 다음 날 오전 리셉션에 룸 키를 맡기며 말했다. 〈오늘 종일 방을 비우겠으니 미행 감시하는 안전부나 공안부 요원들이 마음대로 들어와 내 방 물건을 뒤져 보고 도청 장치든 무엇이든 설치할 수 있게 알려 주라〉는 의미였다.
리셉션의 매니저는 호텔에서 자금성과 만리장성까지 가는 방법과 시간, 자금성과 만리장성을 구경하는 데 걸리는 시간에 대해 메모까지 하며 상세히 설명해 주었다.

　유리는 호텔을 나온 후 맞은편 건물로 잽싸게 들어갔고, 2층 식당에서 창가에 앉아 아침 겸 점심을 먹으며 건너편 호텔로 들어가는 차량들과 주차장에서 내리는 사람들을 살피기 시작했다. 점심시간 전 11시였다. 검은색 승용차 두 대가 호텔 마당에 들어서고 젊은 남자들 여섯 명이 내려서 로비로 들어가는데 주차장에서부터 로비 벨보이까지 모두가 깍듯하게 인사했다. 좁은 지상 마당에 있는 차는 번쩍거리는데 하릴없이 남아 있는 운전기사는 있지도 않은 먼지를 닦고 있었다. 유리 눈에는 분명히 권력기관 요원들이었고 자신을 미행 감시하는 것이었다.

　유리는 곧 그곳을 나와 이미 파악한 호텔 지하의 식당 물품공급 출입구로 들어가 계단을 통해 자기 룸 층의 복도로 올라갔고 복도 끝에 있는 룸서비스 물품창고로 잽싸게 들어가 쌓인 이불 수건 더미 뒤에 숨어서 복도와 자기 룸을 살폈다. 그때 엘리베이터에서 남자들 소리가 들리며 네 명이 시끄럽게 다가왔고, 유리의 룸 앞에 서더니 태연 느긋하게 키로 문을 열며 안으로 들어갔다. 그리고 방문을 열어 놓은 채 가방들을 속 내피까지 뒤지며 살폈다. 화장실도 사용하며 오줌도 요란하게 갈겼다. 옷장의 옷들은 주머니를 뒤지며 「고급 브랜드야!」라고 했고, 테이블 위에 올려 둔 수첩과 노트의 메모들을 모두 읽어 보며 사진도 찍었다. 테이블 스탠드의 밑바닥에는 도청기를 설치했다. 하드케이스 가방 내피 속에 숨긴 달러 봉투를 꺼내서 세더니 펼쳐 놓고 사진도 찍었다. 유리가 100달러 지폐를 그날 밤 돌아와 세어 보니 네 장이 모자랐다. 각자가 한 장씩 챙겨간 것이었다.

　유리는 네 명의 얼굴을 찬찬히 보고 행동 모습까지 보면서 그들의 특징들을 기억했다. 그들은 유리가 늦게 돌아온다고 들어서인지 서두르지 않았고 객실에서 담배도 피워 대고 물도 따라서 마시며 침대에 걸터앉아서 드러눕기까지도 했다. 그러다가 침대 헤드 테이블 스탠드에 설치한 도청기가 제대로 작동하는지를 다른 어디와 통화하며 확인까지 하고 나서야 객실을 나섰다. 한 시간이 훨씬 넘게 유리의 객실에서 머물다가 나가는 것이었다.

그들이 엘리베이터를 타려고 기다리는 것을 확인하고 유리도 비상구로 내려가서 그들을 살폈다. 커피숍에 남아 있던 두 명이 엘리베이터에서 내리는 이들 네 명을 불러 합석하여 담배도 피우고 차를 마시더니 옆의 식당에서 점심까지 먹고 나서야 호텔 마당에 있던 승용차를 타고 사라졌다. 호텔을 나설 때도 호텔 직원들 모두가 깍듯이 인사했다. 유리는 베이징에 도착 이틀 만에 중국 요원 여섯 명과 운전기사 두 명과 미행 감시 차량 두 대의 번호까지 파악했다.

유리는 자금성을 구경하다가 어두운 밤에야 로비로 들어섰고 아무것도 모르는 척하며 리셉션에서 룸 키를 받았다. 리셉션 근무자는 키를 돌려줄 때 유리를 위아래로 찬찬히 훑어보았는데 눈빛이 무서웠다. 감시하라는 임무를 부여받은 것이 틀림없었다. 룸 침대 밑에는 피우다 버린 담배꽁초가 신발에 밟힌 채로 있었고 화장실 바닥은 신발 자국이 지저분했고 변기 시트에는 흘린 오줌이 노랗게 말라 있었다. 그들은 흔적을 지우는 데 신경을 쓰지도 않았고 또 룸서비스조차도 그들이 나간 후에 청소를 다시 하지도 않은 것이었다.

「〈조심하라〉고 노골적으로 경고하는구나! 비싼 호텔에 투숙한 사람에게 예우도 없구나! KGB에서도 지켜지는 미행 감시의 기본 매너가 없구나! 노골적, 야만적 위협이야! 인권도 없어! 무섭고 무자비해!」 유리는 소름 돋았다. 서구와는 전혀 다른 세상인 것을 절감했다. 그들은 호텔의 리셉션은 물론 하우스키핑, 룸서비스, 벨보이까지 모두를 100% 통제하고 있는 것이 분명했다. 통신도 그럴 것 같았다. 유럽 국가나 미국에서처럼 생각했다가는 큰코다칠 일이었다. 겉으로 보이는 중국의 여유롭고 편안한 모습과 실제는 완전히 다른 것임을 알았다.

「이제부터는 무조건 조심해야 된다!」라고 다짐했다. 여차하면 큰일 날 위험한 일이었다. 공안부와 국가안전부에 대해 자기 나름대로 시험을 해 보려던 생각을 접었다. 이런 시험을 한다는 것은 인격 인권을 최상위의 가치로 인정하고 사생활과 권익의 보호를 최고의 규범 원칙으로 지키는 나라에서도 위험성이 있었다. 국가안전부나 공안부가 보여 준 이런 행동은 그들이 인권 개념도 없이 군림하는 권력기관이라는 사실을 과시했다. 유리는 중국에서 이틀 만에 앞으로 철저히 로키(low-key)로 활동하기로 생각을 고치고 말았다. 특히 국가안전부나 공안부나 공산당원들에게는 관심 대상이 되지 않기로, 눈에 띄지 않기로 마음먹었다.

앞으로 베이징 외의 다른 도시들도 다니며 중국의 실제를 확실히 익혀야 했다. 일주일 후에는 그 호텔을 나왔고, 칭다오와 상하이와 샤먼과 충칭과 광저우까지 차례로 갔다. 도시마다 며칠 머물며 투자 유치를 담당하는 상무(商務)부시장과 간부들을 만나서 면담하고, 투숙 호텔 사장들을 통해 지역사업가들을 소개받아 점심과 저녁과 술을 하며 상담과 시장조사를 했다. 사람을 소개받고 시장조사를 하면서 공작을 벌일 여건을 찾고 있었다. 중국은 모든 성들의 도시들이 외자업체를 유치하는 데 물불을 가리지 않고 적극적이었기 때문에 활동하기 아주 좋은 조건이었다.

크리스마스를 광저우에서 보낸 후 다시 선전과 주하이로 가서 부시장들과 사업가들을 만났고 관광도 했다. 이렇게 한 달 반을 보냈고 1996년 12월 29일 일요일 낮에는, 베이징으로 돌아가려고 주하이 공항에서 탑승 게이트 앞에 앉아 있었다.

———

주하이 공항은 누른바닷가에 있었다. 윈난성에서 발원해 광둥성을 통과해 온 시쟝(西江)이 누렇게 물들이고 있었다. 강 건너편에는 포르투갈령 마카오가 있었다. 유리가 타는 비행기는 베이징에서 왔다가 회항하는 것인데, 베이징 출발이 한 시간 늦어졌던 바람에 주하이 출발도 늦어지고 있었다. 유리는 탑승 안내 방송을 기다리느라 의자에 길게 기댄 채 눈을 감았다.

그때 옆자리에 누가 앉는 듯했다. 유리는 신경을 끊기로 했다. 그런데 유리의 어깨를 툭 치는 것이었다. 중국에 온 후 유리는 어디서든 줄을 서자면 줄이 짧을 때도 긴 줄일 때도 앞뒤에서 온몸을 바짝 밀착해서 비비기까지 하며 밀어 대는 인민들에게 질려 미칠 지경이었다. 씻기는커녕 머리도 감지 않은 몸에다 입은 옷은 땀과 때가 배고 절고 찌들어 덕지덕지 번질거리면서 풍겨 대는 누린내에다 썩어 가는 시큼한 악취들 때문에 숨을 참느라 괴로웠다. 감지도 않은 까치집 머리로 목 카라와 온 어깨를 허연 비듬으로 뒤덮고 풍기는 냄새에 소름 끼치고 있었다. 「지저분한 놈이 또 나에게 부딪치는군!」하며 짜증도 포기하고 팔짱을 방어적으로 낀 채 눈을 더 꾹 감았다. 그런 인민들 모습을 안 보고 조금이라도 멀리 피하고 싶을 뿐이었다. 그렇게 탑승 안내 방송을 기다리려 했다.

「혹시……?」 그때 누군가 귀 가까이에 얼굴을 대면서 말을 걸어왔다.

유리는 귀찮아하며 모른 척 무시하려 했다. 「아무것도 모르는 이방인한테 뭘 물어보겠다는 거야?」라며 가늘게 곁눈으로 어렴풋이 옆을 보았다. 통통한 얼굴과 짧은 머리에다 배도 볼록 나온 젊은 남자가 재미있다는 듯 유리에게 바짝 붙어 빤히 쳐다보고 있었다. 그냥 눈을 다시 감았지만 느낌이 이상했다. 다시 눈을 뜨며 쳐다보았다. 낯익은 얼굴이었다.

「혹시…… 나를 모르십네까?」 그가 말을 걸었다.

「이거 아주 오랜만인 거 아닙네까?」 능글능글 웃으며 말이 빨랐다.

「어……?」 유리는 놀라 몸을 벌떡 세워 앉았지만 말이 막혔다. 믿을 수가 없었다.

「옛날…… 그 꼬마…… 왕대장?」

「하, 하, 하, 하! 꼬마가 뭡네까?」 그는 유리의 어깨 팔뚝을 또 툭 건드리고 호방하게 웃으면서 재미있다는 듯 유리를 껴안았다. 거침없고 가볍고도 빠른 동작이었다. 유리도 그를 껴안았다. 유리의 눈 속에는 그 순간 까맣게 잊었던 옛일들이 주마등처럼 스쳐 가고 있었다.

「이거 참 오랜만입니다! 그러니까 아마…… 18년 만이지요?」

「뭐 그런 숫자는 세지 말자고요! 셀 게 얼마나 많은 세상인데!」 유리는 무슨 의미인지 알 수 없었다. 그러나 그의 말투는 권위가 있고 당당했다.

「어른이 됐습니다! 지금 몇 살인 거지요?」

「스물여섯!」 아무 의미도 없는 숫자라고 내던지는 투로 대답했다.

「그때는…… 제네바의 초등학교에 입학한다고 했었던가요? 아, 까마득하군요!」

「나는 주로 저기 마카오에서 일해요.」 마카오 쪽으로 손짓하며 말했다.

「베이징 싱가포르도 다닙니다요. 유럽도…… 일이 그래요.」 왕대장은 말을 돌렸다.

「아, 그렇습니까!」

「오늘 베이징에 들렀다가 연말이라서리 평양 들어가서 어른들…… 인사를 해야 하니까…….」

「…….」

「마카오에는 오늘 베이징 비행기가 없어서리 여기로 나온 거야요. 가까워요…….」

「아! 예? 나는 중국에 두 달째입니다. 보석과 시계를 수입해서 팔아 보려고요, 시장조사를 하느라 큰 도시들로 다니는데 감이 안 잡혀요……. 그래서 베이징으로 돌아가는 길입니다.」

왕대장은 그랬냐는 듯이 유리 얼굴을 빤히 들여다보더니 고개를 몇 번 끄덕끄덕했다.

「중국을 아직 모르겠습니다. 돈 있는 사람이 어떤 사람인지, 돈을 어떻게 쓰는지, 수입 인허가, 세무, 점포 임대, 금융 등 사업 여건을 파악하고 있어요. 보석 장사는 위치가 전부인데 서둘 일이 아니군요!」

「내가 도와줄 수 있을 거야요!」 왕대장은 유리에게 수첩을 꺼내게 하더니 베이징과 마카오의 자기 사무실 전화번호와 휴대폰 번호를 적어 주었다. 유리의 중국 휴대폰 번호를 자기 전화기에도 입력했다.

「삼촌? 흐! 그런데 내가 왜 삼촌이라고 했지 그때?」 왕대장은 고개를 갸웃했다.

「처음부터 나를 보자마자 그렇게 불렀어요!」

「아! 그 외삼촌을 좀 닮아 보인다고 그랬었나? 하하…….」

「그……?」 유리가 누구냐고 물어보려 했지만 왕대장은 말을 피하는 듯 말했다.

「이 손 전화(휴대폰) 번호로는 언제든지 전화를 하시라요! 내가 어디서든 항상 받는 전화니까! 그런데 삼촌? 으흠! 지금 몇 살 됩네까?」 웃는 듯 힐끔 쳐다보면서 물었다.

「며칠 지나면 내년 일월 달에는 마흔다섯 살인데……요. 그런데 나는 앞으로 대장 씨를 어떻게 불러야 됩니까? 왕 사장님이라고 할까요?」

「쳇~! 무슨……. 〈~까?〉 〈~요?〉 하는 거야요, 삼촌이! ……편한 대로 불러라요!」

「하, 하!」

기내에 들어서자 왕대장도 유리도 비즈니스 칸이지만 떨어진 자리였다. 자리에서 눈을 꼭 감은 유리는 옛날 모스크바의 병원에서 대장을 처음 봤을 때 모습과 넓은 아파트에서 서혜령 씨와 단둘이 며칠을 지냈던 일들이 생각났다. 또 제네바 공항에서 서혜령의 하이힐 뒷굽에 발등이 찍혔을 때의 통증도 생각났다. 모스크바로 돌아간 로라의 소식도 궁금했다. 도망치듯 떠나온 한국 서울에도 가 보고 싶었다. 떠나온 지 석 달째인 아이코의 건강과 학위 공부 진행 소식도 궁금했다. 아이코가 자신과 결혼해 주면 얼마나 좋을까 아쉬워했다.

　네 시간 후 베이징 공항에 내렸다. 기내용 가방 하나를 든 왕대장은 집이 공항에서 가깝다며 먼저 나섰고, 유리는 탁송한 가방을 찾아야 했다. 짐을 기다리는 유리는「왕대장을 다시 만난 것은 신이 만들어 준 기적이 아닐까? 왕대장이 하는 사업은 어떤 것일까? 그와 사업을 엮어서 공작을 벌일 수가 있지는 않을까?」라며 기대감으로 곰곰이 생각했다.
　「왕대장을 놓치면 안 된다! 끈을 어떻게든 엮어야 된다!」라고 다짐했다. 그렇게만 한다면 좋은 공작 여건이 될 것 같았다. 생각할수록 기대되고 긴장됐다. 의욕과 기대, 가상의 계획이 상상 속에서 뒤섞이며 펼쳐졌다. 상상과 착각을 뒤섞어 가며 소설 같은 공작을 전개했지만 현실이 아니었다. 그러자 혼미해졌다. 혼자서 환상과 착각은 끝이 없었다. 꿈은 헛것이었다. 왕대장을 다시 만나 보고 판단이 설 때까지 잊기로 했다. 만나 봐야 일이 되든 말든 할 것이 아닌가.
　유리는 복잡한 마음으로 전에 묵었던 호텔로 다시 갔다. 그 호텔 창고에 자신의 커다란 하드케이스 가방을 맡겨 놓고 있었던 것이다.

　호텔 방에 들어서니 왕대장으로부터 전화가 혹시 걸려 올까 기다려졌다. 잠잘 때도 휴대폰을 손에서 놓지 못했다. 화장실에서도 들고 있었다. 그러면서 12월 마지막 날과 1997년 1월 초에는 왕푸징의 맛집을 돌아다녔다. 간단한 아침 식사로는 여러 가지 우육면들이 좋았다. 값싸지만 다양했다. 식사를 하면서 왕대장이 걸어 오는 전화를 놓칠까 한 손으로 주머니 속 전화기를 만져 보기도 했다. 추위 속이었지만 길을 오래 걸으면 땀이 나며 생각도 차분해지고 있었다.

1997년 1월 4일 토요일이었다. 걸려 온 전화번호는 왕대장이었다. 너무 반가웠지만 목을 가다듬고 차분히 받았다.

「여보세요! 유리입니다. 대장 씨입니까?」

「대장이야요! 삼촌 어디 있어요, 지금?」

「베이징입니다. 대장 씨 전화를 많이 기다렸습니다! 반갑습니다!」

「아, 우리 비행기가 고려항공이 있어서 평양에서 곧바로 온 거야요, 지금 마카오로!」 평양에서 마카오로 고려항공 직항 여객기로 갔다는 것이었다.

「아, 그러셨군요!」

「짐 싸 들고 이리 마카오로 오지 뭐 해요, 거기서?」

「예? 마카오로요?」

「날래 그냥 날아오시라요!」

「갑자기요? 가면 당장 발 뻗고 누울 곳이, 밥벌이를 할 수가 있나요?」

「거기서 일없이 까먹고 있으나 여기 와서 좀 까먹으나…… 다 그게 그거지 뭘!」

「그렇군요!」

「물가는 마카오가 아주 많이 비싸지도 않아요, 거기보다는 비싸지만…….」

「아무튼 서둘러서 언제든지 여기로 일단 와 보시라요!」

「예, 알겠어요, 곧 가겠습니다!」

「음, 그게 아니라……. 내가 베이징으로 내일모레, 다음 주 월요일에 가니까니 베이징에서 먼저 만나자요!」

「아, 베이징으로 오십니까? 그때 공항으로 마중을 나갈까요?」

「예! 마카오에서 베이징 비행기를 탈 거야요. 월요일 비행기로 가요!」

「예, 마카오 비행기 도착 시간에 마중을 나가겠습니다. 월요일에 베이징 공항에서 기다립니다!」

「그러시라요!」

월요일 오후, 유리는 베이징 공항으로 마중을 나갔다. 스크린도어가 열리며 대장이 나타나는 순간 김일성 김정일 배지를 가슴에 단 건장한 북한 요원이 민첩하게 튀어 나가 가방을 받았고 그 옆에도 다른 몇 명이 기민하게 움직이고 있었다. 유리는 정면으로 다가가 악수를 했다.

「여기까지 나왔시요?」

「예, 당연히요……. 대장 씨, 여기저기로 바쁘게 다니시는군요.」

「예, 좀…… 그렇기는. 같이 가자요!」 마중 나온 사람들을 돌아보지도 눈길도 주지 않는 그의 행동은 꼬마 때와 다르지 않았다. 바깥에는 검은색 벤츠가 기다리고 있었다. 기사는 뒷문을 열어 놓은 채 대기 상태였고, 마중 나온 남자 하나가 대장이 타면 즉시 뒷문을 닫을 태세로 차 옆에 서 있었다.

「여기 타세요!」 대장은 먼저 뒷좌석에 타며 유리를 자기 옆에 앉게 했다. 북한 요원 하나가 앞자리에 앉았다. 출발하자 중국 요원들인지 북한 요원들인지 검은색 승용차로 따라오고 있었다. 대장은 차에 탄 후부터는 눈을 감듯이 하고 말을 일체 하지 않았다. 그 후로도 북한 요원들이 주변에 있을 때에는 지시하는 것 외에는 말을 하지 않았다.

「~로 가자!」「~에 세워!」「~시에 ~로 차를 갖고 와!」「여기서 기다려! 일 보고 나올게.」등이 전부였다. 그렇지만 유리와 둘이 있을 때는 완전히 달랐고 말하기를 좋아했다.

이날 두 사람은 베이징 차오양구의 조선민주주의인민공화국 대사관에서 멀지 않은 중식당으로 갔고 단둘이 작은 방에서 저녁 겸 술을 먹기 시작했다.

「모스크바에서 안 살고 언제 외국으로 나왔어요? 왜 중국에까지?」

「나는 타스통신에서 근무하면서 평양에서 6년이나 특파원 생활을 했습니다.」

「몇 년까지요?」

「그러니까······ 1979년 말부터 1985년까지 6년을 평양에서 일했습니다.」

「그때 평양에서 모스크바로 가는 비행기에서도 우리가 만났지요?」

「아, 맞아! 내가 어릴 때 좋아하며 같이 지내던 외삼촌을 닮아서 내가 삼촌이라고 불렀지!」이 대목에서 유리의 과거 설명은 중단되고 대장의 옛날얘기로 대화가 바뀌고 말았다. 왕대장은 떠들기를 좋아했고 말이 빨랐다.

「그때는 유리 사장이 옆에 있으면 좋았어요. 아버지도 어머니도 내 옆에 없었거든! 어렸으니 혼자 울기도 했어! 외로웠던 거지! 그래서 삼촌! 삼촌! 했어요. 하하!」대장은 전과 달리 존댓말을 하고 있었다.

「그때 나도 외로운 처지라 대장 씨가 나이 차가 나니 조카 같기도 해서

정이 깊었어요. 자꾸 생각이 났지요.」

「나는 공부가 전혀 싫어서 스위스 제네바 대학을 대충 다니다가 평양으로 들어가 버렸어요.」

「1989년인가? 여름에 평양에서 세계청년학생축전 할 때, 엄마는 조선을 나온 지 15년 만에 한 달간 평양에 나하고 같이 들어갔던 거야요.」 갑자기 엄마 얘기가 나오자 유리는 옛날 사건이 눈에 생생해지며 가슴이 놀라 뜨끔해지며 술이 확 깼다.

「공부만 하는 사람들은 다 따분해요. 기계 같아! 재미가 없어요!」 유리는 맞장구를 치며 놀란 자기 기분을 바꾸려 했다.

해물 요리에 이어 베이징오리구이도 나왔다. 대장은 제비집 요리 옌워수프를 따로 큰 사발로 시켜서 물처럼 훌훌 마시고 있었다. 유리에게도 사발로 나왔다. 부드러운 수프는 60%의 독한 술을 뱃속에서 희석시켜 주어 좋았다. 대장은 조그만 잔으로 독주를 입안에 톡 던져 넣듯 하며 꿀꺽 넘기기를 계속하고 있었다. 둘이서 술기운이 오르고 있었다.

「평양은 재미가 없어요! 여기 베이징도 그래!」

「좀 그렇습니다.」

「그래서 마카오로 다니는 거야. 나한테 신경 쓰는 놈들이 너무 많아! 여긴!」

「예? 감시받으면 누구라도 싫지요!」

그 말에 대장은 잠깐 뭔가 생각하는 듯하더니 술 두 잔을 연속해서 입에 털어 넣었다. 그리고 나서 침울해지더니 입을 꾹 다물고 또 뭔가를 생각하는 모습이었다.

「내가 처지가 전 같지 못하단 말이야요. 문제가 있는 거야…….」

「왜? 무슨 일인데요?」

「그 죽일 놈의 이모네가 다 도망을 내뺐단 말이야, 씨~팔~!」 왕대장은 이모 서미령과 가족이 스위스에서 서방으로 망명한 사건 때문에 고민하고 있었다. 그로 인해 자신의 입지가 위축된 것이었다. 그러나 유리는 그 사건을 전혀 모르는 척해야만 했다.

「그런데 말이야 씨~팔! 아버지가 나를 들어가자마자 가둬 놓는 거야!」 대장은 스위스 때문에 자신이 불리해졌던 여러 가지 사건들을 떠올리는 것 같았다.

「왜요? 어디에다요?」

「스위스에서 공부 안 하고 술 마시고 돈이나 쓰고 아직 어린 새끼가 여자를 데리고 놀았다는 거야! 그래서 나를…… 버릇을 고치겠다는 거야! 동평양 별장에다가 가둬 놓는 거야!」

「아~ 씨~팔~! 정말 죽을 지경인 거야!」 유리와 잔을 부딪치더니 또 홀짝 마셨다.

「내가 갇혀서 살 수가 있갔어? 공부도 억지로 하고? 여자도 없이 딸딸이만 칠 수 있겠어?」

「크크크……. 그렇지요! 어른께서 심하셨군요!」 유리는 장단을 맞추었다.

「완전 지옥이었다니까!」

「그래서 5월 달에, 내 생일에 여자애들을 불러 놓고 놀고 있는데, 갑자기 아버지가 쳐들어온 거야!」

「아차~!」

「산통이 완전히 깨졌어! 더욱 죽을 지경이 돼 버린 거야! 따귀도 마구 얻어맞고 혼이 났지!」

「아, 이런~!」

「그리고 나를 외할머니까지 함께 원산해수욕장에다 몇 달이나 가둬 버린 거야! 가둬 놓고 먹을 것도 안 넣어 주는 거야!」

「그렇게까지요?」

「아주 죽는 줄 알았어! 늙은 외할머니까지 먹을 것도 없고 배고파서 굶어 죽을 뻔했다니까!」 대장은 이때 식탁을 두 손바닥으로 「꽝~ 꽝~」 치기도 했다.

「정말 고생했군요!」

대장은 갑자기 숙연한 표정으로 입을 꾹 다물고 가만히 술잔만 쳐다보고 있었다.

「술은 여기까지만, 이제 그만 드실까요? 과음하지는 마시고요!」

「하하하, 크크~!」 조용하던 그가 갑자기 폭소를 터뜨렸다.

「예…….?」

「아니, 참 웃기는 짓인데…. 내가 사건을 저질렀단 말이야요…….」

「무슨 사건이요?」

「평양 고려호텔에서 말입니다.」

「창광거리 고층 호텔요? 내가 평양에서 나오기 직전에 1985년 여름에 문을 열었지요. 몇 번 가 봤습니다.」

「내가 거기서 권총을… 두 방을 천장에다 빵! 빵! 쏴 버렸어요.」

「……?」

「놀라는 정도가 아니라 완전 발칵 뒤집혔지! 크크!」

「어떻게, 언제요?」

「1993년이야요. 술을 잔뜩 마시고서 애들 데리고 나이트클럽에 놀러 갔댔는데, 거기는 평양의 외국인 애들이 관광객들도 다 오는데, 그것들이 나를 몰라보고서리 나한테 시비를 하는 거야, 건방지게!」

「아……!」

「술도 취했고 열받았지……. 권총을 순간적으로 나도 모르게 꺼내면서 빵! 빵!」

「누가 다쳤나요?」

「천장으로 쐈지!」

「아! 다행이었네.」

「그런데 그걸 어떻게 아버지가 알아 가지고서리 나를 불렀던 거야요.」

「아~!」

「무슨 일일까? 하며 아버지 사무실로 들어갔지.」

「그런데요?」

「들어서자마자 〈이런 못 돼먹은 쌍간나새끼!〉 하더니 허리띠를 빼 들고 미친 춤을 추는 거야! 내 머리고 몸통이고 사정없이 마구 휘둘러 패는 거야요! 죽이는 줄 알았어. 흐~!」

「아버님이 무서운 분이시군요!」

「창피한 얘기야요! 오랜만에 삼촌을 만나니 별별 일들이 생각나는군……. 자, 마셔요!」 다시 잔을 부딪치고 마셨다.

「못 들은 걸로 하라우요!」

「당연하지요! 잊고 기분 풀어요!」

「아가씨! 좋은 술이 뭐가 또 있어?」 대장은 술과 전복 요리를 더 주문했고 둘 다 더 취했다.

「내 사랑 정아가 기다리고 있어요. 정아한테로 갑니다. 잘 가시요!」 새

술병을 반쯤 남겨 놓고 일어서면서 대장이 말했다.

식당 앞에는 낮에 타고 왔던 그 벤츠가 와 있었고, 태우고 갔다. 유리는 취했지만 오늘 들은 얘기들을 기억하려고 호텔까지 걸어가며 술을 깼다. 왕대장의 얘기를 메모해 놓고 갔다.

「어젯밤 잘 들어갔어요? 속이 괜찮습니까? 어제는 바쁘신 시간을 내주시고 술도 너무 감사했습니다!」 유리는 다음 날 오후에 왕대장에게 전화했다.

「일없시요! 자주 봅시다!」 대장의 대답은 무심하고 간략했다.

그러고 난 유리는 먼저 전화하지는 않기로 그의 전화를 기다리기로 했다. 대장은 일주일 동안 전화가 없었다. 베이징에 있는지 어디로 갔는지 궁금했지만 기다렸다.

───

「여보세요?」 1997년 1월 9일 목요일에야 왕대장의 전화가 걸려 왔다.

「여보세요? 왕대장? 잘 지냅니까? 유리 삼촌입니다.」

「베이징에서 혼자서리 뭐 하는 거야요? 그냥 오라니까니!」

「아…… 예!」

「여기는 맘대로야요! 신경 쓸 것 없고 좋다니까요! 나하고 여기 마카오에서 지내자고요!」

「그럴까? 마카오로 옮길까요?」

「그냥 오시라요! 여기 와서 내가 없으면 며칠 기다리라요! 금방 오니까니, 어디로 며칠 출장 간 것이니깐.」

「아, 알겠어요! 이번 주말쯤 갈까?」

「되는 대로 하라요!」

「금요일이나 토요일, 비행기 편을 봐서……. 마카오에 도착하면 전화를 하겠습니다!」

「좋수다!」

유리는 서둘렀고 이튿날 마카오 공항에 도착했다. 비행기는 주하이 일대의 하늘에서 40여 분 선회하다가 착륙했다. 안내 방송은 관제탑의 지시라고 했다. 창가 자리에 앉은 유리는 발밑의 주하이와 주하이 공항과 마카오와 저 건너 홍콩을 찬찬히 내려다보며 앞으로 일이 어떻게 전개될까 생각했다. 자신의 의지나 욕심보다는 하늘에 맡기기로 했다. 공항 활주로는 바다 위로 놓은 다리였다. 마카오를 4세기 동안 지배해 온 포르투갈 총독부가 중국 반환을 수년 앞두고 막대한 예산과 노력을 쏟아 부어 건설했다고 기내 방송이 소개했다. 400년 치적으로 남긴 것이었다.

택시는 바다 위의 길고 하얀 다리를 건너서 둥근 건물 앞에 내려주었다. 황금색으로 화려하게 치장한 리스보아호텔이었다. 안에는 사람들이 가득 차 있었는데, 알고 보니 모두가 카지노의 도박꾼들이었다.

널찍한 방에 투숙했다. 유리의 전체 재산이라고 할 수 있는 대형의 하드케이스 가방 두 개를 풀고 나니 호텔방도 금방 내 집처럼 편안해졌다. 은행에 적지 않은 돈이 있지만 가진 물건은 이게 전부였다. 언제든 두 손에 들면 어디로든 떠날 수 있고, 눈으로 안 봐도 촉감만으로도 챙길 수 있는 품목들과 수량이었다. 유리는 유목민 같은 이런 간편한 느낌이 좋았다. 샤워를 하고 아래층으로 내려갔다. 1층과 지하층의 슬롯머신들은 빈자리가 없었다. 복도는 사람들이 꽉 차서 떠밀려 다니는 것 같았다. 식당들과 주점과 커피숍과 점포들에도 들어가 보고, 다시 지하 1층부터 지상 4층까지의 일반 카지노룸들, 고액 베팅을 하는 VIP룸들까지 다 들어가 보았다. 바카라 블랙잭 룰렛 주사위 게임 등 게임에 빠져 있는 도박꾼들과 그 테이블 주변에 빙 둘러서서 구경하는 구경꾼들을 살펴보았다. 고객은 거의 중국인들이었다.

호텔 밖으로 나오니 바다를 매립한 신시가지였다. 여러 호텔들과 오피스빌딩들이 들어섰지만 공터도 많았다. 호텔마다 카지노가 들어 있고 주변 골목에는 러시아인으로 보이는 백인 여성들, 동아시아국가 여성들이 서 있었다. 콜걸들 같았다. 첫인상은 분명히 도박과 환락의 도시였다.

호텔 건너편에 산비탈 길이 있었다. 높은 곳에서 도시를 조망해 보겠다고 올라갔다. 마카오의 최고봉 귀아산 공원(Parque do Monte da Guia)이었다. 정상에는 등대와 작은 성당 모형의 경당이 있고, 그 둘레는 청동 대포들이 마카오를 둘러싼 주강 하구와 수로를 겨냥하고 있었다. 포대 둘레를 돌며 산 아래의 마카오를 찬찬히 내려다보았다. 손바닥처럼 생긴 작고 좁은 땅이었다. 안내판에는 「마카오는 포르투갈이 4세기를 넘게 지배해 온 땅이며 1999년 12월 20에는 중국으로 반환된다.」라고 설명되어 있었다.

5. 마카오

마카오 서쪽으로 주하이 하늘은 빨간 석양 노을이 번졌다. 귀아(Guia) 산 꼭대기는 바람이 차가웠다. 유리는 목덜미가 으스스해지며 콧물이 나왔고 배도 고팠다. 올라왔던 비탈을 다시 내려가며 생각했다. 유리의 정보 수집 공작은 이곳 마카오에서 운명 지어질 것 같았다.

공작 목표를 중국보다는 북한으로 바꿔야 할 것 같았다. 「미얀마를 방문한 대한민국 대통령을 수행했던 정부요인 수십 명을 일거에 폭발물로 살해했고, 아랍에 나가 일하다 귀국하는 백몇십 명의 노동자들이 탄 비행기를 통째로 폭파시켜 모두를 살해했던 테러범 김정일과 북한을 내버려둘 수 없지 않은가? 국제범죄국가 북한의 범죄 활동 내막을 파헤치는 것보다 더 절실한 공작이 있는가?」라고 생각했다.

「김정일의 북한이야말로 국가도 아닌 국제범죄 집단이 아닌가? 그들이 천인공노할 범죄 행각을 계속 저질러 나가도록 내버려둘 수는 없다.」라고 유리는 다짐했다.

그렇지만 공작의 시작도, 진행도, 성과나 실패도 바로 그들 북한 자체의 고위급 인물 왕대장의 도움 여하에 달릴 것 같았다. 실로 엄청난 아이러니였다. 유리는 최선을 다할 것이지만 계획과 노력대로 안 될 수 있다. 어쩌면 의도한 것보다 더 잘될 수도 있다. 그러나 유리의 뜻이나 계획대로 되는 것은 절대로 아닌 것임을 알고 있었다. 전적으로 운에 맡겨야 했다.

어두운 시내를 걷다가 햄버거집에서 저녁을 먹었다. 식사 후 또 걸었다. 왕대장에게는 내일 점심시간쯤에 전화하기로 했다. 마카오는 포르투갈의 구시가지처럼 좁은 골목에 시커먼 잿빛 건물들은 다닥다닥 붙어 있었다. 어두운 골목 속에는 옛 포르투갈식 성당이 여기저기 있었고 호기심으로 그중 한곳에 들어서니 한국인 최초 신부 김대건 안드레아의 상이 있었다. 유리는 제단 맨 앞에 앉아서 공작 사업을 도와 달라고 간절하게 기도했다. 홀로 낯선 마카오에서 하는 이번 도전의 성공은 절대로 신의 은총 속에서만 가능할 것임을 알았다. 유리는 자기 영혼을 자신의 숨소리에 담아 절실히 간절하게 기도했다. 성당을 나설 때는 비장해져 있었다. 그러나 호텔로 걸어가면서 생각도 마음도 여전히 복잡했고 잠이 올 것 같지 않았다. 포르투갈식 수탉 그림 Galo 간판이 붙은 식당에 들어갔다. 포르투갈 사람이 하고 있었다. 불에 달군 검은색 두꺼운 철판에 올려 익히는 스테이크, 메추리구이, 해물파스타, 생선찜, 양고기, 치즈, 와인까지 좋은 메뉴가 많았다. 스테이크로 와인을 한 병 마시고 호텔로 돌아가 잠에 빠졌다. 다음 날 아침은 머리가 아팠다. 습도가 높은 마카오에서 룸 온도를 낮추지 않아 술이 덜 깬 것 같았다. 욕조에 더운물을 채워 반신욕으로 몸속의 알코올을 뺐다.

1월 11일 토요일 11시쯤이었다. 유리는 목소리를 가다듬고 왕대장에게 전화를 걸었다. 신호가 네 번쯤 울렸지만 전화를 받지 않았다. 전화를 끊고 기다렸다. 왕대장도 어젯밤 술로 늦잠을 자고 있는 것 같았다. 배가 고팠지만 기다려서 대장과 점심을 먹어야 할 것 같았다. 열두 시 반에 벨이 울렸다. 왕대장이었다.

「왕대장 님, 나 유리야요! 반가와요!」

「어디야요? 마카오야요?」

「어제 도착했어요. 리스보아호텔에 들어 있어요.」

「에이~ 그러면 어제 전화했어야지! 밤에 만났어야지요!」

「전화할까 망설였어요, 주말이라서요…….」

「점심 같이 합시다!」

「예! 그러고 싶어 전화했습니다.」

「한 시 반에 리스보아호텔 1층에 있는 광동식 중식당으로 오시라요!」

「예! 좋습니다.」

유리는 약속 시간보다 일찍 안쪽에 자리 잡고 있었다. 왕대장은 5분 늦게 식당으로 들어왔다.

「반갑습니다! 잘 왔시요! 여기 마카오가 살기가 편하고 좋은 곳이야요! 오래 기다렸습니까?」

「아닙니다. 이 호텔에, 여기 위층에 내 방이 있어요! 마카오에 언제 오나 기다렸어요……. 내 혼자서리 마시자니까!」

「아, 그러셨군요!」 유리는 좀 미안한 마음이 들었다.

「망설이느라…… 주말에 쉬는데……!」

「한잔한 거 같습니다?」

「구경한다고 시내를 돌아다니다가 포르투갈 식당이 있어서 혼자 좀 마셨어요.」

「허! 혼자? 이젠 여기 마카오에 왔으니 나하고 같이 해요!」

「아~! 좋지요!」

「밤이 되면 심심한 거야요! 평양 북경 싱가포르로 많이 가지만 한 달에 열흘 정도는 여기서 지내는 편이야.」

「바쁘시네요!」

「여기 북조선 사람들이 많지만 외화벌이 일꾼들이야요! 내가 부를 수도 있는 사람은 한둘, 딱 한두 명이라서리……」

「아, 그런 줄은 생각도 못 했습니다!」

「점심 드시고 내 사무실로 가 보십시다! 사업 얘기도 좀 해 봅시다!」

왕대장은 유리가 간절히 바라는 것을 제안하고 있었다. 그들의 사무실에 드나들 수만 있다면 유리가 공작을 어떻게든 추진할 기회를 잡을 수 있을 것이었다. 어쩌면 즉시 개시될 수 있을 지도 모른다. 유리는 숨을 더 깊게 쉬고 있었다.

「좋습니다! 나는 어떻게든 빨리 얼마라도 돈을 벌어야 됩니다.」

이렇게 대답하는 유리는 모스크바와 평양 근무 이후의 기간에 대해, 한국과 미국에서 지냈던 지난 십여 년에 대한 질문을 언제 해 올까 긴장했다. 그에 대한 정해진 답을 머릿속에 새기고 있었다. 「언젠가는 나의 얘기를 밝혀야 할 것 아닌가?」 그러나 왕대장은 아직은 그것을 묻지 않고 있었다.

왕대장은 샥스핀 수프, 제비집 수프, 가루파 생선찜을 좋아했다. 부드러운 수프 맛은 과음한 다음 날 부대끼는 속을 풀어 주는 데는 최고였다.

───

식사를 마치고 두 사람은 리스보아호텔 정문 앞에서 손님을 태우려고 서 있는 택시에 올랐다. 택시는 신시가지 거리를 가다가 터널을 지나서 마카오 교통청 근처 삼거리의 빌딩 앞에 섰다. 엘리베이터로 오피스빌딩 7층으로 올라갔다.

사무실 안에도 바깥 복도에도 간판은 없었다. 사무실에는 50살쯤의 체격이 좋고 눈빛이 번쩍이는 남자와 그의 부인인 듯한 여자가 있었다. 벽 코너에는 탕비실도 있었다. 왕대장의 방은 이 사무실의 옆방인데, 둘 사이의 벽에도 또 복도로도 출입문이 있었다. 창밖에는 어제 올라갔던 귀아(Guia)산 푸른 숲이 눈을 시원하게 해 주었다. 유리는 왕대장 방의 소파에 앉아서 여자가 가져다준 냉수를 마시고 있었다.

「사무실 전망이 아주 좋습니다!」

「저 산이, 숲이 좋아요! 북동향이라 햇빛은 덜 들어옵니다. 여름 오후에는 뜨거운 해를 뒤로 등지니 좋고…….」

「으흠! 그런데 무슨 사업을 생각하는 거야요?」

「리스보아 카지노 근처에 점포를 내고 다이아몬드와 스위스 시계와 와인을 수입해서 팔아 볼까 합니다.」

「보석~? 시계~? 좋겠는데……. 와인? 글쎄…….」 왕대장은 슬그머니 반말 투로 바뀌고 있었다. 왕대장은 눈을 크게 뜨며 고개를 끄덕끄덕하더니 다시 갸웃했다.

「또 카지노에서 돈을 잃고 급전이 필요한 도박꾼들에게 보석이나 시계를 저당 잡고 대부해 주는 전당포 영업도 생각합니다.」

「그래요? 괜찮은 아이디어 같은데……. 마카오는 치안이 안 좋아 좀 위험하다는 문제도 있어요!」

「치안에 문제가요?」 유리가 긴장하며 궁금해했다.

그때 왕대장은 소파 테이블의 담배 케이스를 열어 보더니 바깥방에 앉아 있는 사람을 불렀다.

「어이! 대중 동무!」

「옙~! 대장님!」

「담배가 없어! 갖고 오라우! 둘 다 오라!」

대중 동무는 말보로 한 보루를 들고 즉시 들어왔고 여자는 곧이어 쟁반에 새로 탄 커피잔을 담아 들고 들어왔다. 왕대장은 그들에게 유리를 소개했다.

「이분이 내가 옛날부터 친했던 유리 사장이요. 보석을 수입 판매하겠다고 어제 베이징에서 여기로 날아왔어. 길도 모르고……. 아무것도 잘 모르실 거야.」

「옙! 대장님!」

「내 친구요! 오랜만에 만나서리……. 내가 여기서 사업을 하라고 오라고 했어! 내가 없을 때도 여기 오실 테니 잘 대우해 주라요! 좀 적극 도와주라는 말이야!」

「옙! 잘 실행하겠습니다, 명심하고 저희가 철저히 이행하겠습니다, 대장님!」

「호상 간 알고 싶은 거, 도움이 필요한 거 있으면 터놓고 얘기를 하라!」

그는 유리와 악수하며 명함 두 장을 내밀었다. 앞면에 「명기공사 총경리(General Manager) 김대중」, 뒷면에 「DAEXIM Co. 총경리 김대중」으로 찍힌 한 장과 「조선민주주의 인민공화국 마카오대표부 조광무역공사 부총경리 김대중」으로 찍힌 다른 한 장이었다.

그러니 이곳은 다엑심 상사와 명기공사의 사무실이었다. 김대중은 왕대장을 측근 보좌하면서 사업을 돕는 비서 겸 35호실(대외정보조사부) 소속 경호요원 같은 인상을 주었다. 또는 비서 겸 마카오에서 북한 요원들을 감시 단속하는 국가안전보위부 소속 안전 대표 같기도 했다. 그의 정체는 유리가 앞으로 파악해야 할 일이기도 했다.

「보석상의 안전 문제를 얘기하던 참인데…….」 왕대장은 이 말을 하고는 소파에 등을 기댄 채 담배를 피워 물며 양손으로 펴든 신문을 들여다보기만 했다.

그러자 김대중 동무는 밖에서 대화에 귀를 기울여 듣고 있었던 것처럼 기다렸다는 듯이 즉시 말을 이어 갔다.

「안전에 있어서 리스보아는 그래도 좀 나은 편입니다마는, 마카오는 지금 카지노 호텔이 일곱 개인데, 그걸 가지고 서로 목숨 걸고 싸우고 있어요! 지난해에만 서른네 명이 살해됐어요. 1962년에 맨 처음으로 첫 카지노를 인허가해 줄 때에는……. 여러 폭력 조직들이 모두 달려들어 서로를 죽이며 시간을 끌고 있었는데……. 그들 중에 부루스 리 씨가 모든 폭력 조직들을 최종 장악하고서야 정리된 거야요! 대낮에 코트에서 테니스를 하던 마지막 경쟁자가 저격 총으로 제거됐던 겁니다.」

「예?!」

「그런 후에야 카지노 운영자가 정해졌던 거야요! 그가 지정한 스탠리 호 씨로 말입니다. 워낙 큰돈을 끌어 먹는 노다지라 이권 싸움이 잔인해요. 흑사회라고도 부르는 삼합회나 14K 같은 폭력 조직들이 마카오와 홍콩 대만 중국 본토까지 연결돼서 활동하고 있는데, 이들 폭력 조직의 여러 파벌들이 서로 이권을 뺏고 더 차지하려고 서부 영화에서처럼 총질을 해요! 한낮에도…….」

「그렇습니까?」

「앞으로 마카오가 중국으로 넘어가면 새로 허가가 날 도박장을 차지하려고 상대 파벌을 미리 제거하는 겁니다. 또 지금 돌아가고 있는 일곱 개 카지노들의 도박 룸을, 도박장 이권을 더 차지하겠다고 서로 싸우는 겁니다.」

「그렇군요!」 유리는 신중히 듣고 있었다.

「포르투갈 총독부가 흐물흐물한 데다 워낙 서로가 이권에 목숨을 거는 마당에 마카오가 중국으로 곧 넘어갈 테니까…….」

「중국으로 넘어가면요?」

「현재 카지노 운영권은 중국으로 넘어가도 계승될 테니까, 또 그때는 중국 도박꾼들이 쏟아져 들어오고 매출이 엄청 늘어날 테니까, 그러면 카지노를 새로 더 만들 수밖에 없을 테니까. 그러니 미리 경쟁자들을 없애 버리면 그게 자기네 몫이 된다는 거지.」

「아……!」

「삼합회도 14K도 큰 조직이니까 그 속에 작은 파벌들이 워낙 많으니까 갈라져서 서로 싸우는 거야요. 경찰서에 총질하고서 옆에 있는 몇백 미터 폭도 안 되는 수로를 건너 중국으로 도망치면, 중국의 자기네 조직에서 완전히 보호해 주니까!」

「경찰서까지 공격합니까?」

「포르투갈 사람들은 떠나는 입장에서 명예롭게 중국에 넘기겠다고 애를 쓰기는 하지만…….」

「이번 칠월 달에 반환되는 홍콩과는 달리 마카오는 중국 요원들이 벌써 들어와서 비공식적으로 정지 작업을 하고 있어요. 1999년 12월 20일까지 아직 3년이 남았지만 일선은 중국에 넘어간 거야요……. 인수인계식이라는 공식 행사만 남아 있다고 해도 안 틀린 말입니다.」

「중국이 큰 땅에서 십억이 넘는 인구와 많은 소수민족들을 지배하는 통치술이 무섭습니다!」

「그럼! 마카오의 중국인 유지들은 다 북경에 줄을 대 놓고 있어요. 정치협상회의 위원이다 뭐다 하는……. 공산당, 국가안전부, 공안, 군부, 행정기관, 이런저런 곳에서 감투들을 한두 개씩 다 받아 놓고 있어요! 중국 귀속에 대비해서 사업이든 뭐든 해 나가고 있는 거지요.」

「재미있습니다.」

유리가 대답하자 김대중이 돌연 앉은 자세를 바꾸며 단호한 어투로 말했다.

「음~, 안전 문제는 그렇다 치고! 유리 사장님도 자기에 대해 낱낱이 좀 말씀해 주십시오!」

「예?」

「사장님의 신원 성분에 대해서 요해가 철저히 돼야 되갔습네다!」 유리의 신상과 경력에 대해 자세히 말해 달라며 조사를 하겠다는 것이었다.

유리는 생년월일과 이름을 적어 주며,「소련 상트페테르부르크에서 출생한 고려인이라는 것, 부모님과 조부모님은 모스크바에서 사셨는데 일찍 돌아가셨다는 것, 소련군 장교로 근무하며 포츠담에서 대학을 졸업했다는 것, 제대하고 타스통신 기자가 되어 평양 특파원으로 6년가량 근무했다는 것, 소련이 해체되며 타스통신사에도 큰 변화가 생겨서 퇴직했고, 안트베르펜에서 스위스 시계 벨기에 가공 다이아몬드 유럽 와인과 보드카 등 수출사업을 했다는 것, 중국은 경제가 고도성장하며 와인 소비가 늘고 고급시계와 다이아몬드 수요도 커지므로 작년에 중국으로 왔고, 몇 달째 시장조사를 하며 돌아다니다가 우연히 왕 사장님을 십몇 년 만에 다시 만났다는 것, 왕 사장님의 권유로 어제 마카오로 왔다는 것」 등을 길게 설명했다.

「내가 평양으로 유리 사장님에 대해 보고를 하갔습니다, 조국 평양은 유리 사장의 신원 성분과 경력 배후관계들을 다 조사를 해 보고 함께 일 해도 좋다 또는 안 된다고 결과를 내려 줍니다.」라며 김대중은 세세히 더 질문하며 메모했다.

그러나 유리는 북한 요원들이 이러는 것에 이미 대비해 왔고 염려하지 않았다. 북한과 러시아는 〈프룬제 사건〉으로 관계가 아주 안 좋았다. 동유럽 사회주의국가들과 소련이 붕괴되고 김일성 김정일 체제도 위기에 처한 가운데, 〈프룬제 아카데미〉에 유학했던 군 간부들이 1992년 4월 열병식을 겨냥한 군사쿠데타를 기도했는데, 그 정보가 사전 유출되어 〈소련 군사종합학교 KGB 간첩단〉으로 몰려서 대거 숙청되었던 것이다. 소비에트연방이 붕괴되고 KGB도 해체되자 갈팡질팡하던 KGB 요원이 돈을 받아먹고 이런 정보를 북한 측에 제보한 것이었다. 이로 인해 러시아와 북한 관계는 크게 나빠져 있었다. 북한이 유리의 신원 정보를 요청하더라도 러시아가 정보 협력을 해 줄 리가 없었다.

김대중이 유리를 조사하는 것은 그가 국가안전보위부 안전 대표임을 말해 주고 있었다. 그러나 35호실(대외정보조사부)이나 225호실(사회문화부)의 공작 요원도 맡아 할 수도 있는 일이었다. 그렇지만 임무에 철저한 듯 행동하면서도 유리에게 끌려오는 김대중의 심리가 보였다. 왕대장과 밀접한 관계를 의식하는 모습이었다. 그래서 유리는 염려하지 않았다.
「리스보아에 VIP 도박 룸을 몇 개 갖고 있는 왕(Wong) 사장을 내가 소개해 주겠어요! 도움이 될 겁니다.」 왕대장은 김대중이 유리를 꼬치꼬치 신문하는 언동을 보며 미안해하다가 말했다.
그러자 김대중은 「됐습니다, 그만 실례를 마치겠습니다!」라며 허리를 굽히며 인사하고서 자기 사무실로 돌아가더니 문서를 작성하기 시작했다.
「기분 나쁘시겠지만…… 뭐, 신경 쓸 거 없시요! 저 동무가 으레 하는 일입니다. 저 동무도 자기가 맡은 책무를 해야 하니까.」 김대중이 나가자 왕대장이 정중한 말투로 해명했다. 유리는 그런 그에게서 신뢰감인지 정 같은 것을 느꼈다.

유리가 왕대장과 사무실을 나올 때 슬쩍 보니 김대중이 작성하는 문서의 제목은 「유리에 대한 신원 성분 요해 제기 보고」였다. 수신처를 보니 「당 조직지도부」와 「국가안전보위부」에 각각 보내는 두 개의 똑같은 제목의 보고서였다. 그래서 유리는 김대중이 보위부 안전 대표이면서 조직지도부 소속인 것을 알게 되었다.

두 사람이 주차장으로 내려가니 젊은 남자가 벤츠의 뒷문을 열어 놓고 대기하고 있었다. 그는 유리에게 「대장님을 모시는 성필상입니다.」라고 인사했다. 성필상이 운전하며 리스보아호텔 카지노 주변과 매립지 신시가지와 시정서(市政署)와 세나도 광장 등을 돌아다니며 임대(招租, Zhaozu) 표시가 붙은 사무실들을 살펴보았다. 마땅한 곳은 없었다. 어두워질 때 차를 보내고 유리와 왕대장은 골목을 걸으면서 대화했다.

「점포는 무엇보다도 위치가 좋아야 하니까 서두르지 말고 천천히 찾아봅시다.」

「유럽에 거래처도 열어야 합니다. 또 주문을 해서 시계도 보석도 유럽에서 오는 데는 시일이 걸립니다.」

「좋은 자리에 점포를 열고 쇼케이스에 진열해 두면 거래는 저절로 트입니다.」

「그때까지 지낼 사무실과 살아갈 집을 정하는 게 급한 거지요!」

「내일부터 정식으로 내 사무실에 나오시라요! 사무실은 일없어요!」

「비싼 호텔에서는 빨리 나와야 되겠습니다. 아파트를 구해야 되겠습니다.」

「…….」

이미 밤이 되었으므로 두 사람은 할 일이 없었다. 식사를 해야 했다.

택시로 타이파섬으로 건너다가 다리 위에서 왕대장은 「경희랑 같이 먹읍시다! 혼자 집에서 심심할 테니까!」라며 휴대전화를 걸었다. 택시는 금방 섬 북쪽 바닷가의 해양화원아파트에 도착했다.

「올라갔다 오갔어!」 그가 택시를 보내면서 말했다. 잠시 후 함께 내려온 사람은 스무 살쯤 되는 미녀 경희와 40대의 북한 여자였다. 그새 아까의 성필상이 벤츠를 몰고 왔다. 행동하는 모습을 보니 그 북한 여자는 성필상의 처인 것 같았다.

「가세요, 수고하셨어요!」 경희가 그녀에게 말했다.

세 사람은 벤츠로 근처 호텔의 포르투갈 식당에 갔다.

「유리 사장님이야. 옛날에 모스크바에서 만났어!」 왕대장이 말투는 밝고 다정했다.

「안녕하세요! 정경희라고 합니다.」

「반갑습니다! 유리라고 합니다. 마카오에서 보석 판매 사업을 해 보려고 왔습니다.」

「유리 사장은 이제 나하고 사업을 같이 할 거야! 친척으로 여기라우! 좋은 분이시니까.」

「예, 유리 사장님, 우리 집에도 좀 놀러 오시라요!」

「예! 영광입니다, 감사합니다! 대장님께서 부르시면 언제든지 찾아가겠습니다!」

「앞으로 좀 함께 봅시다! 이 사람도 외로운 사람이니까!」

메뉴는 정경희가 모두 시켰고 와인 한 병을 둘이서 먹고 헤어졌다. 식사 후에는 그 벤츠가 두 사람을 태우고 갔고 유리는 혼자 택시로 리스보아 호텔로 돌아갔다.

룸에 들어서니 창밖으로는 멀리 언덕에서 밝은 조명으로 하얗게 빛나는 어느 성당의 성모상이 보였다. 유리는 그 성모상을 바라보며 무릎을 꿇고 한동안 간절히 기도를 했다.

다음 날 아침, 잠이 깬 유리는 지난해 11월 베이징 도착한 이후 어젯밤까지의 지나온 날들을 뒤돌아보고 있었다. 이제부터는 일이 좀 진행될 것 같은 예감이었다. 앞으로 왕대장의 전화를 놓치면 절대로 안 될 것 같았다. 전화기 충전 상태와 벨소리가 크게 울리도록 잘 설정되었는지를 확인했다.

예감에 오늘은 왕대장이 전화를 해 오지 않을 것 같았다. TV를 보다 보니 서둘러서 마카오의 지리부터 익혀야 된다는 생각이 들었다. 돌아다니며 지리도 익히고 들어갈 아파트와 사무실을 찾아봐야 할 것 같았다. 아래층으로 내려가니 카지노는 일요일 오전인데도 사람들로 북적대고 있었다. 카지노에서 밤을 지새운 사람들이라 몰골들이 푸스스했다. 식사를 마치고 한 장짜리 마카오 관광 지도를 들고 임대(招租) 표시가 붙어 있는 사무실과 아파트를 찾아다니며 살펴보고 있었다. 어느 골목을 걷다 보니 텅 빈 비탈이 나타나고 그 위에 석조 파사드(前面)만 우뚝 남은 유적이 있었다. 세인트 폴(성 바오로) 성당이었다. 파사드의 위에도 올라가 보고 지하 박물관도 구경했다. 옆으로 누워 있는 야트막한 산비탈을 올라가니 꼭대기는 많은 청동 대포들이 도열해 있는 〈몬테요새〉였고 그 지하는 박물관이었다. 대포들은 마카오 시내와 중국 내륙으로 들어가는 수로를 내려다보고 있었고 그 둘레에는 온갖 인종의 관광객들이 가득 붐비고 있었다. 온종일 걸어 다녔던 유리는 청동 대포에 기대어 쉬면서 마카오 시내와 둘레의 바다와 수로와 건너편 주하이의 푸른 산들을 차례로 멍하니 바라보며 살 집과 점포를 어디에 정할까, 앞으로 공작이 어떻게 전개될까를 생각하며 시간 가는 줄 모르고 있었다.

그때였다. 오후의 햇빛 속에서 자기 머리로 해를 가린 채 한 여자가 유리를 유심히 바라보며 천천히 한 발 한 발 다가오는 것 같았다. 가까이에서는 걸음을 멈추었고 고개를 갸웃거리는 것 같기도 했다. 분명 이상한 느낌이었다. 확인해야 했다. 멍했던 눈을 깜박이며 햇빛 속으로 그녀를 쳐다보았다. 다가오는 그녀는 태양 빛을 광배처럼 머리 둘레에 둔 채 햇빛을 가려 주고 있었다. 눈부신 태양 빛 속에서 놀란 눈으로 환하게 웃는 얼굴이 보였다. 유리는 그 순간 머릿속이 아찔해지며 그녀를 알아보았다.

「아! 세상에 이럴 수가!」 가슴은 놀라 쿵쿵대고 머릿속은 얼얼하고 숨이 잠시 멎기까지 했다. 그녀는 분명 예레나였다.

「유리!」 「예레나!」 두 사람은 동시에 서로를 불렀고, 자기도 모르는 순간 서로 껴안고 있었다.

「예레나! 어떻게 여기에 온 거야!」

「유리! 어떻게 여기 서 있는 거야!」

귀부인 예레나는 눈부시게 아름다웠다. 그녀의 파란 눈동자는 맑은 가을하늘보다도 더 파랗고 더 투명해져 있었다.

「아! 나의 천사! 지금껏 잠시 한순간도 잊어 보지 못했던, 잊을 수가 없었던 내 영혼의 예레나! 달콤하고 부드러운 너의 몸 향기, 열정, 내 육신의 행복 기쁨 쾌락이던, 내 영혼의 생명이고 호흡이던 예레나!」

「바보 유리!」

「나는 너에게 순교해야 할 영혼이었지만 나의 비겁함이 가로막았어! 그런 나를 너는 알았던 거야?」 이제야 유리는 그녀의 귀에 대고 직접 사랑을 고백하고 있었다.

「그래! 유리! 나도 똑같이 그랬던 걸 너는 몰랐던 거야?」

「왜? 너는 귀부인으로 행복하게 살도록 삶이 정해져 있었잖아?」

「이 바보야! 그게, 사랑은 조건으로 되는 게 아니었어! 너는 왜 그렇게도 용기가 없었어? 왜? 이 바보야!」

「아! 그래? 너도 그랬구나! 내가 너무 비겁했어! 정말!」 유리는 이제야 사랑은 조건으로 깊어지는 게 아니라는 것을 깨닫고 있었다. 사랑은 어떻게 행동해야 하는 무엇인지를 이제야 알고 있었다. 그때 비겁하게 용기 없이 눈치와 상황을 보며 처신한 것을 이제 와서 회한을 느꼈고, 예레나에게 너무도 부끄러웠다. 그때는 비록 최선의 행동이었지만, 예레나와 단 한마디 의논 고백도 없이 혼자 고민하며 결정했던 것이다. 예레나에게 단 한마디도 물어보지 않은 잘못을 이제야 분명히 알게 된 것이다!

그때 스스로 자신에게 얼마나 가혹한 운명의 굴레를 만들어 놓고 현실로 받아들이며 어리석게 살아왔는가를 알고 마음은 통곡했다. 고립무원의 가련한 처지이긴 했지만 너무도 용기 없이 비열했던 자기를 자책하고 있었다.

「내 잘못이야! 네가 그때까지 나를 몇 년이나 기다렸고, 나를 다그치기도 했어! 그런데도 내가 물러섰어! 내가 비겁했어, 내가 잘못했어! 미안해 예레나! 정말! 정말 미안해!」

「그래! 이젠 나도 그때의 네 마음을 좀 알겠어……!」

둘은 서로를 껴안은 채 몬테요새에 오래 앉아서 옛날을 돌이키며 얘기했다. 예레나는 살이 좀 쪄 있었지만 옛날의 느낌과는 조금도 다르지 않았고 그보다 둘은 마음이 더 깊어진 사랑을 느끼고 있었다.

「너는 어떻게 여기로 온 거야? 혼자서 왔어?」

「나는 지금 홍콩에서 살아. 리스보아 슬롯머신에 가끔 일요일에 한 번씩 와! 도박꾼은 아니야! 여기는 둘레 전망이 있고 카지노에서 가까우니까, 마카오에는 다른 갈 데도 없으니까, 걷기 삼아 올라오는 거야!」

「그래? 나는 엊그제 금요일 처음으로 마카오에 왔는데……. 내가 아는 사람이 사업을 여기서 좀 같이 해 보자고 해서!」

「결혼은 했어? 가족은?」

「아니……, 거기(KGB)도 그만두고 나왔어.」 이 말을 하며 유리는 KGB 고위 간부였던 예레나의 아버지가 지금은 어떤 위치에 있는지, 이 만남으로 인해 앞으로 어떤 문제가 생길까 생각하고 있었다.

「아빠는……. 그런데 너는 평양으로 갔는데… 그러고는?」 예레나는 아빠 얘기를 얼버무렸다.

「나는 평양에서 5년을 보내고 서유럽 나라로 또 갔어!」

「그래서 소식을 잘 모르는구나. 그때 고르바쵸프를 제거시키려고 했잖아? 1991년 8월!」

「……?」

「KGB에서 벌인 일이야. 간부들이 거의 다 나섰던 거야! 아빠도……. 아빠는 앞장서시지는 않았어. 그런데도 다들 안 좋게 되셨어. 알버트 아버지는 그 일을 주도했거든……. 오랫동안 감옥에 들어가…….」 예레나는 말을 이어 가지 못했다.

「아! 그랬었다고? 지금 아빠 엄마는 어떠셔?」

「민초들은 역사의 마차를 위한 길바닥이 되고 그 마차의 말먹이가 될 뿐이지만, 참으로 훌륭하고 좋은 사람들 좋은 조건을 다 갖춘 사람들조차도 세월의 파란 속에서는 휘둘리는구나!」 유리는 마음속으로 자신의 운명을 생각하며 되새겼다.

「나는 홍콩에는 아직 가 보지 않았어.」

「그래? 왜?」

「글쎄…… 복잡하고 좀 무서울 거 같아, 나에게는… 아직은 가 볼 시간도 없었고.」

「바보야! 너는 이제는 그렇게 겁먹고 살지 않을 만큼은 되지 않았니?」

「……나는 KGB에서 스스로 이탈했어…….」

「나도 너는 그럴 수밖에 없을 거라고 생각해 왔어. 그런 네가 어디서 어떻게 살고 있을까 오랫동안 궁금해했어!」

「아빠는, 지금?」

「아빠는 미국에서 살아. 쿠데타 사건으로 힘드시다가 어떻게 미국으로 가셨어.」

「정말 잘하셨구나!」

「알버트하고는…… 헤어졌다.」

「뭐? ……지금 뭐라고 한 거야?」

「알버트 아버지는 쿠데타 주동자로 감옥에 들어갔고…… 파란이 엄청 컸었잖아? 너는 바깥에 있었지만 그 정도는 알 수가 있었을 텐데?」

「그것까지는 나는 몰랐어……. 아, 큰 변혁 사건이었구나? 나라가 무너지고 갈라진 천지개벽이었지!」

「그래! 경제도 다 무너졌잖아? 우리 돈은 완전 휴지가 됐었지.」

「그래, 내가 너무 몰랐었구나! 미안해! 그런데 너는 여길 누구랑 같이 온 거 아니야? 오늘?」

「…….」

「언제 가는데, 홍콩으로……?」

「…….」

「알버트 소식은 내가 조금은 알고 있어. 그렇지만…….」

「그렇지만이 뭐야?」

「중앙아프리카공화국에 나가 있다고 해, 지금. 아버지가 구속되고 좌천된 거야. 내 딸은 홍콩에서 영국학교에 다니고 있어. 열일곱 살이야. 미국대학을 준비하고 있어. 내가 홍콩 음악학교에서 피아노를 가르치게 되어 데리고 온 거야. 알버트는 아프리카로 좌천된 지가 오 년이 넘은 것 같아. 소식은 딸이 연락하면서 가끔 얘기해 주니까…… 그것뿐이야!」

예레나는 〈알버트와 이혼을 했다는 것이고, 알버트는 어려서부터 그렇게 호강했고 외무성에서 엘리트 코스를 달리다가 아프리카로 좌천되었고 딸과 연락하고 있으며, 예레나는 딸과 단둘이 살고 있다〉는 것이었다.

이 몇 마디들이 유리의 머릿속에 꽉 채워졌다. 세상 다른 모든 것들이 머릿속에서 사라지며 이젠 아무 상관도 없는 것처럼 지워지는 충격이었다.

「카지노 슬롯머신에 가끔 놀러 오고 있어……. 몇 년째, 나는 마카오를 좋아해, 이제는.」

「어머님 아버님은 자주 뵙고 있니?」

「전화는 자주 하고 있지. 아빠도 엄마도 미국 생활을 아주 좋아하신다!」

「다행이구나. 미국은 살기가 좋다고 하니까…… 소련 사람들도 많이 갔다 하고…….」

「그래, 나도 미국에는 몇 번 갔었다.」

「아빠도 엄마도 자꾸 나보고 미국에 와서 살자고 하셔.」

「그래? 그렇게 하는 게 가장 좋지 않을까?」

「······.」

「너는 그러면 오늘 몇 시에 홍콩 배를 타는 거야?」

「마지막 배.」

「······.」

「너는 마카오에 집이 어디야?」

「아직 못 구했는데⋯⋯ 온 지가 겨우 사흘째인데?」

「······.」

「아직 짐이 호텔에 있어⋯⋯.」

「나 오늘 거기서 자야 되겠다!」 유리는 깜짝 놀랐다. 너무 꿈같은 소리라 잘못 들은 착각인 줄 알았고 믿어지지 않았다.

「뭐라고? 지금 뭐라고 했어?」

「왜? 싫어?」

「아니! 갑자기 너무 꿈같은 일이 벌어지니 믿어지지가 않잖아?」

「그래! 나도 그래! 그래서 오늘 하루를 확실하게 붙들어 보려고! 아니, 너를 확실하게 붙들어 안 놓치고 싶어!」

「그래! 우리 그러자!」

둘은 다시 키스를 오래 했다.

점심시간도 지났고 저녁이 더 가까운 시간이었다. 그들은 몬테요새 비탈을 내려오다가 이태리 식당에 들어갔고 해산물 요리와 파스타와 스테이크와 와인을 시켜서 기분 좋게 식사했다. 그러고는 조금 취한 상태로 서로의 허리를 안은 채 천천히 걸으며 리스보아호텔의 룸에 들어갔다.

방에 들어선 그들은 스스럼없이 함께 커다란 버블 욕조에 들어가 목욕을 했다. 겨울 땀도 빼고 비누로 씻어 주고 목덜미, 팔, 어깨를 서투르게 마사지도 해 주고 사랑을 나누었다. 처음으로 둘이 함께 주변을 의식하지 않고 시간 가는 것도 잊고 행복한 시간을 보내고 있었다. 이십삼 년이나 지난 지금 다시 나누는 사랑이었지만 서로서로 옛날 그때의 행복감을 여전히 안겨 주고 있었다. 두 사람은 새롭게 사랑의 환희와 충만한 행복을 실감했다. 예레나도 그동안 외로웠던 것이다.

예레나는 다음 날 아침 딸에게 「나 마카오에 있어! 며칠 있다가 집으로 갈게.」라고 전화했다. 유리는 이젠 둘이 합쳐야 할 것만 같았다. 예레나도 그렇게 말하고 있었다.

─────

월요일 유리는 다엑심 상사로 출근했다. 왕대장의 사무실로 출근하기 위한 것이었다. 그러나 왕대장은 옆방 김대중 사무실에 있는 빈 책상을 사용하라고 했다. 김대중의 책상 앞에는 책상 네 개가 두 개씩 두 줄로 마주 보고 있었는데, 조광무역공사와 마카오의 북한 회사 직원들이 수시로 와서 앉아 보고서를 작성하고, 서로 협의하고 보고하는 자리였다. 또 김대중의 처가 평양에서 내려오는 암호문들을 해독하고, 조광무역의 운전기사 겸 안전 담당 안전우와 35호실 대외연락부 등 비밀활동 요원들도 수시로 찾아와서 보고하고 점검을 받는 자리였다.

유리는 이날부터 이 사무실로 출근하기 시작했다. 다엑심의 전화와 팩스도 사용하며 스위스의 IWC 샤프하우젠 시계 및 롤렉스 시계와 또 벨기에의 안트베르펜 다이아몬드 회사들과 상담을 시작했다. 그러나 왕대장의 권유대로 와인 수입 판매는 우선적으로 포기했다.

1월 21일 화요일, 유리가 다엑심에 출근했을 때 먼저 출근한 김대중이 마카오의 오문일보를 보고 있었다. 유리는 유럽에서 보내온 상품정보 이메일들과 팩스들부터 읽어 가며, 답신 팩스와 이메일을 작성하고 있었다. 열 시 반이 되자 왕대장이 출근했다.

김대중은 즉시 왕대장을 따라 그의 방으로 들어갔고 문을 닫은 채 둘이 얘기를 나누더니 얼마 후 웃음소리가 들렸다. 이어 김대중이 나와서 차를 끓이더니 유리를 왕대장의 방으로 불렀다. 셋이 차를 마시다가 김대중이 서류 파일에서 평양의 〈국가안전보위부〉로부터 하달받은 〈제목: 유리에 대한 정형 요해서〉라는 비밀문서를 얼핏 보여 주며 말했다. 평양의 결과 회신은 단 열흘 만에 하달된 것이었다.

「유리 사장님은 79년 12월부터 85년 1월까지 평양에서 소련 타스통신 특파원으로 일했군요!」
「아, 그렇습니다!」
「80년 8월에는 열흘 동안 휴가로 본국 소련으로 복귀했고요!」
「그렇습니다. 속속들이 다 아시는군요!」
「유리 씨에 대한 평가가 아주 좋게 내려왔습니다.」
「……그렇습니까?」
「외국에서 태어나고 오래 살아온 고려인 후세로서 조국애가 돋보이고 경애하는 수령님께 대한 뜨거운 충성심과 존경심이 넘친다고 평가되어 있습니다.」

「이것은 유리가 평양에서 매월 달러 보수를 주며 공작원으로 활용했던 국가안전보위부의 소련대사관 담당 책임요원 현무광이 김일성 생일날 태양절 행사 후에 유리가 고향과 부모님을 생각하며 눈물을 흘리는 것을 보고 "왜 우느냐?" 하고 물었을 때, 둘러대느라 대답했던 말을 가지고 작성해 놓은 것이 분명하다」라고 유리는 생각했다. 「현무광이 나를 담당하면서 나한테서 받아 간 총액이 적지 않았으니, 그 돈의 힘이 나의 인물 파일에 기록을 좋게 남겨 놓았구나!」라고 생각했다. 북한에서도 돈은 확실히 효과를 보였던 것이다.

「과분한 말씀입니다! 부끄럽습니다! 저는 너무 부족합니다!」

「이제부터는 유리 씨, 아니, 유리 사장님은 정식으로 우리 식구입니다!」

「아! 감사합니다……. 그렇지만 너무 과분합니다! 큰 책임감을 느낍니다…….」

「그러니까 내가 모시고 온 거야……!」 왕대장이 한마디 했다.

「왕대장 님 덕분입니다! 저가 다른 성원들보다도 더 열렬한 충성으로 보답하겠습니다. 뭐라도 책무를 주신다면 열정적으로 실행해 내겠습니다!」 유리는 사실 정말 고마웠으므로 진심을 섞어 말하고 있었다.

「하! 하! 하는 사업을 잘해 나가면 되는 기야요.」 왕대장은 더 밝아진 얼굴로 말했다.

「유리 사장님은 이 사무실에서 일하시라요! 대신 사무실 사용료를 좀 내 주시면 우리도 좋은 것이니까니…….」

이때 북한은 아사자가 수백만 명이나 발생하고 있었다. 고난의 행군 중이었다. 그들도 최대한 돈을 극한적으로 절약하며 더 벌어서 평양에 바쳐야 하는 실정이었다.

「당연하십니다! 그렇게 해 주시면 저도 더 감사하고 보람 있겠습니다!」
「두 번 말할 것도 없이 그렇게 하시라요!」
「이 방도 필요하면 사용하시라요! 내가 출장 다니느라 맨날 비어 있으니까니!」 왕대장은 자기 방을 사용하라고까지 말하는 것이었다. 이렇게 유리는 왕대장의 직속 직원들 사무실을 공식적으로 함께 사용하게 되었다.

왕대장은 바쁘게 어디론가 자주 나다니고 있었는데 그날 오후에도 평양과 어디로 가야 된다며 기내용 어깨 가방과 작은 수화물 가방 하나를 끌고 나섰다. 마카오에는 이날 평양행 비행기가 없었으므로, 지난해 유리와 우연히 만났을 때처럼 가까운 주하이 공항으로 가서 베이징을 경유했다. 유리와 김대중은 왕대장이 사무실을 나설 때 배웅하려고 함께 나왔다.

「조광무역에 있는 그 VIP용 아파트 말이야요…….」 왕대장이 엘리베이터에서 말했다.
「예! 출장 간부 전용 숙소가 있습니다, 그걸 말씀하십니까?」 김대중이 대답했다.
「비어 있을 테니까… 유리 사장이 쓰도록 해 보라우! 집을 구할 때까지만, 잠깐일 테니까니! 조광 박성철 대표하고 추진해 보라!」

주차장에는 왕대장의 가족을 돌보며 지원하는 집사 역할을 하는 성필상이 벤츠에 시동을 걸어 놓고 기다리고 있었다. 베이징을 경유하는 왕대장을 주하이 공항끼지 태워 주려는 것이었다. 김대중은 왕대장을 모시고 성필상과 함께 주하이 공항까지 배웅을 나갔다.

이날 오후 유리는 왕대장 덕분으로 리스보아호텔에서 체크아웃하고 나왔다. 열흘 만이었다. 조광무역의 안전요원 겸 운전기사인 안전우가 회색의 토요타 밴을 몰고 와서는 유리의 룸까지 와서 짐 가방을 챙겨 차에 싣고 조광무역공사 건물 16층의 VIP 숙소로 올려 주었다.

이날부터 유리는 조광무역공사 직원들과 매일 수시로 마주치고 있었다. 조광무역이 있는 이 주상복합빌딩은, 1층은 경비실과 기계실과 필로티와 차량 출입 램프였고, 2~4층이 주차장이고 5층은 조광무역공사 사무실이었고, 6층에는 일반 출장 요원용 숙소가 있었다. 조광무역 직원들은 물론이고 마카오의 북조선 요원들 다수가 이 빌딩에 집합되어 살고 있었다. 박성철 대표는 최고 높은 16층에 VIP 숙소와 함께 있었고 나머지는 그 아래로 있었다. 가족을 평양에 두고 나온 사람들은 여러 명이 함께 한 아파트에 합숙했다. 그러므로 북한 요원들을 쉽게 통제하고 교육하고 총화하고 있었다. 또 필요할 때는 언제든지 효율적으로 동원하고 있었다.

유리는 왕대장이 후원하는 데다, 평양 국가안전보위부의 신원 성분 정형 요해가 「유리는 조국과 당과 수령님과 당중앙께 매우 충성적인 인물임.」으로 하달됐다는 것이 이미 모두에게 알려져 있었으므로 이제는 경계심도 어색함도 없었다. 그렇지만 유리는 인사하는 것 외에는 그들의 대화를 주로 들었고 질문을 받아야 말을 했다. 혹시 말꼬리가 의심받을까 내심 조심했다.

그날부터 저녁에는 박성철 대표, 한성룡 부대표, 은행회계 담당 김태식, 안전요원 안전우 등을 밖에서 함께 만나 식사를 대접하기도 했다.

―――

1월 하순의 한낮이었다. 조광무역 박성철 대표가 평양에서 출장 나온 강 씨를 데리고 왕대장 사무실로 왔다. 강 씨는 만청산연구소에서 김정일의 건강을 위한 식자재와 요리법을 연구하는 특별요리사였다. 광둥성 지역에서 높은 나무 과실을 따 먹고 사는 〈꿔시리〉가 겨울철 몸보신에 좋다고 보고하자 김정일이 요리를 배워 오라고 내보낸 것이었다. 그는 마카오와 평양을 오가는 고려항공 편을 통해 꿔시리를 평양으로 공급받는 채널도 만들고, 꿔시리 요리법 실습도 받으려고 마카오의 전문 식당을 찾고 있었다.

「맛도 한번 볼 겸 같이 가 봅시다!」 박성철 대표와 김대중이 강 씨와 함께 꿔시리 식당을 찾아 나설 때 유리에게 말했다. 식당은 마카오 내항 뒤편의 홍등가에 있었다. 골목의 양쪽은 모두 노란색 붉은색 색칠의 나무판자 벽을 한 허름한 단층 건물들이 온통 늘어서 있었다. 마카오의 소위 몬도가네 골목이었다. 「꿔시리가 가을에서 초겨울까지 야산에서 온갖 야생 과실들을 다 따 먹고 살이 통통 찐 상태이므로 겨울철에는 좋은 계절 보신이 된다.」라고 했다.

그러나 이 식당은 꿔시리만을 취급하는 것이 아니었다. 골목으로 난 유리 창문 틀 밑에는 투명 유리 박스들을 골목으로 노출시켜 놓았는데, 박스마다 굵다란 구렁이들, 크고 작은 온갖 뱀들이 가득했다. 또 전갈이나 곤충들, 쌀벌레라는 엄지손가락보다도 더 큰 벌레들까지 한가득했다.

 식당에 들어서니 아줌마들이 팔뚝 굵기의 삶은 뱀을 툭툭 잘라서 커다란 쟁반에 가득 담아 식탁에 올려놓은 채, 뱀 덩어리를 손에 하나씩 들고 뱀살을 발라내고 있었다. 그들의 표정은 아무렇지도 않았다. 모두가 안절부절못했다. 그렇지만 꿔시리 요리 맛을 봐야 했다. 요리사 강 씨는 미리 연락한 약속에 따라 이미 주방에 들어가 요리법을 배우고 있었다.

 식탁에 올려놓은 쟁반의 뱀 덩어리들, 창밖 유리 박스에 우글대는 뱀들, 꿈틀대는 엄지손가락보다 큰 벌레들을 두고 식사를 하자니 너무 끔찍해서 유리가 독한 중국술을 시켜서 권했다. 강 씨까지 북한 사람들은 모두가 술에 강단이 있었다. 유리는 그러나 실수할까 봐 술을 마시지 못했다.

 「조광무역으로 가서 한잔 더 하자우요!」 식사 때 독주로 발동이 이미 걸렸던 그들은 돌아가는 차 속에서 유리에게 권했다. 유리로서는 좋은 기회였으므로 함께 갔고 5층의 조광무역 응접실에서 테이블에 술과 돼지고기를 올려놓고 둘러앉아 마작을 함께 하면서 술을 마셨다. 유리는 처음 해 보는 마작이라 미숙했지만 재미있었다. 그리고 그들과 빨리 친밀해지려고 함께 술을 마시며 마작에서 일부러 돈을 잃었다. 마작 판돈은 점당 마카오 돈 1파타카라서 잃어도 크게 부담되지는 않았다.

 퇴근 시간쯤 박성철 대표가 조광무역공사의 한성룡, 안전우, 김태식 등 직원들을 모두 불렀다. 그들은 처음에는 경계심을 보이더니 김대중도 박성철도 몇십 파타카씩 따고 기분 좋아 하자, 유리에게 마작수를 도와주는 척하며 교대로 한두 게임씩 들어와서 유리의 돈을 따고 있었다. 이날은 오랜만에 이렇게 어울리며 이들과 많이 가까워졌다. 새벽 세 시가 되도록 마작을 하며 술도 많이 마셨다. 조용한 밤중에 화장실을 다녀올 때 조광무역공사의 좁은 복도에서 들리는 마작을 뒤섞는 소리는 건설공사장에서 덤프트럭이 자갈을 쏟아붓는 소리였다.

2월 달이 되자 마카오는 이미 중국 구정인 춘절 연휴 분위기였다. 리스보아호텔의 도박장은 중국 본토와 대만, 한국, 일본, 동남아시아에서 쏟아져 들어올 도박꾼들을 맞이할 준비를 모두 갖춘 상태였다.

3월 초순의 아침이었다. 김대중의 처까지 일찍 나와서 평양으로부터 온 비화기팩스 암호문을 해독하고 있었다. 한참 후 김대중은 해독이 된 지시문을 읽더니 근처의 건물에 있는 조선민주주의인민공화국 마카오대표부 조광무역공사의 총경리(대표) 박성철에게 전화했다.

「대표 동무, 한성룡 부대표 동무하고 급히 좀 와야 되갔시요. 급한 지시가…… 있시오!」

「…….」

「민족의 태양이신 위대하신 영도자 김일성 수령님의 생신인 태양절 4월 15일에 당과 군 간부들에게 하사해 주실 옷감을 속히 구매해서 보내라는 지시가 하달됐시요!」

10분도 안 지났는데 두 사람이 튀어 들어왔다. 그들은 암호 해독문의 지시 내용을 파악하더니 유리의 맞은편 줄인 김대중의 책상 앞줄에 앉았다. 한성룡은 즉시 유창한 만다린어로 광저우 선전 주하이에 있는 거래

5. 마카오 **127**

처들 여러 곳으로 차례로 전화하며 똑같은 내용의 통화를 반복하기 시작했다.

「내래 마카오 북조선 조광무역 한 부대표야요, 급하게 전화했구먼……」

「……」

「지금 내가 보낸 팩스 받았시오? 그걸 들고 보면서 얘기하자우요!」

「……」

「아시다시피 내래 당신네랑 거래를 크게 오래 또 많이 해 주고 있구먼!」

「……」

「지난번에도 우리가 크게 구매했댔으니까 또 앞으로도 또 할 거이니까니 확 싸게 낮춰서 좋게 제시해 보란 말이야요!」

「……」

「내가 말을 당신네가 충분히 알아듣게 하는데…… 못 알아들으시는 건가, 이거이 참!」

「……」

「그래서 안 하겠다는 얘기로구먼! 알갔시오, 내래 딴 데 알아볼 데가 얼마든 있으니깐, 일없시요!」

「……」

「뭐라고? 진작부터 그렇게 나왔어야지! 서로 힘들게스리 왜 기러는 기야요!」

그는 어르듯 일방적으로 가격을 상담하고 있었다. 유능한 장사꾼이었다. 곳곳에 여러 통화를 한 끝에 그는 다음 날 자신이 직접 가서 품질을 테스트하기로 하고 양복 옷감 2만 7천 미터의 가격을 담판하듯 정했다.

「구매 가격에 1미터당 2달러를 붙여서 보고합시다. 평양에 그렇게 보고하고 남는 54,000불을 박 대표와 내가 반반씩 나눠 먹읍시다.」
DAXIM Co.의 대표 김대중과 조광무역대표 박성철이 27,000달러씩 나눠 먹는 것이었다.

6.
예레나

1997년 2월 7일 금요일은 춘절 연휴였다. 마카오도 중국도 완전 휴무였지만 평양은 대명절인 광명성절(2월 16일)이 다가오고 있었으므로 북한 요원들은 사무실에 나와서 혹시라도 평양에서 전화가 올까, 긴급 지시 전문이 내려올까 대기하고 있었다.

유리도 다엑심 상사로 출근하여 김대중 동무와 왕대장의 방 소파에서 TV를 보다가 예레나의 페리가 마카오 부두에 도착할 시간을 맞추어 나왔다. 택시는 귀아산 터널을 통과해 터미널로 갔다. 유리는 콧노래를 흥얼대고 있었다. 공작 사업이 꿈도 못 꾸었던 방식으로 잘 진행되고 있었고, 더구나 하늘이 맺어 주는 듯 20년 만에 다시 만난 예레나의 느낌은 몸속에도 마음에도 가득히 환희로 차 있었던 것이다. 그녀를 향한 애정은 오랫동안 숨겨온 용광로였다. 예레나를 기다리는 유리에게는 뜨거운 사랑과 욕정이 휴화산 속 깊이 갇힌 용암처럼 들끓으며 꿈틀대고 있었다. 예레나도 그랬다. 둘이 고등학생으로 처음 만난 지가 25년이나 지났고 못 본 지 20년째지만 여태까지 서로가 그리워하며 외로워했다. 한 달

전 다시 만났을 때 호텔 방에서 예레나도 유리도 서로 그렇다고 고백했던 것이다. 이젠 예레나도 지난 오랜 세월을 그간 함께 살아왔던 것처럼 익숙하고 자연스러웠다. 20년의 공백이 있었지만 어색함은 없었다. 옛날 포츠담에서 숨어 사랑을 나눌 때 긴장하고 불안해했던 모습은 흔적도 없었다.

세상 만인들이 오가는 밝은 터미널에서 아무것도 신경 쓸 일 없이 편안한 마음으로 예레나를 기다렸었다. 가끔 두근대는 가슴으로 침을 삼키며 예레나가 어떤 차림일까 얼마나 아름다울까 하며 입국장을 서성대기도 했다.

홍콩과 마카오를 오가는 고속페리는 대명절 춘절의 긴 연휴라 도박 손님들과 주말 관광객들로 10분 간격으로까지 바쁘게 운행되고 있었고 선편마다 만원이라 터미널은 분주했다. 택시들도 줄 설 새도 없이 출발하기 바빴다. 홍콩의 위성도시인 마카오의 경제에는 명절 연휴와 주말이 큰 도움을 주고 있었다.

예레나는 페리가 도착한 지가 한참이 지났는데도 입국 로비에 나타나지 않았다. 「무슨 일일까? 배를 놓쳤나?」 염려하기 시작할 때였다. 그러나 유리는 깜짝 놀랐다. 커다란 수트 케이스 두 개와 박스를 실은 카트를 포터가 밀며 따라 나왔던 것이다. 살림 꾸릴 짐을 갖고 온 것이었다. 「오~ 여전히 놀랍고 과감한 내 사랑 예레나!」 유리는 속으로 외쳤다.

고등학교 시절 조용하고 차분하고 부드럽고 섬세하면서도 단호한 결단과 열정과 박진감 있는 행동으로 사람들을 놀라게 했던 예레나가 여전히 이렇게 과감한 행동을 하고 있었다.

「이젠 예레나를 놓치지 않고 영원히 함께 살고 함께 죽겠다!」 유리는 그러기로 결심했다.

그때의 유리는 외로웠고 가련했고 절대적 굴레 속에 갇혀 있었지만, 스스로가 자신의 사랑도 의지도 운명까지도 그 틀 속에 재단해 넣고 자신을 억눌렀었다. 생존의 길이라며 그랬었다. 그러던 자기 모습이 떠올랐다.

「나 자신에게 나는 무엇인가? 생존을 위해 나 자신을 얼마나 학대했고 거짓으로 행동했던가? 나는 나 자신을 속였던 위선자가 아닌가?」 유리는 그런 기억을 머릿속에서 지워 버리고, 지운 흔적조차도 없애고 싶었다. 부끄러웠다. 헤쳐 나가지 않고 나약하고 안일하게 회피하며 비겁했던 것에 후회했다. 자기 자신에게 부끄러웠다. 부끄럽고 수치스러움을 태양빛에다 맨몸으로 드러내어 녹여 내서 말리고 땅속 깊숙이 감춰 없애고 싶었다. 자신의 모순을 통회했다. 감출 수도 지울 수도, 간직하며 감당할 수도 없었다.

사랑하는 예레나를 놔두고 했던 그 행동은 불가피함도 현실 타협도 아니었고 자기기만과 자위였다. 자기에게로 한 걸음 두 걸음 다가오는 예레나 앞에서 더 부끄러워졌다. 자신의 알몸과 속 양심이 온 광장에 드러나 있는 것 같았다. 그런 마음으로 유리는 예레나를 몸 깊숙이 따뜻하게 오래 끌어안고 있었다. 볼에다 키스를 몇 번이나 하고 있었다.

「예레나 정말 사랑했었어…… 사랑해…….」

「유리……. 그때 정말 미안했어……. 사랑했어……. 용서해 줘! 이제는 유리를 영원히 사랑할 거야…….」 예레나는 흐느낌으로 말끝이 흐려졌다.

지나가는 사람들이 다 고개를 돌리고 눈도 힐끗하며 쳐다보았다. 그러나 이제는 아무것에도 개의치 않았다.

　둘은 터미널 앞마당 건물의 이태리식당 피짜리아에서 식사를 했다. 주인은 이태리인 여자였고 음식 맛은 제대로 이태리식이었다. 와인도 마시며 천천히 행복하게 식사를 했다. 「음악학교 제자 가족이 밴쿠버로 이민 가며 비워 놓은 아파트를 소개받았어, 오늘 들어가기로 약속했어!」라고 했다. 이미 예레나의 짐을 그 아파트로 먼저 보냈던 것이다.
　아파트는 리스보아호텔에서 귀아산 등대로 올라가는 비탈길 쪽의 단독 빌딩이었고 7층이었다. 이미 저녁이라 바깥은 언덕 아래 펼쳐진 마카오 동쪽 바다와 그 위로 건너가는 다리의 조명, 리스보아호텔과 신시가지와 콜로안섬의 불빛으로 아름다웠다. 더 먼 동쪽의 홍콩 하늘은 불빛으로 훤했다. 아파트는 좀 오래됐지만 리모델링을 예쁘게 해서 붙박이 가구들과 부엌살림이 잘 갖추어져 있었다. 호텔에 투숙하듯이 그냥 살 수 있었다. 이보다도 더 좋은 곳은 없었다. 지난 한 달 동안 고민했던 문제가 일시에 해결됐다. 두 사람은 행복해졌다.

　「우리는 이젠 부부야!」 조광무역의 VIP 숙소에서 짐을 옮겨 온 유리가 현관을 들어서며 말했다. 예레나도 그때 동시에 말하고 있었다.
　「결혼식도 하자!」 유리가 말했다.
　「나는 좋아! 그렇지만 너는 너무 손해잖아? 좀 더 생각해 봐야 되는 거 아닐까?」
　「왜? 무엇을?」
　「나는 이미 결혼을 해 봤고 딸도 있으니까! 상처가 많으니까……. 유리에게는 더 좋은 기회가 올 수 있으니까……!」

「기회? 너를 사랑하며 20년을 애태웠는데……. 그래, 지금이 기회지. 기적으로 만났는데… 하늘의 뜻인데! 또 새로 사랑할 사람을 찾으라고?」

「그냥 친구로 함께 살 수도 있잖아…….」

「여태까지 네 사랑이 내 영혼에, 뼛속에 깊이 새겨져 있는데……. 이제 와서 그런 말을 해?」 유리는 이 말을 할 때 사실 미국의 아이코가 생각났다. 아이코는 공부에 몰입한다며 몇 달째 답도 주지 않고 있었다. 아이코는 미국으로 유학 가기 전에 도쿄 미나토 아카사카의 직장에서 회장 비서로 일하며 회장과 십여 년 동안 부부 같은 사랑을 나누었으나 결국 실패하고 깊은 상처가 생겼다는 것이었다. 생글생글 웃으며 착하고 부드럽고 겸손하게 순응하는 전형적 일본 여성 아이코였으나 「집념과 의지가 생겼어요, 목표를 위해 독해졌어요!」라고 스스로 말하고 있었다. 그런 아이코를 몇 달 전까지 분명 사랑하고 있었고 결혼하자고 제의도 했었지만, 실은 그때에도 유리 마음속에는 예레나가 있었다. 마음속에는 예레나가 어디서 어떤 아름다운 모습으로 살고 있을까 그리웠다. 또 결코 우연히라도 마주칠 일이 없으리라고 믿었지만, 혹시 예레나의 행복에 어떤 방해라도 된다면 예레나 부모를 배신하는 것이라고 생각했다. 아직도 유리의 마음속은 이중적이었다. 예레나를 잊을 수도 지울 수도 없었던 것이다.

그날 밤 두 사람은 옛날 포츠담의 방공포진지 탄약고에서 사랑을 격렬하게 나누던 일을 얘기하며 실컷 웃었다. 예레나의 부모와 이반이 동베를린으로 갔을 때 지하의 엘레나 연습실에서 난생처음으로 사랑을 열정적으로 나누던 일을 얘기하며 웃다가 다시 사랑을 나누기도 했다. 두 사람은 더없이 행복해서 천국인지 환상인지 현실인지 실감할 수 없었고 서로 몸을 꼬집어 주어 확인시키면서 웃었다.

다음 날 늦잠을 푹 자고 시내로 나가 식재료들을 샀고 근사한 요리를 해서 와인과 함께 식사를 했다. 창밖으로 타이파섬과 콜로안섬, 저 멀리 홍콩 앞바다의 란터우섬, 홍콩섬 빅토리아 피크가 건너다보였다. 예레나와 유리의 동거가 정식으로 시작되었다.

유리는 아침에 다엑심 사무실로 김대중에게 전화해서 출근 못 하는 사유를 설명해 주었다.

「어제저녁에 갑자기 아파트가 구해져서 바로 이사를 했습니다. 또 오랫동안 헤어져 있었던 옛 애인 예레나를 다시 만나 합쳤어요, 소련 사람입니다……. 함께 살게 되었어요, 여기서요!」

「정말 아주 잘된 일입니다! 크게 축하합니다!」 김대중은 굵직하면서 자신감이 차 있는 특유의 차분하고 나직한 목소리로 거듭거듭 축하한다고 말했다.

예레나는 홍콩의 집에 피아노가 있었지만 마카오에서도 필요할 것 같았다. 앞으로 마카오에서 지내는 시간이 많을 터인데 눈앞에 손이 닿는 피아노가 있어야 될 거 같았다. 차이코프스키 콩쿨에 입선했던 경력이었고 어떤 곡은 몇 달이고 수천 번이고 반복 연습하며 손가락 감각과 마음에 드는 소리를 만들어 가는 예레나였다. 또 마카오에서도 학생들과 사모님들에게 레슨을 해 주며 돈도 벌고 사교도 넓히고 싶어 했다. 유리도 옛날 포츠담과 모스크바에서 보았던 그런 예레나의 모습을 보고 싶었다. 어떤 구절들을 며칠이고 몇 달이고, 수백 수천 번을 반복하며 선율을 만들어 가는 모습을 보고 싶었다. 단순하고 비좁은 마카오에서 앞으로 둘이 마주 보며 지내자면 각자 몰입할 수 있는 무엇이 필요할 것 같았다. 그래서 새 피아노를 사기로 했다.

이 집에서 이틀을 보낸 후 홍콩으로 함께 건너가서 퍼시픽플레이스 몰에서 예레나가 좋아하는 스타인웨이 업라이트 피아노를 주문했다. 마카오 집에 도착시키고 완벽한 조율까지 마치자면 한 달이 걸릴 것이라고 했다.

그날 예레나는 딸을 불러내서 유리를 소개하고 함께 식사했다. 예레나의 집은 홍콩섬의 미드레벨이라 비탈 에스컬레이터 근처 란콰이펑의 프랑스 식당에서 만났다. 딸 이름은 크리스티나였고 1980년생이었다. 1979년 12월 유리가 모스크바에서 예레나 부모님 댁에 인사하러 갔을 때 임부복을 입고 있었던 그 뱃속 아이인 것이다. 딸은 예레나의 옛 고등학교 시절 모습 그대로였지만 예카테리나 할머니의 모습도 있는 얼굴이었다. 자유롭고 편리하고 따뜻한 도시에 살아서 그런지 낙천적이었고 깔끔한 것을 좋아했다. 크리스티나는 동서양인이 뒤섞인 도시에서 살며 익숙해진 탓인지 백인이 아닌 유리에 대해 아무 어색함이 없었고, 행복해하는 엄마와 유리를 번갈아 바라보며 표정이 더 밝아졌고 안도하는 것 같았다.

식사 후 그들과 포옹하며 인사를 나누고 유리는 콧노래를 부르며 천천히 걸어서 성완의 마카오페리 터미널로 갔고 수중익선을 타고 마카오로 돌아왔다. 마카오는 춘절 연휴로 북적댔다. 마카오의 많은 중국인들은 본토로 들어갔지만 카지노들과 관광지는 중국, 홍콩, 대만, 한국에서 온 도박꾼들과 관광객들로 만원이었다.

춘절 연휴가 끝나자 평양으로 갔던 왕대장은 베이징에서 한동안 지내다가 마카오 공항에 도착하여 곧장 사무실로 들어왔다. 함께 온 남자가 있었는데 김대중이 유리에게 소개했다.

「리근모 동무야요! 우리 왕대장 님과 가족분들을 직접 모시는 사람이니 앞으로 자주 보게 될 것이야요. 기리니 친하게 지내시라요!」 경호 요원이라는 것 같았다.

리근모는 유리와 명함을 주고받았다. 그가 준 명함은 두 장이었는데 〈마카오 남미공사 동사장 리근모〉와 〈마카오 와룡연합무역공사 총경리 조와룡〉이었다. 각각 완전히 다른 이름과 직책을 가지고 있었다.

「편한 대로 부르시라요. 조와룡 동무도 좋고 리근모 동무도 좋아요……. 그냥 리 동무로 부르시라요!」

「예! 그러겠습니다.」

「그게 좋갔시요! 와룡은 대외정보조사부라고… 35호실이라고도 하는 건데, 공개적으로 사용하기가 좀 므시기 해서리……. 그래도, 차츰 뭐…… 다 아시게 될 거우다!」 그는 자신이 북한의 비밀해외공작기구 대외정보조사부 소속이라고 밝히면서도 공개적으로는 호칭하지 말아 줄 것을 바라고 있었다.

「나는 우리네 조선 려권 말고도 중국 려권도 사용합니다, 공식적으로는 나는 중국 사람이야요! 내 처도 그렇습니다!」 리근모의 부인도 〈대외정보조사부〉 요원이라는 것이었다.

「우리 부부는 마카오와 중국에서 왕대장 님과 또 위대하신 지도자 김정일 당중앙의 자제분이신 김정남 동지와 가족들의 안전을 책임지고 있시요.」

그날 이후로 알게 된 것은 리근모 부부는 김정남 왕대장 등 요인 경호 외에도 마카오총독부의 공무원들에 대한 포섭 공작과, 마카오 북한 요원들에 대한 감시까지도 담당하고 있었다.

「차에서 기다리고 있갔습네다.」 리근모가 주차장으로 내려가며 말했다.

왕대장은 리근모가 내려간 한참 후까지 방에서 어딘가로 한참 동안 통화하다가 나오더니 말했다.

「평양에 또 가야 되갔시요. 좀 보자고 하시는데……. 이번에는 광명성절(2월 16일, 김정일 생일)을 지내야, 2월 말이 돼야 나올 수 있을 거 같은데? 비행기 자리를 만들라우!」

「예! 대장님. 모래는 우리 비행기가, 평양으로 들어가는 고려항공기가 있습니다.」

「그게 좋갔구만!」

「베이징으로 안 들리시고 곧바로 가실 수 있으십니다!」

「그래! 그렇게 하라! 오늘 비행기는 피곤했어……. 내래 먼저 들어가갔어, 좀 쉬어야갔어!」

「유리 사장님은… 내래 또 없어서리 적적하시겠는데. 평양 갔다가 와서 보자우요..」

「동무들, 유리 사장님을 안 외롭게 좀 해 주라우!」
「옙! 잘 이행하갔습네다, 대장님!」 김대중이 대답했다.

모래는 고려항공 여객기가 평양에서 마카오에 오는 날이었다. 그 비행기를 왕대장이 타고 가는 것이었다. 그날 왕대장은 사무실에 나오지 않고 평양으로 바로 가기로 했다. 경호 담당 리근모가 수행해 가기로 하고, 마카오에서 북한의 VIP 김정남 및 왕대장과 그 가족들의 일상생활 지원을 담당하는 당 서기실 요원 성필상이 공항으로 태워 주기로 했다.

왕대장이 나간 후 김대중과 유리도 퇴근을 준비하고 있었다. 그때 팩스 전화의 벨이 울렸다. 아직 오전 시간인 유럽에서 보내온 제안 가격표였다. 옛날보다 시계도 다이아몬드도 많이 올라 있었다. 추신으로 상세한 개별 가격과 사진은 이메일을 참고하라고 설명하고 있었다. 유리와 김대중은 이 자료들을 보며 마카오 고객들의 가격 수준과 취향에 대해 충분히 파악하고 검토한 후에 수입할 가격대를 정하는 게 좋겠다고 의견 일치를 보았다. 서두르지 않기로 했다. 아직 점포도 못 구한 상태였기 때문이다.

다음 날 점심시간이 가까울 때 왕대장이 출근했다. 내일 평양으로 들어가면 한동안 또 공백이 생기므로 유리의 사업 추진을 의논하려는 것이었다. 셋이서 어제 유럽에서 받은 팩스와 출력한 이메일을 놓고 검토했다. 그러다가 왕대장은 중국인 왕(Wong) 사장에게 전화하며 점심 약속을 했다.

「나는 여기 리스보아 카지노에 제일 큰 VIP 정킷 룸(Junket Room) 세 개를 갖고 있어요.」 리스보아호텔 일식당에서 만나 본 왕 사장의 이름은 왕싱람이었다. 그가 유리와 첫인사를 나눌 때 한 말이었다.

점심 식사를 마치고 자리를 옮겨 호텔 2층 카페로 올라가 커피를 마시며 대화를 나눌 때였다.

「좋은 자리 점포를 하나 좀 구해 주세요, 아니 내 주세요. 유리 사장이 보석점포를 내야 되겠는데 날짜만 가고 있습니다!」 왕대장이 왕싱람에게 부탁을 했다.

「내 달라고? 누구를 하나 쫓아내고 점포를 빼앗아 달라는……? 하긴 도박장에서는 좋은 이권들은 다 그렇게 돌아가고 있으니까……. 왕대장 씨는 훤히 다 알고 하는 말이니까…….」

「직접 이렇게 만나서리 부탁드리는 거니까…… 좀 감안해 주시라는 말입니다!」

「하긴, 여기 리스보아의 일이라면 나만큼 나설 만한 사람도 없지…….」 왕싱람은 마카오 카지노 세계에서의 자기 힘을 은근히 자랑했다.

「왕 사장님과 여기 카지노 왕이신 부루스 리 총경리님은 평양에 오픈될 양각도호텔 카지노에 파트너로 투자하기를 원해요. 내가 평양에다 일차 조치를 해 놨어요.」 왕대장이 왕싱람을 치켜세워 주고 있었다.

「부루스 리 회장님은 홍콩에도 사업이 크지만 마카오의 전체 카지노에 대한 운영권을 숨어서 독점 지배하는 실세입니다. 스탠리 호 회장의 배후에 있는 인물 거지요. 회전금액도 수익도 천문학적으로 크지만, 그렇게 오랫동안 독점해 나가는 파워가 영향력이 실로 엄청난 거지요!」

「예!」

「내가 운영하는 정킷 룸은 거액 도박을 하는 중국인 VIP 고객들만 모십니다만, 일반 카지노는 푼돈 도박꾼들을 상대하는데도 테이블이 5개인 방의 월세가 홍콩 돈으로 7천만 달러입니다. 미 달러로 치면 월 1천만 달러입니다. 엄청나지요! 마카오의 일곱 개 카지노의 전체에서 돌아가는 금액을 다 계산하면 리 회장의 수입이 얼마 되겠습니까? 물론 세금으로 거의 떼이기는 하지만…….」 왕 씨는 자기 자랑을 하고 있었다.

「……상상이 안 됩니다!」 유리가 말했다.

「여기 리스보아 카지노에 한국인이 하는 정킷 룸이 두 개 있습니다. 한국에서 나온 폭력 조직들이 운영하는 것입니다. 사실 카지노는 규모나 파워가 큰 폭력 조직이 아니면 운영을 해 나갈 수가 없습니다. 일반인은 덤벼들 수도 없는 분야입니다. 정킷 룸 월세는 매년 조정이 됩니다만, 올해에 한국인 대청 정킷은 한 달에 미 달러 900만 불을, 팔복 정킷은 600만 불을 월세로 냅니다. 다 부루스 리 회장의 손안에서 돌아가는 일이지요.」

「우와……. 그 정도나 됩니까?」

「도박꾼들은 갖고 나온 돈을 다 읽으면, 국내의 재산을 담보로 카지노 정킷업자에게서 아주 높은 고리로 빚을 냅니다. 끝까지 매달리는 겁니다. 그 돈도 결국 다 잃으면 몸에 차고 있는 시계 반지도 전당포에 팔고 그 돈으로 끝까지 덤빕니다. 그런 후에 결국 한국으로 들어가서, 그들 폭력 조직의 위협과 독촉 아래 부동산이든 무엇이든 급하게 다 팔고 모자라면 빚까지 더 내서, 홍콩에서 폐업한 한국업체 명의 전신환으로 빚진 돈을 보내옵니다. 홍콩에는 그런 일을 전문적으로 맡아 해 주는 한국인들이 있고요.」

왕대장은 얘기를 들으며 싱긋이 웃는 표정이었다. 김대중과 유리는 무슨 말인지 몰라 멍했다.

「리스보아호텔에 점포매매가 나오는지 알아볼게요.」 왕심람은 도박장 얘기를 알아듣지 못하는 유리와 김대중을 바라보더니 일어서며 실망하는 표정으로 말했다. 그렇게 첫 만남은 끝났다.

리스보아를 나올 때 왕대장은 왕심람과 둘은 다시 도박장으로 들어갔다. 김대중은 왕대장을 힐끗 돌아보면서 「대장님께서는 도박을 뭐 조금, 조금씩 하십니다. 으흠……!」이라며 입을 꾹 다물었다. 그다음 날에 왕대장은 리근모와 함께 성필상이 운전하는 차로 마카오 공항으로 가서 고려항공기로 평양에 들어갔다.

4월 초 아침 출근 때 유리는 아파트 앞의 비탈 도로를 걸어 내려가다가 포르투갈인들의 마카오 보안사 입구에서 김대중의 차를 만나게 되어 동승했다. 김대중은 자신의 다엑심상사 사무실로 바로 출근하지 않고 근처의 조광무역공사 건물로 먼저 들어가서 주차장 4층에 차를 세웠다.

「유리 사장님도 우리 식구니까, 여기서 이사 나간 지가 얼마 안 되니까 같이 올라갑시다!」

「20일이나 여기서, 조광무역 숙소에서 지냈었는데요!」 유리가 대답했다.

조광무역공사에는 이른 아침부터 총경리 겸 대표 박성철과 한성룡 부대표와 기사 겸 안전요원 안전우와 은행 담당 김태식이 긴장된 채 뭔가를 의논하고 있었다. 조광무역에서 평소 상담이나 무역거래 업무는 유능한 장사꾼인 부대표 한성룡이 전적으로 맡았다. 박성철은 평소 일상적

무역 업무에는 일체 관여치 않았지만, 평양에서 지령이 오거나 위조지폐 다발을 은행에 세탁 입금하는 특수한 상황일 때는 마카오의 여러 북한 상사 요원들을 불러서 동원하고 조직하고 임무를 부여했다. 젊은 안전우는 박성철의 비서 겸 현장을 뛰며 조광무역의 보안 및 안전을 담당하는 행동 요원이었다. 나이 든 김태식은 주로 마카오의 델타아시아은행과 중국은행에 예치된 김정일 비자금 관리와 조광무역의 회계를 담당하고 있었다.

「전우가 밴을 몰고 공항에 나가서 손님들을 데려오라우!」
「비행기 도착 시간보다 먼저 가서 대기하고 있어라!」 박성철이 지시했다. 평양에서 오는 고려항공기가 마카오 공항에 도착하는 날이었던 것이다.
「내가 마카오 공항 세관검색대 중국인 직원들은 싹~ 확실히 조치해 놨시오. 마카오 공항 통관도 주하여 하이콴(세관) 통관도 문제없을 거야요!」 리근모가 그때 조광무역의 5층 사무실로 들어오며 자신에 찬 목소리로 하는 말이었다.
「하여튼 위험성이 높아서리 까딱하면 큰 들통이 납네다!」 김대중이었다.
「터지면 나도 죽고 다 죽게 된단 각오로 문제가 될 게 뭐이 있는지 철저히 하라요! 3년 전에 델타아시아은행하고 중국은행에 125만 달러를 넣다가 슈퍼노트인가 뭐인가 왕창 튀어나와서 우리가 다 잡혀갔던 걸 잊지 말기요! 겨우 풀려나오기는 했지만 또 걸려들면 이번엔 끝장인 거야!」 박성철이었다.
「여기, 마카오에 나와서리 밥 잘 먹고 편하게 자빠져서 이것도 깔끔하게 못 해내면 모두 당장 조국으로 들어가야 되지 않갔어? 조국에서 당중앙 지도자님께서는 우리를 여기 내보내 주시고 우리를 철석같이 믿고 계시는데. 들어가서리 검열총화하고 생활정형 요해해서 비판받아야지! 비판으로 되갔어? 추방 가야지, 농촌혁명화해야지! 벌을 받아야 한다는 거야!」 김대중이 나직한 목소리로 힘주어 말했다.

「그럼! 그래야지!」 그러자 리근모도 비장한 목소리로 거들었다. 김대중과 유리는 그런 모습을 확인하고 왕대장 사무실로 출근했다.

다엑심 사무실로 들어간 김대중과 유리는 마카오 공항으로 마중을 나간 조광무역 직원들로부터 평양 사람들의 무사 입국 소식이 오기를 기다렸다. 김대중은 긴장을 감추지 못했다. 유리는 모르는 척했다. 그때 전화가 울렸고 유리가 받으니 김태식이 톤이 높은 데다 흥분된 목소리로 김대중을 찾았다.

「전화 바꿨시요. 누구?」

「책임지도원 동무, 저가 태식입니다!」

「응, 알아요! 말하라우 어케 됐는지를 먼저!」

「예! 그래서 저가 전화를 드리는 겁니다! 모두 일없이 그대로 잘 들어왔다고 보고드립니다!」 김태식은 숨까지 헐떡대고 있었다.

「원~ 무슨 전화를 했으면, 이런 상황 때는 결론부터 간단하게 먼저 말해야지……. 이 사람은 왜 늘 이 모양이야! 에이~ 참~ 나! 답답하게시리…….」 답답한 것은 김대중이었지만 옆 책상에서조차 다 들리는 터라 유리도 답답했다.

「알았소! 잘 됐군! 수고했다고 말해 주시요! 잘 들어오라요!」

「예! 예! 책임지도원 동지! 그렇게 말씀을 전해 주갔습니다요!」

삼십 분쯤 지나자 조선민주주의인민공화국 마카오대표부 조광무역공사의 안전 담당 안전우와 회계 담당 김태식은 마카오 공항에 도착한 남자 두 명을 데리고 김대중의 사무실로 들어왔다. 날카로운 눈빛에 체격이 좋은 데다 손도 크고 민첩해 보였다. 마카오에서 제일 먼저 김대중에게 안착 보고를 하려는 것이었다.

김대중은 원소속이 국가안전보위부인데 당 중앙위원회 조직지도부 조직검열과로 발탁되었고, 마카오로 나와 인근 주하이 홍콩 선전 지역 북한 요원들을 평가하고 검열하는 조직지도와 보위안전을 책임지고 있었다. 조직지도부 대표 겸 보위부 안전 대표였던 것이다. 그러나 겉으로는 김정일 서기실 소속 다엑심상사의 마카오 대표로 행동하면서 김정일의 관저에 1호물품을 공급하는 책임자였다. 그러나 실제로 1호물품의 구매와 평양 송부는 조광무역이 다 맡아 했으므로 〈조광무역공사 부대표〉로도 마카오 기관에 등록해 놓고 있었다. 그에 반해 〈조선민주주의인민공화국 마카오대표부 조광무역공사〉의 공식 대표 박성철은 대외연락부(225호실) 소속으로서 북한이 마카오와 홍콩 주하이 광동성 등 주변 일대를 통해 벌이는 모든 공작 활동을 총괄하고 있었다. 즉 김대중은 마카오의 북한 요원들을 실질적으로 통제하는 최고 실력자였고 왕대장과 가장 밀접했던 것이다.

「잘 안착했다고 보고드립니다!」 기통수 두 명 중 하나가 말했다.
「수고했소.」
「그런데 당신네 조(組) 기통수(외교관 여권 사용하며 위조지폐나 금괴 마약 등을 운반하는 메신저) 동무들은 썩 자주 오는구먼!」 김대중이 그들과 악수하며 말했다.

「무사히 아주 잘 들어왔습니다. 정말 감사합니다!」

「감사하기는 뭘…… 전달에도 왔었지? 으음……. 한 달에 몇 번 여길 오는 거요?」

「두 달에 네 번 오고 있습니다. 2, 3주에 한 번씩입니다. 저가 최고참이라서 그렇습니다.」

「동무는 이름이 뭐요?」

「기통수 심재철입니다!」

「아! 그렇군. 오늘 일차 성공했으니 잘 자고… 내일 보자우! 내일은 어느 은행이요?」

「델타 뱅크입니다.」 김태식이 대답했다.

「김 동무가 여태까지 잘 해 왔으니까니 뭐이……. 별문제 없갔지 뭐!」 그러자 김태식이 대답했다.

「요새는 기계가 있는데…… 위조지폐 감별기인가 하는 거입니다! 아주 약아져서리 잘 모릅니다요! 워낙 잘 찾아내서 잡아내 버리니까 말입니다!」

「무슨 말이요?」

「돈을 세는 기계가 똑똑해져서 진짜하고 가짜를 알아내고 골라내는 겁니다. 좀만 달라도 금방 찾아내 버립니다요!」

「점점 자꾸 심각해지는 문제로군……! 나도 기래서리 맨날 맘을 못 놓는 기야!」

「예, 기계 속에다 넣을 때는 맘이 가슴이…… 몇 개가 걸려서 튀어나오나 하고 조마조마한 겁니다요! 진땀이 나는 겁니다요!」

「기래기래! 하, 하, 기렇갔지, 기렇구 말구! 내래 안 봐도 여기서 충분히 알갔는데, 거기서 눈앞에서 쳐다보면서야 오죽하갔어? 에이~ 흠……. 그래도 어쩌갔어? 으흠!」

「기통수 동무들 평양 돌아가서 이런 소리를 마카오에서 듣고 왔다고 보고를 하갔소?」 김대중 동무가 기통수들을 돌아보며 말했다.

「저희는 아무 말도 못 합니다! 무슨 말도 하면 안 됩니다.」

「저희한테는 뭘 물어보지도 않습니다! 운반책임만 잘 완수하면 되는 일꾼입니다, 저희 임무가 기렇습니다!」 기통수들이 번갈아 말했다.

「맞아……. 그렇지, 내래 다 알지! 음…….」

김대중이 창밖으로 산을 쳐다보며 담배 연기를 깊이 내뿜더니 전화를 걸었고 수화기에서 조광무역 박성철 대표의 목소리가 들렸다.

「예, 박성철 대표입니다.」

「대표 동무, 여기 기통수들이 와 있수다!」

「응, ……. 내가 보고를 받았어요. 으흠, 요새는 좀 자주 오는 구레!」

「오늘은 안 되갔시오. 은행이 문 닫을 시간이라……. 데리고 가서 재우고, 내일 아침에…….」 김대중은 박성철에게 기통수들을 데리고 가서 조광무역공사의 출장 요원용 숙소에서 재우고, 은행 일은 내일 보라고 말했다.

「물건을 내일까지 어디다 보관하는 게 좋을지요……?」 박성철은 기통수들이 가져온 물건을 밤새 보관할 장소를 의논했다.

「양이 꽤 되는데, 이번에는……?」 김대중이 기통수 행낭들을 지켜보며 말했다.

「양쪽에 금고에다 나눠야 할 만큼 됩니까? 여기 우리 금고에다 다 못 넣을 거 같습니까요?」

「응! 알갔어, 일없시요! 내래 여기 금고에 기통수 가방들을 그대로 쑤셔 넣어 보갔시오. 우리 금고가 훨씬 더 크니까니. 한군데에 모아 두는 게 편하지 않갔어? 두 군데 나눠 놓는 것보다?」

「암요! 기렇고 말고요! 두말할 필요도 없지 뭐……!」

「그럼 그렇게 합시다…….」

「아! 대중 동무께서 수고를 또 맡아서 해 주시는구레! 이거, 매번 고맙습니다요!」

「뭐이, 별말씀을요! 그렇게 해 봅시다!」

「예, 내일 오전에 보자고요!」

「예.」

다엑심 상사 김대중 책상의 옆 벽에는 커다란 금고 두 개가 붙어 있었다. 또 왕대장의 방에도 그런 금고가 있었다. 이날은 가져온 기통수 가방들을 열어 보지도 않은 채 두 금고에 하나씩 쑤셔 넣었다. 김대중은 금고를 잠그고 퇴근하면서 기통수들에게 「옆의 조광무역 숙소에 가서 편히 자라우!」라고 말했지만 조광무역의 안전 담당 안전우와 기통수들은 바닥에 박스 골판지를 깔고 담요를 덮고 자며 불침번을 교대로 서면서 금고를 지켰다.

7.
밀수

　이튿날 유리가 김대중의 다엑심 사무실에 출근했을 때 아침부터 조광무역공사 직원들이 모두 와서 긴장 속에 바삐 움직이고 있었다. 북한 외교관 여권을 사용하는 외교 메신저 기통수들이 어제 마카오 공항의 외교관 전용 비검색 통로를 통해 들여온 가방들을 열고 물건을 확인하고 있었다. 100달러짜리 지폐의 1만 달러 묶음이 97개였고 3.75kg짜리인 소형 금괴가 55개였다.
　그들은 묶음마다 지폐 수를 일일이 세고 있었다. 금괴들은 조광무역에서 가져온 두 개의 화물 가방 속 바닥의 쇠 바퀴 축 위에 철판으로 만든 이중바닥 사이에 20개씩 깔아 숨기고 열다섯 개는 따로 빼놓았다. 그러는 동안 조광무역공사 직원 부인들이 아침 식사를 쟁반에 담아 와서 함께 먹었다. 〈방코델타아시아은행〉에 가서 분위기를 살피고 온 안전우와 김태식은 정확히 점심시간인 12시에 델타 은행에 들어가는 게 좋겠다고 보고했다. 점심 식사 교대 시간이라 직원들이 좀 어수선한 상황이므로 제일 좋다는 것이었다.

12시에 맞추어 조광무역 부대표 한성룡과 회계 담당 김태식과 행동 요원 안전우가 함께 〈방코델타아시아은행〉으로 들어섰다. 사건이 터질까 다행히 무사할까 조마조마해하는 박성철과 김대중이 연락이 오기를 기다리며 담배를 연신 빨고 있었다. 불안감은 유리에게도 전해 왔다. 마침내 김태식이 박성철에게 보고 전화를 걸어왔다.

「대표님, 태식입니다요.」

「응, 말해 보라우!」

「서른두 장밖에 안 걸렸습니다! 가짜라고 튀어나온 거이 말입니다!」

「다른 거는 잘된 거요?」

「나머지는 다 전액을,……. 일없이 입금을 성공시켰습니다요!」

「아~하! 잘했소. 크게 수고했시요!」

「지금 사무실로 들어가겠습니다!」

「얼른 들어오라우!」

「서른두 장이 나왔답니다.」 박성철 대표가 김대중 동무에게 말했다.

「휴~! 천만다행이군!」

「매번 조마조마해서리……. 이것 참!」

「요새는 기통수들이 더 자주 옵니다요!」

「예! 정말이야. 이거 참……! 내 심장이 언제까지 이렇게 버텨 낼지 모르겠군……!」

「그나저나 이제부터 저 노란 것, 구리들을 해결해야 되겠는데!」 그들은 골드바를 〈구리〉라고 불렀다.

「저거야 뭐 가져다주기만 하면 되는 것이니까 뭐…….」

「그렇기는 해도, 역시 위험하기는 하니까 말이지.」
 위조지폐와 슈퍼노트를 섞은 달러 다발들을 은행에 입금, 예치시키는 데 일차 성공한 그들은 이차로 금괴를 중국의 밀수꾼들에게 전달해야 했다. 이차 임무에도 그들은 겁을 내고 있었다.

 델타은행에서 입금을 성공시킨 세 사람이 통화 후 20쯤 후에 사무실로 들어왔는데 처음 보는 남자 하나가 함께 왔다. 그는 이미 들어서 유리를 알고 있다는 듯 유리에게 먼저 손을 내밀며 악수를 청했다. 유리가 명함을 꺼내 건네주자 그가 말했다.
「맥상규이야요, 그냥 맥상이라고도 부릅네다. 나는 명함이 없습네다.」
「아, 예! 괜찮습니다.」
 그가 하는 북한 말은 중국어 악센트가 강했다. 또 중국어를 절반쯤 섞어 쓰며 말해서 조선족 중국인인지 알 수가 없었다.
「그 양반은 포르투갈 사람이야요! 중국 사람도 맞고요!」 두 사람을 바라보던 김대중이 말했다.

 은행에 입금하는 데 성공하고 나서 다시 금괴를 처리하려는 것이었다. 사무실에 다시 들어온 그들은 네 개의 대형 보따리상 가방 속 밑바닥에 이중으로 붙인 철판 밑창 사이에다 금괴를 깔아 숨기고 그 위에 기계공구들, 금속그릇들, 전자제품들, 화장품들, 장난감들, 가짜 양주병, 옷가지까지 잡동사니로 꽉꽉 채워 넣었다. 중국인 보따리상들 가방처럼 만들었다. 그러고는 가방을 그날 밤과 다음 날 오후까지 사무실에 보관했다.

다음 날 토요일의 오후였다. 이들은 출발 지시를 기다리며 사무실에 모여 대기하고 있었다.

김대중은 마지막으로 이들 각자의 소지품과 가진 돈을 점검했다. 그러고 나서 자기 금고 속에 보관 중인 마카오 북한인들의 여권이 들어 있는 박스를 꺼냈다. 마카오의 모든 북한 요원들 여권은 보위부 안전 대표인 김대중이 통제하고 있었다. 맥상규는 마카오 시민증, 포르투갈 여권, 중국 여권, 북한 외교관 여권, 북한 일반 여권까지 많았는데 김대중은 그중 북한 외교관 여권을 그에게 주었다. 안전우에게는 북한 공무 여권을 주었다.

여권을 받아 들고 나자 가방들을 주차장으로 가지고 내려가 토요타 밴 차량에 실었다. 맥상규와 안전우가 역시 북한 외교관 여권을 가지고 있는 기통수 두 명을 대동하여 마카오~주하이 하이콴(세관)을 통해 검색도 받지 않고 주하이로 들어가려는 것이었다.

주말 오후 시간이면 항상 마카오~주하이 하이콴에는 대형 가방을 몇 개씩 들고 중국 본토로 들어가는 사람들과 화물을 실은 트럭과 승용차와 밴이 줄을 서서, 한 발이라도 서로 빨리 통관하겠다고 밀쳐 대며 서두르곤 했다. 그런 상황을 이용하여 이들은 아무 문제도 없이 인파에 섞여 주하이로 들어갔다. 다음 날인 일요일 오후에 안전우가 김대중에게 보고 전화를 걸어왔다. 박성철도 함께 초조하게 전화를 기다리며 앉아 있었다.

「전우입니다.」
「빨리 말하라우!」
「예! 기통수들 둘을 주하이 공항에서 베이징으로 가는 비행기로 해서 아까 돌려보냈습니다.」

「음~ 수고했군! 좀 늦었네? 그런데……?」

「지금 막 여기서 맥상네 거래처 사람한테 노란 거를 다 인계해 주고 확인서도 받았고 방금 다 했습니다!」

「돈은? 계산은 어케?」

「금액은 여기 홍콩 실물 가격보다 3%를 빼 주는 거, 지금까지 해 오는 방식대로 했습니다.」

「돈은 주말을 보내고서리, 은행이 열리면 곧바로 넣어 준답니다!」

「믿을 수 있갔지?」

「예, 지금까지 매번 잘해 온 사람입니다. 계속 거래를 해 오고 있으니…….」

「그래, 믿어야지 뭐!」

「막판에는 돌변할 수가 있으니까니……. 언제나 그래서 일이 터지는 기야!」

「예, 다시 확실히 다짐을 받아 놓겠습니다!」

「그렇게 하라우!」 김대중이 전화를 끊었다.

「휴……!」 박성철도 김대중도 약속처럼 동시에 안도의 한숨을 내쉬더니 담배를 물었다.

「기통수들이 노란 거를 구리를 무사히 들여오고 나면 일단 숨을 돌리기는 하는데 말이야, 또 맡아서 처리해 주는 중국 아이들이 값을 떼먹지를 않나 아주 반값도 아니게 싸게 주려고 하지 않나……. 또 세관 공안이 냄새 맡고 달려들어 언제 사건이 터질까나……. 이거이 매번 할 때마다 내래 아주 환장하겠단 말이야요! 내래 이거 참……!」

「보통 신경 쓸 일이 아니겠습니다!」 유리가 위로의 말했다.
「이건 원래 조광에서 다 맡아서 책임지고 해야 할 일이지만 말이야요, 그렇지만 일이 터지면 여기서 조광이 어딨고 김대중이 왕대장 님이 따로 어디 있어? 다 잡혀가고 조사받고 사무실도 집에도 밤낮없이 막 쳐들어와서 압수수색을 하고 난리를 쳐서 죽을 지경이 되는데……. 어찌 내가 그냥 놔두고 볼 수가 있갔어?」
「…….」 박성철이 씁쓸하게 웃으면서 담배를 다시 깊이 빨았다.
「아, 그렇군요!」 유리가 한숨을 내쉬며 대답했다.
「중국 아이들이 워낙 노란 거를 좋아해서리 목에 사슬로 걸고 팔에 끼우고 뭐 별짓 다 하니까 팔리는 건 일이 아닌데 말이우다…….」 김대중의 하소연이 길어지자 박성철이 말했다.

———

4월 중순 주말 아침 유리는 마카오 페리 터미널로 나가기 전에 김대중의 사무실에 먼저 들렀다. 사무실에는 김대중과 박성철과 안전우와 맥상규가 모여 있었다.
「주말을 홍콩에서 예레나와 보내기로 했습니다.」 유리가 말했다.
마침 그들은 아직 남아 있는 금괴 15개를 특수 가방에 숨겨 홍콩으로 밀반입하려고 준비하고 있었다. 지난번 주하이 하이콴(세관)을 통과하는 데 사용했던 그 대형 가방이었다.
「마침 유리 사장님이 홍콩으로 간다니 잘됐습니다. 같이 가면서 무거운 가방을 가져가는 것 좀 도와주시라요!」 김대중이 말했다.

유리는 위험한 일에 말려들고 있었다. 발을 뺄 수도 없는 상황이었다. 여기서 「노!」를 하거나 소극적으로 행동한다면 마카오에서 앞으로 해 나갈 일들이 모두 허사가 될 것이었다. 어차피 이럴 때는 더 적극적으로 확실하게 도와주면 그들의 신뢰가 더 커질 것이었다.

「예, 물론이지요!」 유리는 아주 흔쾌하게 당연하다는 듯 대답했다.

유리는 맥상규와 함께 안전우가 운전하는 밴을 타고 그 큰 가방을 가지고 마카오 페리 터미널에 도착했다. 주말의 중국인 보따리상들처럼 물건을 잔뜩 담은 가방이었다. 온갖 모양과 크기의 가방을 들고 메고 끄는 사람들이 있었다. 마카오 페리 하이콴의 문형 검색대와 엑스레이 검색대에서는 분명 「삐익~」 소리가 났는데도 모니터 화면을 한번 휙 들여다보더니 별거 아니라는 듯 그대로 통과시켰다. 천만다행이었다. 유리는 소리 없이 깊은 한숨을 내쉬며 수중익선 쾌속 페리에 올랐다.

배가 바닷물 위로 부상하여 한 시간 동안 60km를 달려 도착한 홍콩 터미널의 세관은 달랐다. 화물 검색대를 통과하려는 가방들이 줄지어 밀리고 있었지만, 중국에 반환될 칠월까지 몇 달을 남긴 홍콩은 여전히 영국 시스템으로 돌아가며 까다로웠다. 엑스레이 검색대는 「삐익~」 「삐익~」 경보음을 냈고 모니터 화면에는 가방 밑바닥의 바퀴 축에 두툼하게 붙어서 나사들로 조여진 것처럼 보이는 쇠판이 선명하게 드러나 있었다. 검색 요원은 쇠그릇과 쇠붙이 공기구들, 옷가지, 책들까지 잡다하게 가득 채운 무거운 가방이 올려진 컨베이어 벨트를 앞뒤로 반복 이동시키며 모니터에 비친 내용물을 자세히 들여다보더니 가방을 개봉하여 정밀 검색할 태세였다. 맥의 포르투갈 여권도 받아 들고 확인했다. 그러자 맥

7. 밀수

은 세관원보다 오히려 먼저 당당하게 가방의 지퍼를 열었고 내용물 쏟아 보여 주려 했다. 유리도 스위스 여권을 제시해 준 상태였다. 그때 통관검색 진행 전체를 한쪽에 서서 감시하고 있던 세관 간부가 다가오더니 두 여권들을 보고 고개를 끄덕했고, 그러자 여권을 돌려주며 그대로 통관시켰다.

거리로 나와서 두 사람은 안도의 한숨을 깊이 내쉬었다. 이처럼 복잡한 주말이 아니면 어림도 없는 성공이었다. 맥은 아주 능숙했고 자신감 있고 자연스럽게 행동했다. 즉시 맥과 약속된 승용차가 왔고 맥은 차에 가방을 올리더니 사라졌다. 유리는 택시로 콘라드호텔로 갔다. 호텔 로비에 들어설 때 김대중에게서 전화가 걸려 왔다.

「유리 사장 동무, 고맙습네다. 수고를 많이 했시요!」
「아닙니다! 저는 아무 도움도 못 됐습니다. 무슨, 별말씀을요!」
「하하~! 아무튼 일들 잘 보고 오시라요!」
「유리 사장이 같이 있다가 없으니 내래 혼자서리 좀 심심해지는구먼!」
「아! 그렇습니까? 돌아가면 술이나 한잔 좀 하십시다!」
「좋지요! 잘 지내고 오시라요!」
「예!」

예레나를 만나러 간다는 것은 거짓말이었다. 예레나는 부활절 방학 동안 부모를 만나기 위해 딸과 미국으로 갔다. 유리는 자기를 만나려고 CIA 본부에서 출장을 온 공작지도관들을 만나는 것이었다.

콘라드호텔은 홍콩파크 언저리의 언덕에 서 있었다. 출장자들은 접선할 스위트룸과 싱글룸을 얻어 놓고 방에서 기다리고 있었다. 유리는 방으로 직접 가지 않고 엘리베이터로 두 층을 더 올라가 내려서 비상계단으로 내려왔다. 이런 은밀한 접선 때 자신의 행동이 감시당하는 것에 대비하는 체질화된 행동 방식이었다.

　출장 요원들은 유리가 랭글리의 본부에서 중국을 목표 분석하며 공작 계획을 협의했던 익숙한 얼굴이었고 CIA 홍콩 거점의 공작관도 있었다. 2박 3일 동안 유리가 베이징에 도착했을 때부터 현재까지의 과정, 앞으로 공작 추진 방안, 북한인 왕대장과 현재 만나고 있는 박성철, 김대중, 리근모, 한성룡, 김태식, 안전우, 맥상규, 성필상, 왕싱람 등에 대해 브리핑하고 앞으로 공작해 나갈 방안을 협의했다. 어떤 방향으로 이들을 어떻게 엮어서 활용할지, 공작 가능성과 추진 방안을 협의했다. 공작 목표를 중국이 아닌 북한으로 변경하기로 확정한 것이었다.

　유리의 신변 안전 방안으로는 평소 스위스 여권으로 활동하되, 마카오, 홍콩, 중국 본토 어디에서든지 위급 상황에 처할 경우에는 가까운 미국대사관이나 미국영사관들에 긴급히 연락하면 즉시 직접 도움을 받도록 조치되어 있음을 확인했다.

　평소 정기적으로 유리가 공작 활동 보고서를 본부로 보고하는 방법과 본부의 지시 사항과 공작 자금을 유리가 수신하는 방법, 또 긴급 상황일 때 접선하는 방법을 정했다.

　홍콩에서는 복잡한 지하철을 타고 승객들 속에서 짧게 접선하며 봉투를 주고받는 것, 복잡할 때 침사츄이와 센트럴을 왕복하는 홍콩 페리에 타고 하선할 때 봉투를 주고받는 것, 등산로 숲속에서 접선하는 것 등으로 정했다. 마카오에서는 CIA 요원이 마카오 리스보아호텔 카지노의 슬롯머신에서 유리와 옆자리에 앉아 봉투를 주고받는 것, 밤중이나 새벽에 유리의 아파트에서 가까운 귀아(Guia)산 등대 옆 첫째 청동대포 포신 구멍을 드보크로 정하고 서로가 산책하듯 올라가 전달하는 것. 문서나 공작금을 마카오 관광 지도로 만든 봉투 속에 넣어서 성 바오로 성당 유적지에서 관광객들이 관광 지도를 서로 주고받는 것처럼 전달하는 것 등이었다.

또 긴급 사항이 있을 경우 본부와 간략한 단문을 통신하는 휴대폰형 암호통신기기를 별도로 지급받았다. 겉모양은 휴대폰 그대로였다.

이렇게 필요와 상황에 맞추어서 마카오와 홍콩을 오가며 선택적으로 접선하기로 했다. 출장 본부 요원들은 이런 결정 사항들을 본부에 「유리 요원이 마카오의 리스보아호텔 카지노 1층에서 점포를 임대하여 〈보석 및 시계 판매〉 위장업체를 운영하는 공작 거점을 추진 중임.」이라고 보고했다. 그에 따라 즉시 본부에서는 점포임대비와 운영자금으로 80만 달러를 홍콩 시티뱅크에 CIA가 개설해 놓은 유리의 계좌로 송금했다. 놀랍게 빠른 조치였다. 유리는 셋째 날 저녁에야 마카오로 돌아왔다.

「김 동무, 저가 지금 마카오 페리를 탑니다요. 도착하면 저랑 한잔하실까요?」 유리가 마카오 페리를 타면서 김대중에게 전화했다.

「유리 사장님이 안 계시니 내래 이거이 적적~하구먼……. 좋고 말고요. 리근모 동무도 불러 같이 합시다!」

「아주 좋습니다!」 유리는 간단히 대답했다. 리근모도 비밀임무 북한 요원이라 어떻게든 가까이 지내면서 그의 얘기를 많이 들어 봐야 했다. 공작에 활용해야 할 사람이므로 너무 반가웠지만 그런 속내를 철저히 감춰야 했다.

　유리는 마카오 페리 터미널에 도착한 후 택시로 김대중이 정해 준 쾌락옥(Happy House)으로 갔다. 일식과 한식을 혼합한 식당이었다. 먼저 도착하여 둥근 테이블에 앉으니 곧 두 사람이 나타났다.

　「유리 동무, 홍콩으로 가는 짐 도와준 거…… 아주 고맙습니다.」 앉으면서 두 사람은 동시에 고맙다는 말부터 했다.

　「주말이라 짐 가방이 많아 세관 화물 검색대가 복잡은 하겠지만 이건 아주 무리한 거야!」

　「주하이도 아닌 홍콩으로 이렇게 들고 들어가다니 이건 미친 짓이야요! 발칵 뒤집어집니다! 더 이상 또 하는 것은…… 절대로 안 돼요! 평양이 사정도 모르고 지시하니 문제야……!」

　「정신 나간 짓이었다니까! 참, 나…….!」 두 사람은 긴장된 얼굴로 같은 말을 거듭하며 숨을 돌리고 있었다. 그런지라 식사가 나오자 독주를 권하며 금방 분위기가 올랐다.

　「맥상은 속으로 "이거 오늘 여기서 죽게 됐구나!" 했다는구먼! 으흐~!」 김대중은 또 아까의 얘기를 이어 갔다.

　「배짱 좋게 가방을 열어 다 보여 주겠다는 모양새를, 호기를 냈지만 숨이 콱 막히고 가슴이 철렁하더라는 기야! 흐흐~! 참~ 맥상규도 간 떨어질 지경이었다는 거지!」

　「잘못되면 어쩌자고 그랬던 거야?」

　「감당도 안 될 텐데……. 신문이다 텔레비전이다 다가 마구들 떠들어 댈 테고…….」

　「우리 모두가 홍콩까지 끌려다니면서 조사받아야지…….」

「3년 전 여름에……. 6월 달에, 94년 6월 28일이야 날짜도 기억이 생생해, 돈다발이 전체가 위폐였어! 너무 크게 저질렀던 거야! 우리 요원들이 열여덟이나 모조리 다가 왕창 잡혀 들어갔잖아? 아주 낭패였어! 겨우 풀려나왔지만…… 치가 떨려!」

「지금도 이 짓을 또 할 때마다…… 아니, 그저 생각만 해도 덜덜 떨린다니까!」

「예~?」

「흐, 참~! 유리 동무는 모르는 일이지!」

「우리가 그때 기통수들이 갖고 온 미달러 125만을 반씩 나눠서리 방코델타아시아은행하고 중국은행에 가서 입금을 하는데, 글쎄……. 그게 슈퍼노트라는 거야! 위조지폐라는 거지!」

「그러니 우리가 어케 됐갔어?」

「은행에 같이 갔던 그때 여섯 명은 바로 잡혀 들어갔어! 구속된 기야! 박성철 대표도 기소가 됐어. 여덟 명이 기소된 거야요! 마카오 감옥에서 쌩고생을 해 먹었잖아? 재판도 받고…….」

「아! 큰 곤혹을 겪으셨군요!」

「말도 말라우! 그게 곤혹 정도겠어? 완전히 끝장나는 거였다니까!」

「…….」

「끔찍해!」

「확실하게 보고합시다! 홍콩은 절대로 안 된다고……. 큰일 난다고 정리시킵시다!」

「똑똑하게 하자우요!」 두 사람은 홍콩으로는 밀반입을 못 하게 하자고 다짐했다.

「홍콩 하이콴(세관) 놈들은 줄이 아무리 길게 밀려 대도 검색을 차분하고 철저히 다 한다고……. 우리네는 북조선 여권으로는 홍콩에는 들어갈 수도 없으니까니!」

「아마도 유리 사장이 인상이 좋은 데다 중국 여권도 마카오 여권도 아닌, 유럽 여권을 가지고서리 포르투갈 여권을 가진 맥상 옆에 딱 붙어서 서 있으니까니……. 좀 봐준 것 같기도 합네다!」

「하~! 하~! 하~! 기럼! 기럼!」 둘이 맞장구치며 재미있다는 듯 웃어 댔다.

「그런데 지금 남아 있는 거, 작은 가방에 있는 노란 거이, 구리가 일곱 개인가?」

「지난번 기통수들이 가져왔던 거, 아직 못 넘긴 거 말이간?」

「으흠~! 아무래도 여기서, 마카오에서 처리해야 될 것 같은데…….」

「처리해 버려야 속이 시원하지……. 빨리!」

「뭐이, 맥도 있고 한성룡이 능력 있으니까, 안전우까지 나서서 알아보고 있다니까……. 언제든 처리가 되갔지.」

「마카오 금은방 보석상에다 한다는데, 장달재 동무 얘기가 잘 아는 집들이 있다는구먼. 그 동무는 주해에도 마카오에도 다 조직이 있으니까.」

「잘되갔지…….」

「오늘은 그저 술이나 좀 실큰 마십시다레!」

「한참 술 갈증을 참다나니까니…….」

둘이 속도를 내 잔을 주고받더니 술기운이 오르자 양쪽에서 유리의 팔을 잡고 친밀감을 보이면서 말했다.

「유리 동무, 이번 홍콩 일…… 정말 잘했시오, 참 고맙구레!」

「…….」

「마카오가 중국에 넘어갈 1999년 12월 20일까지는 이제 2년 하고 몇 달이야요.」

「그동안 포르투갈네가 우리네 북조선한테 독하게는 안 했지. 마카오 중국 사람 유지들은 모두 자기가 중국인이라고 선언을 하고 중국을 등에 업고 본토 공산당 방침대로 행동하니까, 우리한테는 본토의 혈맹 동지들 보다도 오히려 더 우호적이었던 거야!」

「그럼, 우리를 노골적으로 보호를 해 준 거야!」

「약소국 포르투갈의 허약한 마카오 총독부로서는 칼같이 움직여 주는 수족들도 없이 우리한테 함부로 못 했던 거지……. 이러지도 저러지도 못하다나니까 그랬던 거야! 북경 눈치도 알아서 맞춰 주랴, 또 영국이 바로 옆에서 홍콩을 세계 최고 선진국으로 만들어 놓은 것에 대해서는 열등감을 감출 수가 없는 거고. 그래도 여러 나라 식민지를 몇백 년 해 오며 사람 다스리는 요령에는 도가 트여서 물렁한 속에서도 실속을 챙겨 간 거야.」

「돈을 빼내 간 것이지, 도박장을 왜 누굴 위해 만들었갔어?」

「기럼! 마카오가 도박장 없이는 돌아갈 수가 없었던 거지. 마카오 연간 예산의 70%가 도박장에서 나오니까니……. 자기네 월급도 챙기고 인프라 건설도 하고 선심도 쓰고, 그렇게 하는 기야요!」

「예산은 도박장하고 관광 수입에서 다 나오는 기야! 마카오 공항 건설도 도박장에서 33%를 투자한 거야요!」

「그러다나니까 보고도 못 본 척 덮어 주면서……. 이제 와서는 떠나갈 마당이니까 웃는 얼굴로 좋게 마무리하겠다는 거야. 내막보다는 체면이 중요하다는 게야!」

「무능한 듯 다 썩은 듯……. 그런 식인 거야! 본국에서 돌아가는 정치 상황하고 똑같은 거야…….」

「우리가 여기 마카오에서 들통 난 큰 사건이 여럿인데도 말이지……. 남조선 것들이 책잡아서 마카오에다 대놓고 〈여기 북조선 사람들 숨통을 막아 버리자〉고 독하게 대들지도 압박을 하지도 못하니까.」

「둘 다 그렇게 맨날 흐물대니까 좋은 거지, 우리로서는. 무슨 일이든 다 해 왔으니까!」

「젖을 주는 것도 더 세게 악쓰는 놈한테 주게 되는 거이 아니갔어?」

「여기 마카오에는 남조선 아이들은 한두 번씩 슬쩍 기웃거리고 마는 거지, 겁을 잔뜩 먹고……. 맥도 못 춘다고!」

「여긴 우리네 북조선 땅이나 마찬가지인 기야! 중국 동지들 덕분이지!」

「여긴 우리 일꾼들만 73명이야. 부인들 애들까지 치면 150명이라고! 게다가 중국 국적 마카오 국적 만든 우리 사람들이 또 있어! 외교관 려권 인원만도 40명이야! 공무 려권, 일반 려권 요원들도 있고, 여자들도 공무 려권에다 일반 려권까지 들고 뛰니까 그만큼 우리가 힘이 있는 기야요!」

「마카오총독부가 사실상 우리를 이렇게 도와주는 거지!」

「여긴 중국 혈맹 사람들하고 하는 합작회사들이 있고, 홍콩에는 일본 조총련 사람들하고 하는 회사들도 있어서 뭐든지 서로를 대신해 맡아서 처리해 주면서 다 협동하니까니…….」

「주하이 선전 광저우에도 그렇게 만들어 돌리는 회사들이 있으니까……. 이 식당도 리 동무네 회사가 중국 사람하고 합작으로 하는 거라고!」 일식당 Happy House(쾌락옥)는 리근모의 대외정보조사부(35호실)에서 운영한다는 말이었다.

「사실 이 식당은 마카오에 나와 계시는, 우리 당중앙 동지님의 자제분이신 김정남 장군님과 가족분들의 식사를 맡아서 해 드리는 곳이야요. 여기 요리사가 댁에 가서 차려 드리기도 하지만 여기로 나오셔서 드시기도 하는 기야! 왕대장 님께서도 많이 이용하시고!」 마카오에 나온 북한 VIP들을 위해 운영하는 식당이라는 얘기였다.

「모두가 충성심으로 하다나니 힘이 커지는 거입네다, 아주 열심히들 하니까니!」

「중국은 남조선해방전쟁에서 수십만 명이 죽었어, 혈맹 동지야! 지금이나 그때나!」 두 사람은 취해서 지루하게 횡설수설하고 있었다.

「우리 왕대장 님께서는 좀 바쁘십니다!」

「예? 무슨……요?」 유리는 그들의 얘기를 들어 보려 했다.

「하, 아니! 이런 참!……. 그렇게도 모르시는 거야요?」 둘이 이구동성이었다.

「저가 죄송하게도…… 잘 모릅니다! 아무도 말을 안 해 주시던데요?」

「왕대장 님께서는 요즘…….」 두 사람은 잠깐 입을 다물며 주춤하고 서로의 얼굴을 힐끗 보더니 말이 빨라졌.

「우리 북조선의 경공업들을, 조국의 경제사업 모두를 요해하시는 거야요!」

「나라 전체의 외화벌이사업 실태를 말이야요!」

「유리 동무께서도 이런 중요한 일, 분위기는 아실 필요가 있갔는데! 그렇다면 우리네가 잘못하고 있는 거야요!」

「앞으로 뭐라도 궁금한 건 적극 물어보시라요! 한방에서 일하면서리 알 거는 서로 알아야지 손발이 맞지 않갔시요?」

「유리 사장이 우리 일에 관심이 없는 거인지, 피하는지…… 모르겠군!」

분위기가 이렇게 되자 유리도 술을 많이 마셨다. 김대중과 리근모는 몸을 비틀거렸다. 유리는 술값을 계산하며 팁까지 크게 얹어 주었고, 기분 좋게 헤어졌다.

다음 날 아침, 갈증으로 잠이 깬 유리는 속이 불편했다. 김대중도 리근모도 그럴 것 같아 속을 풀자고 전화하여 리스보아호텔 옆 포르투나호텔의 광둥식 해산물 식당으로 불러냈다. 왕대장 덕분에 유리는 과음 후에는 샥스핀 수프가 최고의 해장 음식임을 알고 있었다.

「너무 과음하셨지요, 속을 푸셔야지요?」 샥스핀 요리가 나왔을 때, 유리는 그들이 어제 술에 취해 뱉은 말들에 대해 어떤 반응을 보이는지 알아봐야 했다.

「그 정도야 보통 일이야요……. 일없시요!」

「북쪽 추운 데 사람들은 다 술이 좀 센 기야요!」 김대중도 리근모도 둘 다 멀쩡한 표정이었고 어색한 태도가 전혀 없었다.

8.
9.9절

 태양절(4. 15.)이 지나가더니 어느새 학교는 여름방학이었다. 왕대장은 마카오에 왔었는지, 아직 돌아오지 않았는지 알 수 없었다. 베이징과 평양을 왔다 갔다 한다면서 사무실로 김대중에게 전화해 온 것을 딱 한 번 봤을 뿐이었다. 유리는 여전히 리스보아호텔의 1층과 바깥 주변들을 돌아보며 빈 점포가 나오기를 기다리고 있었다. 미국의 부모님을 뵙고 온 예레나는 주말마다 마카오로 왔고 베토벤의 피아노소나타 21번 발트슈타인과 러시아 민요들을 꼭 연주해 주었다. 예레나는 이 곡들만큼은 어떤 유명 피아니스트들보다도 부족하지 않았다. 열정과 에너지를 담아 폭발하며 질주하다가 갑자기 끊어진 듯 조용해지며 감미롭고 한가해지는 리듬을 유리는 좋아했다.

 유리는 CIA 미국 본부로 보고하기 위해 두 달에 한 번씩 주말에 홍콩을 다녀왔다. CIA 요원은 매월 두 번씩 마카오에 와서 유리를 접선하고 있었다. 북한 사람들에게는 예레나를 만난다고 변명했다. 우중충하고 비좁은 마카오에 비하면 홍콩은 화려한 대도시였고 산과 해안과 섬들은 경치가 아름답고 환경이 다양하여 휴일을 보내기에 좋았다. 마카오에 비하면 홍콩은 번화하고 화려하고 편리하고 쾌적했다. 규모도 비교되지 않을 만큼 컸다.

8월 하순이었다. 북한 회사들 모두에게 지시가 내려왔다. 북한의 건국기념일 9.9절에 맞추어 각 회사별로 충성금을 바치라는 것이었다. 조광무역뿐만 아니라 마카오의 북한 회사들 모두 상납액이 책정되었는데 조광무역의 책정액은 30만 미 달러였다.

조광무역 대표 박성철과 부대표 한성룡이 보위부의 안전 대표이며 조직지도부 대표인 김대중의 사무실로 와서 땅이라도 꺼지라는 듯 깊은 한숨을 쉬었다. 유리가 얼핏 보니 호위총국 소속 고려항공 마카오지점 최현두 대표는 책정금액이 없었고 북한제 무기를 수출하는 신합흥무역의 김국태 대표가 두 번째로 많았다.

「어케 해내라는 건지……. 죽게 됐습니다! 정말, 흑!」 박성철은 어깨를 늘어뜨리고 고개도 숙인 채 숨이 꺼질 듯 울먹이는 소리였다.

「있는 것 없는 것 탈탈 다 털어 내고 피를 팔아도 못 채울 돈입니다요!」 한성룡은 카랑카랑했던 목소리가 기어 들어간 채 담배 연기를 내뿜고 나서도 또 한숨을 내쉬었다.

「지난 연말에 결산을 보고할 때 우리가 이럴 줄 알았으면 잔고를 더 빼놓을걸…….」

그때 신합흥무역 김국태 대표가 숨을 헐떡대며 흥분한 채 들어왔다.

그의 사무실은 마카오의 내항 화물선 부두 근처였으며, 김대중의 사무실에는 몇 번 들렀을 뿐이고 얼굴 보기가 어렵던 사람인데 이렇게 급히 달려온 것이었다.

「허이~! 이거 참~! 기가 막힙네다! 갑자기 이렇게 많은 돈을 어떻게……!」 김국태가 들어서며 문을 닫기도 전에 소리쳤다.

「글세~! 이거이 참……. 어떻게 해내라는 거인지, 도저히…….」

「이해할 수가 없구먼! 그저 죽어라는 거이구먼!」 지시 전문을 살펴보는 김대중도 낮고 굵직한 목소리로 심각하게 말했다.

「어케 하라는 거인지? 도대체!」 박성철과 김국태가 한숨을 같이 내쉬며 말했다. 모두가 절망하고 있었다.

「좀, 조정해 달라고 해 봅시다레! 깎아 달라고 해야지 뭐……. 이걸 어카갔어?」 김대중은 담배를 물고서 쉬지도 않고 필터까지 타도록 빨아 대더니 낮춰 달라고 보고해 보겠다고 말했다. 모두가 멍한 표정으로 김대중이 담뱃재를 털어 대는 재떨이만 쳐다보고 있었다. 그렇게 심각해져 말이 없던 김대중은 평양의 어딘가로 전화를 걸었다.

「접니다! 대중이가 인사드립니다요!」

「…….」

「예! 마카오에서 전화드립니다!」

「…….」

「아주 급해서리 전화를 올리게 되었습니다!」

「…….」

「저가, 여기 있는 모두가 다 죽게 생겨서리 이렇게 말씀을 드립니다요!」

「…….」

「어케 이렇게 많이 갑자기 한 방에 올려서 책정을 해서리……. 다시 좀 재고를 해주십사 하고 그렇게 해 주시면 좋겠다고 말씀드리겠습니다, 제발입니다, 좀!」

「……..」

「예! 저가 확실하게 말씀드릴 수 있습니다. 여기는 다 아주 열심히들 하고 있다는 거를, 그렇다는 거를 저가 확실히 말씀을 드릴 수 있습네다!」

「……..」

「잘, 그렇게 알겠습니다! 정말 감사합니다!」 김대중이 전화기를 놓았다. 박성철도 한성룡도 김국태도 유리도 모두 김대중의 얼굴을 쳐다보고 있었다.

「글쎄~ 알아듣겠다고는 말씀은 해 주시는구먼……」 전화를 끊고 난 김대중이 말했다.

「좀 적극적으로 생각해 주시려는 거 같습니까?」 박성철이 물었다.

「으흠~ 사정이 있어서 그렇게 정했을 테니까니, 뭐이……. 안 되면 할 수 없는 일이고, 내일까지 좀 기다려 보자우요!」

이날부터 마카오의 북한 사람들은 여자들도 우울해져 밥맛조차 잃고 모두 한숨만 쉬고 있었다. 평양에서 전문이 다시 좋게 하달되기를 기다리느라 침묵하면서 저마다 집의 옷장에 숨겨 놓은 비밀 달러까지 털어내서 바쳐야겠다고 각오하고 있었다. 다음 날 밤까지도 소식이 없었고 셋째 날 오후까지도 소식이 없자 저녁에 김대중의 사무실에 또 모여서 의논하고 있었다.

그때 팩스 전화가 울렸다. 김대중에게로 온 난수표 암호팩스였다. 암호

해독 담당인 김대중의 처가 해독을 했는데 조광무역은 5만 달러를 깎아서 25만 달러를 송금하라는 수정 지시였다. 그래도 지난해 책정했던 20만 달러보다는 5만 달러가 늘어난 금액이었다. 다른 회사들도 그런 비율로 깎였지만 모두 지난해보다는 늘어난 금액이었다. 그러자 다들 조금 안도를 하면서도 여전히 안절부절못하며 사무실을 나갔다.

그들이 나가자 김대중 동무는 다짜고짜 직선적으로 유리에게 말했다.
「유리 사장님, 같이 좀 보탭시다! 사정이 있으시갔지만서두 어쩌겠습니까?」
「예! 김 동무께서 말씀을 안 하신다 해도……. 저가 옛날에 평양에서 타스통신 기자로 일할 때부터 가지고 있는 김일성 수령님께 대한 충성심 열정 때문에도 충성금을…….」
「으흐~ 참! 그러시다면야 아주 고맙지요!」
「얼마나…… 드릴까요? 저도 아시다시피 녹록지는 못한 사정입니다마는…….」
「성의껏 알아서리 최대한 좀 해 주시라요!」
「저가 이 사무실을 앞으로도 계속 좀 함께 사용하는 값으로 좀 쳐 주시면 좋겠습니다!」
「기거야 뭐, 당연히……. 기르시는 거이지요!」
「우리가 영수증도 만들어 줄 수 있갔시요! 박성철 대표에게〈조광무역공사〉명의로 만들라고 하갔시요!」
「감사합니다! 저가 5만 달러를 드리면 되겠습니까?」
「으흠~! 이거이 참, 그렇게까지 하신다……. 해 주신다고요?」

「돈을 바칠 일이 또 생기지 않을까? 한꺼번에 큰돈을 바치기보다는 그때그때 적절한 액수를 바치면 이 사람들이 더 고마워하지 않을까?」 유리는 그 순간 고민했다.

「아, 그러는 것보다는 저가 3만 달러를 보태 드리고 2만 달러는 김 동무께 개인적으로 드리는 게 어떻겠습니까?」

「그럽시다! 내가 왕대장 님께는 다 보고를 드리겠습니다! 염려를 않으셔도 될 거입니다!」

다음 날 아침 유리는 은행으로 가서 5만 달러를 찾았다. 사무실에 들어가니 박성철이 3만 달러 영수증을 만들어 와 있었고, 3만 달러 봉투와 영수증을 주고받았다. 그리고 그가 돌아가고 나자 2만 달러 봉투를 김대중에게 주었고 그는 자필로 사인한 2만 달러 영수증을 주었다.

이 일로 마카오의 북한 사람들 사이에서 유리의 위치가 확고해졌다. 이때 그들에게 5만 달러는 큰돈이었다. 유리도 함부로 쓸 수 없는 큰돈이었으므로 우선은 CIA 본부에다 긴급 보고했다. 본부에서는 그다음 날 회신 전문을 보내왔다.

「공작관의 노고를 치하함. 성과를 기대하겠음. 5만 달러를 송부함.」 짧은 전문이었다. 그런 후 유리는 영수증 두 개와 북한 사람들의 반응과 앞으로의 공작추진 계획을 적은 보고서를 만들어 귀아 등대의 청동대포 포신 속 드보크로 CIA 홍콩 거점 요원을 통해 본부로 보냈다.

그러고 났을 때야 왕대장은 주하이 하이콴을 통해 마카오로 왔다. 평양으로 간다고 나선 지 몇 달 만이었다. 김대중도 주하이 공항에 마중을 나갔다. 왕대장은 마카오로 들어오는 차 속에서 김대중으로부터 그동안 일들을 보고받으면서 유리가 5만 달러를 희사했다는 말을 듣고 바로 전화를 걸어 왔다.

「하하~ 그러셨습니까?」

「예?」

「큰일을 해 주셨네요, 고맙습네다!」

「아~ 예! 아닙니다. 저도 조국을 위해 할 일을, 도리를 하는 것뿐입니다!」

「유리 사장님, 좋은 분이십니다.」

「너무 과찬하십니다!」

「우리들 모두가 신뢰가 깊습니다. 유리 사장님에게 말입니다!」

「너무 감사합니다! 저가 부족해서 죄송합니다!」

「저녁에는 오랜만인데 같이 만납시다!」

「예! 정해 주시는 대로 기다리겠습니다!」

저녁때 유리와 김대중은 왕대장이 정해 준 마카오 반도 끝단의 바라요새(Barra Fort) 호텔로 갔다. 마카오의 내항(Inner Harbour)과 주강 수로를 지켰던 포르투갈 요새가 현대식의 작은 호텔로 바뀌어 있었다. 요새는 수롯가의 바위산 중턱에 굴을 파서 만들었는데, 중턱 굴 바깥에 펼쳐진 넓은 잔디밭에는 청동대포들이 앞 수로를 내려다보며 도열해 있었다. 한쪽에는 조그만 호텔이 서 있는데 그 레스토랑은 동굴 속에 바위를 파내고 만든 테이블 룸들까지 동굴 복도와 계단으로 미로처럼 연결되어 있었다. 포르투갈 이태리 프랑스 요리들을 제공하면서 고급 와인들도 갖추고 있었다.

유리는 호텔 내부를 둘러보고 있었다. 김대중은 왕대장의 도착 순간을 마중하려고 차가 어느 쪽에서 올지 길가에서 좌우로 두리번거리고 있었다. 왕대장은 몸매가 잡힌 갓 스무 살의 어린 미녀와 나타났다. 평양에서 이날 함께 온 여자였다. 「장 비서」라고 불렀고 식사를 하며 들어 보니 이름은 일선이었다. 마카오에는 처음 왔고 타이파섬 해양화원 아파트의 정경희와 아들 영남이를 돌보라고 데리고 온 비서 겸 경호 임무를 맡은 호위총국 요원이었다.

이날 왕대장은 처 정경희가 있는 타이파섬의 아파트에 장 비서와 들어 갔다가 나온 것인지, 어느 호텔에서 시간을 보내다가 온 것인지, 두 사람의 태도를 보니 의문스러웠다. 왕대장은 장 비서에게 마음이 쏠려 있었다. 김대중은 유리가 의아해하자 테이블 밑으로 유리 발을 툭 건드리며 눈짓을 했다. 타이파섬 아파트에 살고 있는 정경희와 아들 영남이를 만났던 유리에게 놀라지 말라는 신호를 주었다. 그러자 왕대장도 「뭐이~ 내래 좀 자유스러워요……. 신경 쓸 것 없시요!」라고 말했다.

「아~! 아닙니다!」

그러자 왕대장은 좀 긴장한 유리에게 보라는 듯 장일선을 껴안고 키스하며 술잔도 부딪쳤다.

「일선이는 어케 생각하나? 일선이처럼 예쁜 사람은 내 사랑을 받아야지! 일선이도 나를 좋아하지?」 장일선은 생글생글 웃고만 있었고 말이 없었다. 분위기를 보니 두 사람을 남겨 두고 피해 나와야 할 것 같았으므로, 김대중과 유리는 「대장 님, 비행기를 오래 타셔서 오늘은 좀 피곤해 보이십니다!」 「일찍 좀 쉬셔야 할 것 같으시니 저희가 먼저 일어나겠습니다!」라고 인사했다.

「응, 둘이 먼저 가 보시라요! 나도 일어날 테니까!」

두 사람은 김대중의 집 근처 〈성 안토니오유치원〉과 테니스코트 사이의 포르투갈 식당에서 메추리구이에 와인을 시켜서 술을 더 마셨다.

「대장 님은 예쁜 여자한테 관심이 많으십니다!」 술이 오르자 김대중이 말했다.

「예?」

「눈에 드시는 여자들은 손을 좀 대시기도 합니다.」

「남자들이란 다 그렇지요……. 능력 차이로 다를 뿐이지요.」 유리가 말했다.

「에, 그러니까 뭐… 베이징에도 부인이 있으시고 여기 타이파에도 있으신데…… 장 비서가 아마도 새로 또…….」

「작년에 베이징에서 왕대장 님과 술을 마실 때 〈사랑하는 정아, 예쁜 정아한테 갑니다!〉라고 말하신 적이 있습니다.」

「유리 동무만 아시라요! 큰 비밀인데 잘못 발설했습네다!」

「예, 그런 점이야 잘 압니다. 염려를 놓으시라요 김 동무!」

「그나저나 대장님은 요새 평양에서 큰일들을 맡으셔서 아주 바쁘십니다.」

「큰일을요?」

「며칠 안에 평양으로 또 들어가시게 생겼시요.」

「곧 준공하게 되는 대동강 양각도 호텔 설계를 하셨습니다, 조선 경공업경제 분야의 관리도 맡고 있으십니다. 컴퓨터센터도 만들어 놓고 지도를 하시는 거야요. 이런 것들을 다 지도하며 점검까지 하셔야 되갔으니까…….」

「모두가 엄청 큰 사업들인데······. 아주 바쁘실 일들이군요!」

「앞으로 아주 더 큰 일을 하시갔지요.」 김대중은 왕대장이 앞으로 북한에서 아주 큰 직책을 맡기를 기대하고 있었다.

「저도 그런 때가 오기를 기다리겠습니다.」

「그러시자요!」

―――

9.9절 직전이었다. 조광무역공사 박성철 대표가 다엑심상사에 와서 평양이 지시한 식품들을 구매할 방안을 김대중과 협의하고 있었다. 9월 9일 건국기념일 행사 때 당 간부들의 만찬에 사용할 식품을 구매하여 보내라는 〈1호 물품〉 긴급 구매 지시였다. 열대 과일들과 샥스핀, 랍스터, 그루퍼, 다금바리 등 고급 활어를 대량 구매하여, 활어는 고려항공기로 최상의 싱싱한 상태로 평양에 도착시키라는 것이었다. 또 냉동된 물품은 중국 항공편에 북경을 경유하여 평양에 들여보내는 것도 허용되었다. 평소에는 매주 두 번씩 고려항공 편으로 이런 1호 물자들을 소량씩 보내고 있었지만 이번에는 한꺼번에 대량을 보내는 것이었다.

마카오의 북한 사람들 전원이 매달렸다. 평양으로 신속히 직송할 고급 활어들과 베이징을 통해 보낼 냉동식품들로 분류했다. 덥기는 해도 베이징에서 평양행 비행기로 즉시 환적하면 과일과 냉동 생선들은 별문제가 없을 것 같았다.

비용을 아끼기 위해 항공화물 컨테이너와 활어 운반 탱크에 물자를 넣어서 렌트한 트럭에 싣고 마카오, 북한 사람들 전원과 유리도 나서서 도

우면서 공항으로 옮겼다. 대형 작전이었다. 평양 직송 물품도, 베이징 경유 물품도 잘 보냈다. 그런데 베이징에서 평양으로 가는 중국 비행기가 결항되는 바람에 환적을 대기하게 되었다. 결국 냉동품들이 냉동창고에 들어가지 못하고 햇빛 아래서 이틀을 보내야 했다. 9월 초의 베이징은 한여름이었고 공항의 아스팔트 위는 찜통이었다. 익은 과일은 물러 터지고 냉동 생선은 얼음이 다 녹아 흘러내린 물이 마르고 있었다. 이런 지경이 되자 평양의 책임자들과 베이징의 북한 요원들과 특히 물건의 구매 발송을 총지휘한 책임자 박성철 대표는 쩔쩔맸다. 북경과 평양으로 통화하면서 한숨과 눈물로 말을 제대로 하지도 못했다. 「나는 이제는 꼼짝없이 죽게 됐습니다!」라며 신음하며 각오를 했다. 자포자기 상태였다. 평양으로의 호출 명령만 기다렸다.

그러나 어찌 된 일인지 평양에서는 아무 반응이 없었고 평양으로 복귀하라는 명령도 없었다. 박성철은 아무 질책도 나쁜 반응도 없이 날짜가 하루하루 흘러가자 차츰 안도하기 시작했다. 나중에 알고 보니 식자재가 엉터리라 해도 직접 문책을 받는 것은 요리사들 몫이었다. 그래서인지 요리사들은 김정일과 핵심 간부 테이블에 고려항공편으로 직송된 좋은 재료로 만들어 올렸고, 다른 테이블에는 상한 생선들에다 양념을 잔뜩 넣어 맛을 알 수 없게 만들었다는 말이 전해 왔다. 그러자 박성철은 「저가 큰 천운을 받았습니다!」라며 요리사들에게 고마워했다.

「평양에서는 내가 골프를 못했어요. 갑갑했습니다. 골프 합니까?」 평양에서 돌아온 왕대장이 유리에게 물었다.

「조금 해 봤습니다.」

「갑시다!」

왕대장과 유리는 리근모가 운전하는 차로 콜로안섬의 스탠리호 골프장으로 갔다. 골프장에서 유리는 클럽을 빌릴 수 있었지만 신발, 장갑, 모자, 골프용 셔츠까지 모두 사서 둘이서 라운딩했다. 왕대장은 골프를 좋아했지만 세심하게 집중하지는 않았다. 샷을 길게 날리려고만 했고 어프로치나 퍼팅은 정확성보다는 대충 내던지듯 쳐 버렸다. 멀리건을 거의 매 홀마다 요구했고 카운팅은 자기 마음대로 대충이었다. 골프장 룰을 마음대로 바꾸는 것에 재미를 느끼는 것 같았다. 캐디 팁은 미화 100달러짜리였다. 골프장에서는 〈팁을 잘 주는 젊은 사장님〉으로 소문 나 있었다. 이날 이후로 유리는 왕대장과 마카오, 주해, 중산으로 골프를 다니게 되었다. 그러나 왕대장은 평양으로 베이징과 싱가포르까지 출장 다니느라 자주 칠 수는 없었다.

리스보아호텔의 1층 매장은 빈 점포가 나오지 않고 있었다. 왕대장과 유리는 독촉을 하려고 왕싱람 사장을 만났다. 왕 사장은 마침 1층의 보석상들 중에서 경영이 어려운 곳이 있으니 지금의 주인과 반반씩 공동으로 운영해 보라고 했다. 왕대장도 오히려 그것이 몸을 전적으로 매달리지 않아서 좋겠다고 했다. 그렇게 점포 주인을 함께 만났다. 63살의 키 작은 배불뚝이 포르투갈인 〈라고스〉라는 남자였다.

왕싱람 사장은 유리에게 카지노의 보석상이 돌아가는 내막들도 설명했다. 카지노 도박꾼들이 돈을 다 잃으면 몸에 지닌 시계나 보석을 다 맡기고 돈을 빌려 가는 전당포업도 비중이 적지 않았고, 도박에서 큰돈을 딴 사람들이 비싼 고급시계나 옥, 다이아몬드 반지, 브로치, 귀걸이 등 장

신구를 사는 돈도 적지 않았다. 그런데 라고스는 무슨 이유인지 운영 자금을 크게 잃고 어려움에 처해 있었다. 왕싱람 사장은 이 남자가 도박에 손을 댔다가 크게 탕진했다고 귀띔해 주었다.

라고스가 제시한 조건은 나쁘지 않았다. 「①점포에 있는 두 개의 쇼케이스 중 하나를 유리가 사용한다. ②저당대부는 각자의 보석과 시계와 자금으로 독립적으로 한다. ③유리는 순이익의 20%를 임대료로 제공한다. ④임대보증금은 미화 100만 불로 한다.」라는 것이었다.

유리는 그날로 계약서를 작성했다. 그러자 바빠졌다. 사무실로 들어가서 스위스 샤프하우젠과 벨지움 안트베르펜으로 구매의향서를 보냈다. 또 사무실 위치와 제원, 계약서 사본, 점포 운영 계획을 작성하여 귀아등대 옆의 청동대포 드보크를 통해 랭글리의 CIA 본부에 보고했다. 다음 날 휴대폰형 암호문송수신기를 통해 본부의 답신을 받았다.

「공작관의 사업을 승인함. 성과를 기대하겠음. 벨지움과 스위스의 CIA 흑색 요원들이 구매를 도울 것임.」짧은 내용이었다.

9월 중순은 중국의 중추절이었다. 춘절처럼 대명절인데 음력이다 보니 다른 해보다 한 달이나 이른 날짜였다. 유리는 주문한 시계와 다이아몬드들이 아직 도착하지 않았으므로 우선 전당포대부를 먼저 시작했다. 춘절 연휴처럼 중국 대륙 홍콩뿐 아니라 대만, 한국, 말레이시아, 싱가포르 등 수많은 도박꾼들이 몰려와서, 리스보아 카지노의 VIP룸 카지노 테이블들도 홀의 슬롯머신들도 밤낮없이 꽉 차 있었다. 돈을 모두 날린 중국인 남자들은 목에 팔목에 찬 굵은 금목걸이, 금시계, 옥반지를 내놓고 급전을 빌려 갔다. 여자들은 다이아몬드 사파이어 옥반지, 귀걸이, 팔찌, 보석 진주 목걸이, 보석 시계, 핸드백까지 내밀고 돈을 얼마라도 더 달라고 사정했다.

운영 자금이 적은 라고스는 이틀 만에 대출을 마감했지만 유리는 본부의 공작자금으로 여유가 있어서 고리대부를 계속했다. 저당 잡은 물건들이 점포 안 금고에 가득해져서 옮겨야 했다. 김대중 사무실에 새로 들여 놓은 유리의 대형금고에 넣었다. 거금의 보석을 맡겨 놓자니 이제는 북한 요원들을 전적으로 믿어야만 했다. 다른 방도는 없었다. 이제부터는 이 물건들을 좋은 가격으로 현금화하는 것이 과제였다. 시가의 절반도 안 되는 30~40% 값으로 잡은 저당물이라 손해 볼 위험은 적었다. 더구나 유리는 다이아몬드에 대해서는 전문가이므로 속지도 않았고, 비싸게 잡지도 않았다. 일부는 약정 기간에 현금을 들고 와서 찾아가겠지만 나타나지도 않을 것이라 대부분 유리가 처분해야 할 것들이었다.

마카오 한국 교민 〈도정범, 도종범〉 형제가 있었다. 형 도정범은 리스보아카지노에서 팔복 정킷 룸을 운영했고, 동생 도종범은 형의 정킷 룸에 한국 도박꾼들을 알선해 주고 커미션을 먹는 롤링업자 겸 에이전트였다. 중추절 연휴 때는 관광차 마카오에 왔다가 도박장에서 돈을 다 날린 한국인들을 한 번에 두세 명씩 유리에게 데리고 와서 다이아몬드 보석 반지나 고급시계 등 지니고 있는 것을 모두 맡기고 도박자금을 빌리게 했다. 중추절 연휴에는 이들 말고 홍콩 교민 도박꾼들도 많이 유리에게 왔다.

도종범은 그때부터 유리에게 자주 오고 있었는데 주로 전당포대부를 알선하였지만, 한국에서 보석을 구매하러 나온 보석상을 데리고도 왔다. 보석상들은 다이아몬드 등 고가 보석을 싸게 사서 한국으로 밀반입해서 파는 재미를 보고 있었는데 보석 알을 허리 벨트 두 겹 가죽 속에 만든 비밀 구멍, 신발 밑창 속에 만든 비밀 구멍, 여행 가방의 밑 바퀴 등에 감추는 수법을 쓰고 있었다. 유리에게 자랑하며 그 장치를 보여 주기도 했다. 그들은 한국 공항 세관원들과 잘 알고 연락하면서 그들의 교대 근무 시간에 맞추어서 입국, 통관하고 있었다. 도종범 외에도 도박꾼을 알선하고 다이아몬드 등 보석을 숨겨서 밀반입하는 한국 교민들이 있었다. 그들은 고급 시계, 핸드백, 반지 등을 차고 입국하자마자 승용차에 타서 넘겨주고 있었다. 심지어 고급 브랜드의 구두, 양복, 여성복, 넥타이, 스카프까지도 공항에서 입국 통관 때만 잠시 착용하고는 업자에게 바로 넘겨주는 밀수꾼 교민들이었다.

중추절 연휴가 지나자 스위스와 벨지움에서 물건들이 도착했다. 보석과 시계 판매를 정식으로 시작했다. 그날 저녁 북한 사람들과 조광무역에 모여 보석점 개업 축하 파티를 열었다. 음식은 중국 식당에 주문하여 케이터링했고 술과 함께 마작을 하며 밤늦게까지 마셨다. 술이 오르자 박성철 대표도 리근모도 김대중도 안전우도 저마다 한마디씩 했다.

「앞으로 고가 보석을 다루자면 점포와 신변의 안전을 아주 조심하시라요.」
「마카오는 전체 세수입의 70%가 도박장에서 나와요. 도박장과 연관 산업으로 마카오 정부가 유지되고 경제가 돌아가는 도시입니다.」
「도박꾼들이 몰리는 좋은 도박 룸을 빼앗으려고, 매춘 밀입국 마약 밀매 이권을 차지하려고, 마카오 홍콩 대만 중국에 자기 기반을 둔 삼합회라는 트라이어드 폭력 조직들이 서로 살인극을 벌이고 있어요. 마카오는 힘센 조직이 왕이야요! 치안 안전이 무법천지인 거야.」

「1999년 12월 중국으로 넘어가기 전에 기득권을 확보하겠다고 이권 싸움을 벌이는 것인데 한 해에 30명 이상이 죽는단 말입네다. 무법천지야요!」

「폭력 조직들이 자기네끼리 서로 죽이고 뺏는 것이라, 일반 시민들이 다치는 것이 아니니까니, 또 경찰도 자기네가 직접 공격받는 게 아니니까니 나 몰라라 하며 치안을 하는 척 흉내만 내는 기야요!」

「살인을 해 놓고 몇백 미터밖에 안 되는 수로를 건너 중국 땅으로 배로 나 헤엄으로 도망가면 끝나는 기야요!」

「손바닥만 한 도시에 인구가 사십만 명 남짓한 도시에서 대낮 살인사건이 한 달에도 몇 번씩 일어나는 겁니다.」

「반환 날이 가까우니 행정기관도 경찰 보안사법기관도 꼭대기 몇 명만 포르투갈 사람들이고 다 중국인으로 바뀌었어요.」

「중국인 실무자들은 영어도 아닌, 앞으로 써먹을 일도 없는 포르투갈어를 애써 배우지도 않아 소통도 잘 안되니 업무가 장악도 안 되고 겉도는 거야요!」

「마카오의 실세 중국인들은 오래전부터 중국의 공산당과 정부와 보안기관들에 줄을 대서 자기 직책 감투를 따 놓고 있습니다. 바로 옆 광동성 공산당은 물론이고 중앙의 공산당에도 인민해방군에도 행정기관에도 연줄을 만들어 왔어요.」

「중국 본토에서도 이런 사람들을 이용해서 자그마한 마카오를 움직여 왔어요. 그러니 포르투갈은 사실상 원래부터 겉돈 거야요.」

「마카오는 간판인 포르투갈이 유럽국인 데다 아프리카, 아메리카에도 식민지 국가들이 있으니까, 우리 북조선에게 중국 본토보다는 다른 차원의 활동 조건이 됐던 겁니다. 우리가 여러 나라 여권을 갖고서 바깥으로 활개를 치는 데 좋은 조건이 돼 온 기야요.」

「남조선과 맞서는 전진기지이고 서구 자본주의 국가들과 직거래하는 비즈니스 창구야요!」

「그런데, 이거 못 할 말입니다마는, KAL기였던가를 폭파한 김현희도 여기서 먹이고 재우고 훈련시켰지요. 남조선 영화감독 신상옥, 배우 최은희를 데리고 들어갈 때도 여기서 다 도와준 겁니다.」

「허, 못할 얘기를 다 하는구레……. 이거이! 참!」 대외연락부(225호실) 소속으로서 마카오에서 공식적으로 북한을 대표하고 있는 박성철이 분위기를 통제하려 했다.

「남조선 전두환이 놈들을 버마에서 쾅~! 날릴 때도 요원들이 여기서 며칠 지내다가 갔시요! 박 대표네보다 바로 내가 있는 35호실에서 다 한 기야!」 225호실 소속 박성철의 말에 아랑곳없이 그와 경쟁 관계인 35호실 대외정보조사부 소속 리근모가 자기네 활동을 자랑했다.

「나도 중국 사람 여권이지만, 여기 우리 북조선 사람들은 모두 중국이나 포르투갈이나 중남미 나라 여권을 가지고 있어요! 홍콩에는 그런 사람들이 일본 조총련이나 동남아시아 아이들하고 합작 회사를 만들어서 사업을 다 하고 있는 기야요!」 리근모가 계속 말했다.

「에이, 참! 큰일 날 소리를 하는구먼…….」 박성철이 못마땅해하며 언성도 올려서 말을 막자 리근모는 입을 다물었다.

그들은 술기운에 유리에게 몸조심하라는 말로 시작하더니 북한의 국제범죄 경력까지 거리낌 없이 서로가 자랑하는 것이었다.

　이제부터 유리는 아침과 저녁에는 김대중의 다엑심 상사 사무실에 들르지만 낮에는 종일 보석 점포를 지켜야 했다. 다엑심상사 금고에 보관해 둔 보석들을 점검하고, 저당 기간이 찬 것들을 처분하기 위해 꺼내 와서 점포의 매대에 진열해 두고 팔아야 했고, 또 새로 저당 잡은 보석을 금고에 보관해야 했다. 이제는 그들과 함께 섞여 지내는 시간이 줄어 서로 거리가 생기므로 저녁에는 왕대장과 더 자주 어울리기로 했다. 왕대장이 출장을 가면 김대중이나 리근모나 무기 거래를 하는 신합흥무역의 김국태 대표와 더 자주 어울려야 했다.

　또 한편으로는 한국에서 보석상들이 점차로 많이 찾아오고 있었다. 그들은 큰 고객들이었다. 유리의 본업인 공작사업은 불리해지고 위장업체인 돈벌이 사업이 더 잘 돌아가는 것이었다.

9.
576kg

　마카오가 중국에 반환될 날은 2년 하고도 3달이 남아 있었다. 라고스는 그때 포르투갈로 돌아갈 계획이었다. 그런지라 유리는 점포를 못 비우고 기존 라고스의 고객을 지키고 새로운 고객을 더 확보해야 했다. 주말에는 예레나가 함께 자리를 지키기도 했다. 예레나는 화려한 보석을 가지고 낯선 사람들과 값을 흥정하며 대화하는 것을 재미있어했다.

　주말이었다. 왕대장이 정경희와 아들 영남을 데리고 점포에 들렀다. 정경희는 유리를 몇 번 본 적이 있었지만 예레나는 처음 만난 것이었다
　「저는 홍콩의 음악학교에서 피아노 선생입니다. 모스크바에서 홍콩으로 왔어요, 귀아산 입구 길가의 아파트에 삽니다.」
　「저도 피아노를 전공했어요. 악단에서 일했지만 대장 씨와 마카오에 온 후 몇 해째 손을 놓고 있는데 다시 해 보고 싶기도 해요!」 정경희는 보석 제품을 손가락에 끼어 보고 귀와 목, 팔에 걸어 보며 대답했다.
　「잘됐네요……. 그러시면 우리 집에 가셔서 바깥 경치를 보며 커피도

한잔하시고 피아노도 좀 쳐 보실까요?」

정경희는 예레나의 말에 영남이를 데리고 따라 나섰고, 왕대장은 남아 있었다. 그렇게 나간 세 사람은 몇 시간째 돌아오지 않았다. 대장은 기다리느라 지루해하더니 카지노 슬롯머신에서 놀다가 와서 잠시 소파에 앉았다가, 유리의 집 주소를 묻더니 찾아 나섰다.

이날 왕대장과 정경희는 유리네 아파트가 자신들의 당중앙 지도자 김정일의 아들인 김정남이 처 리혜경과 살고 있는 바로 그 아파트인 것을 알고 놀랐다. 아파트 맨 꼭대기 펜트하우스에 김정남이 살고 있었던 것이다. 그들은 서로가 뻔히 아는 사이였지만 거리감이 있었던 것이다. 그 날부터 정경희는 주말마다 예레나가 오면 레슨을 받았다. 정경희는 정치음악을 하는 북한의 경음악단에서 피아노를 쳤던 실력으로, 클래식에는 수준이 미치지 못했지만 예레나가 연주해 준 베토벤의 발트슈타인과 러시아 민요를 듣더니 좋아하며 열심히 배우려 했고 잘 치고 싶어 했던 것이다.

「내일은 주하이에 갑시다! 골프를 하고 온천도 좀 하자우요!」 12월 하순 왕대장이 전화를 해 왔다. 닭장 같은 비좁은 보석 점포에서 매일 갇혀 지내면서 답답한 처지라 즉시 좋다고 했다. 라고스에게 점포를 부탁해 놓고 다음 날 함께 나섰다. 라고스는 마카오를 떠나갈 날이 얼마 안 남은 터라 자신이 오랫동안 정성을 쏟아 왔던 보석 점포를 아쉬워하고 있었다.

이날은 신합흥무역의 김국태 대표가 차를 몰았고 왕싱람 사장과 네 명이 함께 갔다. 주하이의 휴양지에는 훌륭한 골프장들이 있었고 온천도 있었다. 골프장에 도착하자 김국태는 골프를 못한다며 기다리고, 세 사람이 라운딩했다. 왕싱람은 도박업자답게 판돈이 큰 내기를 좋아했고 플레이가 치밀했다. 게임에 총 수천 달러가 걸려 있었지만 왕대장은 돈에 개의치 않고 롱샷을 날리는 재미를 좋아했다. 유리는 이럴 수도 저럴 수도 없었다. 왕싱람의 돈을 따고 싶었지만 그러자면 왕대장을 완전히 거덜 내야 하므로 그럴 수가 없었다. 돈을 잃어 주어야 했다.

골프 후 주하이 유원지의 수영장 대형 사우나에서 목욕을 했고 다시 왕싱람이 안내하는 식당으로 갔다.

「오전부터 종일 걸렸습니다. 핀셋이 휘어져서 두 개나 망가졌어요, 손목이 아픕니다!」 식당에 들어서는데 마주쳤던 사장이 말했다.

「그래? 제대로 했나? 어디 좀 보자!」 왕싱람이 말했다.

「예! 오늘 종일 했는데요! 털이 워낙 많고 강해서 뽑히지 않습니다!」 요리사가 쟁반을 들고나와 보여 주며 말했다.

「한 개는 다 했습니다만, 왼쪽 발입니다. 오른발은 아직 다 못 뽑았습니다.」

「그래? 잘했어, 왼발이 더 좋은 거니까.」

「……?」 유리가 무슨 얘기인지 궁금해하고 있었다.

「그건…… 야생 꿀을 먹을 때도, 무엇을 잡아먹을 때도 왼쪽 발로 잡아 입으로 가져가기 때문이지요.」 왕대장의 대답이었다.

그 식당 사장 아기의 머리통만 한 곰발이었다. 중국 북동쪽의 추운 곳에서 여름 동안 살이 찐 곰을 잡았는데 앞발 두 개를 가져왔고, 털이 워낙 굵고 뻣뻣해서 작은 것도 넘기면 식도나 위벽을 찔러서 박혀 버리므로 일일이 완벽히 다 뽑아야 되는데, 맨손으로는 어림도 없고 핀셋으로만 된다는 것이었다. 하루 종일 걸려 왼쪽 발 하나는 다 뽑았고 오른발은 아직 덜 됐다는 것이었다. 유리가 상상도 못 했던 커다란 곰발이 눈앞에 있었다.

「며칠 후에 또 올 테니 한 개는 냉장고에 잘 모셔 둬라! 우리 한 번 더 와야 되겠습니다!」 왕싱람이 말했다.

「수고가 많았습니다!」 왕대장이 미화 100달러를 주방장 손에 쥐여 주며 말했다.

잘 요리한 곰발의 고기와 수프는 부드러운 전복요리 같았다. 곰발 한 개였지만 양이 적지 않았고 수프도 있어서 네 사람이 배불리 먹고 있었다. 술은 마오타이였다. 마오타이 한 병을 다 마시자 왕싱람이 손짓을 했다. 그러자 주방장이 널찍한 유리판과 술 한 병을 들고 왔다. 술은 투명하고 향이 적은 백주였다. 유리판 위는 시커먼 막이 덮고 있었다. 유리도 김국태도 「이게 뭔가?」 하며 눈이 동그래져 있었다.

「사흘 말린 것입니다, 겨울이라서 잘 안…….」 주방장의 말에 왕싱람은 고개를 꺼덕거렸다.

「처음 봅니까?」 왕싱람이 유리와 김국태를 보며 물었다.

「귀한 곰쓸개야요!」 왕대장이 말했다.

주방장은 칼을 눌러 유리판에 말라 덮은 검은색 막을 잘라 작은 파편 조각들로 만들었고 술잔마다 한 조각씩 넣어 주었다.

「간베이!」 왕싱람이 선창하자 모두가 따라 하며 술을 넘겼다. 검은 조각이 독주에 녹으며 투명했던 술은 연한 갈색으로 변했고 무척 쓴맛이었다. 모두 잔을 바닥까지 비웠지만 유리는 반을 남겼다.

「그냥 훌쩍 넘기시라요!」 왕대장이 유리에게 말했다.

「쓸개는 한 마리에 한 개밖에 없어요. 발은 네 개지만. 내가 북쪽 헤이룽쟝에다 특별히 주문한 겁니다. 자, 몸에 좋으니까 많이들 듭시다!」 왕싱람의 재촉에 다들 서둘러 마시느라 술잔이 바빠졌다.

「김 대표는 오랜만이군요! 오늘 골프를 왜 안 했습니까?」 왕싱람이 쓸개 술을 몇 잔째 돌리며 술기운이 오를 때 김국태에게 물었다.

「예, 저는 북조선에서 골프를 할 만한 사람이 못 됩니다요!」

「요새는 좀 조용한 것 같은데……. 작년에 홍콩에서 문제 됐던 것은 잘 처리된 겁니까?」

「홍콩 세관에서… 파키스탄으로 가던 우리 배 말씀입니까? 로켓 연료……?」

「아니…… 무슨 대포인가 그런 거 아니었나요?」

「아, 예! 시리아로 가던 배도 대포 부품이 걸려들어서 문제가 됐었습니다. 그게 둘 다 재작년 일입니다.」

「벌써 그렇게 됐나요? 김 대표네 회사는 무기만 다룹니까?」

「예, 무기를 수출도 하고 부품 수입도 하고 무기 기술 교류도 합니다.」

「그러면 왕대장 님 소속, 당 서기실 소속입니까? 왕대장 님하고 같은 일을 하는 건가요?」

「저는 당 서기실 산하의 합흥무역회사에서 나왔습니다. 저는 실무자라서 수출하고 수입하는 일을 직접 처리합니다. 인민무력부 일 중에서 당 중앙 서기실에 보고되는 중요한 일은 다 저가 맡고 있습니다. 왕대장 님은 전반적으로 보고만 받으십니다. 총괄지시만 하십니다.」

「아, 그런가요? 그런데 작년인가요? 재작년인가요? 우리가 처음 만났던 게 벌써…….」

「예, 저가 신합흥무역 대표로 나온 게 1995년입니다. 김국태 동무는 무기 전문가라서 조선광산개발무역회사에서 일하다가 나왔습니다. 김 동무는 군인입니다.」 왕대장이 말했다.

「예, 저는 요새 쓰촨성 충칭에서 핵발전소와 핵재처리시설과 미사일 제조에 필요한 특수금속제 파이프와 밸브와 여러 기자재들을 수입합니다. 싱가포르와 일본 회사들을 통해서는 전자부품 이중 용도 부품을 수입하고요, 이란 파키스탄 중동으로는 미사일 로켓포 같은 큰 무기들 거래를 합니다.」

「요새는 홍콩은 더욱 그렇고 다른 나라들도 감시나 조사가 심하니 잘 피해야 되겠습니다!」

「예, 그게 자꾸……. 그래서 더 힘들어집니다, 휴~!」

「아, 내가 머리 아픈 얘기를 했군요! 자, 골치 아픈 건 잊어버리고… 오늘은 아주 특별한 음식이니 남기지 말고 마저 다 드십시다!」

「예! 쓴 술맛이 좋습니다! 나도 입에 잘 맞습니다!」 다들 웅담술을 좋아했다.

「왕싱람 사장님이 마카오에서… 우리 북조선사람들을 보호해 주시고 사업도 여러모로 후원해 주시는 것에 대해 감사드립니다!」 왕대장과 김 대표가 왕싱람에게 말했다. 왕싱람은 홍콩에 북한이 영사관을 오픈한 1999년 2월까지 마카오의 명예북한영사 황성화와 함께 북한 사람들을 여러모로 돌봐 주고 있었던 것이다.

「내년 1월 말에는 이란에서 대표단이 들릅니다. 평양으로 들어가는 길에 말입니다.」 왕대장이 말했다.

「이란 사람들이라고요? 무슨?」

「이란의 군사대표단입니다, 무기 기술자들 11명입니다.」

「그분들이 이틀 정도 마카오에 머무는데… 왕 사장님이 한 번쯤 식사나……. 혹시 외국에 안 나가시고 마카오에 계신다면, 시간이 되시면, 그분들을 좀 격려해 주시면 좋겠습니다!」

「그럽시다! 날짜를 좀 일찍 알려 주면 좋겠습니다.」

「우리 북조선에 미사일 기술을 배우러 들어가는 겁니다.」

「으흠…….」 왕싱람 사장은 고개를 끄덕이고 있었다.

음주가 끝나고 식당을 나설 때 주방장은 남은 쓸개 조각들을 주둥이가 넓고 납작한 유리병에 담아서 왕싱람의 윗옷 속주머니에 넣어 주었다.

그로부터 몇 주일 후 1998년 1월 춘절 연휴에는 이란 군사대표단 11명이 마카오로 와서 이틀을 머물다가 고려항공을 타고 평양으로 갔다. 그 3주 후 이란으로 돌아갈 때 다시 마카오에 들렀고, 유리의 점포에 와서 저마다 보석과 시계를 사 갔다. 그때부터 이란 무기 기술자들이 다섯 명 또는 일곱 명이 매년 몇 차례 북한을 2~3주씩 방문하였고 북한의 무기 기술자들도 이란과 시리아를 교차 방문하기 시작했다. 유리의 점포에도 매번 들르고 있었다. 김국태 대표의 신합흥무역도 이란으로 미사일들과 부품의 수출을 늘리고 있었다.

1월 말 춘절 연휴에는 유리네 점포가 바빴다. 지난 중추절 때 저당 잡은 것들을 할인하여 팔고 있었지만 IWC 샤프하우젠 시계와 중국인들이 좋아하는 롤렉스 시계와 안트베르펜 다이아몬드 제품들은 유리네 점포가 제일 싸다는 것을 알고 많이 찾아왔다. 중국 사람들은 롤렉스 시계를 광적으로 좋아했다. 한국에서 오는 보석상들과 홍콩과 마카오에 살며 뚜렷한 경제 활동이 없이 한국에 드나드는 사람들도 다이아몬드와 시계를 꾸준히 사 갔다. 유리네가 싸게 주었으므로, 관세가 특히 비싼 한국으로 갖고 들어가기만 하면 개인에게 직접 넘기거나 보석상에 넘기는 재미가 좋았던 것이다. 그런 보석 밀수꾼이 여러 명이 있었다.

유리네 아파트로 이사해 온 왕대장의 부인 정경희는 아들 영남이가 다니는 영어 교육 〈안티니오 보육원 겸 유치원〉이 가까운 데다 호텔, 영화관, 커피숍, 식당, 슈퍼, 관광지들까지 생활 편의 시설들이 걸어 다닐 수 있을 만큼 가까이 있고 택시들도 사방에서 줄을 서 있으니 생활환경이 타이파섬에서 살 때보다 더없이 좋아졌다며 기뻐했다. 그렇지만 낮에는 성필상의 처가 와서 돌봐 주었어도 일 없이 지낼 때가 많았다. 스스럼없이 어울릴 부담 없는 사람이 마땅치 않아 외로워했다. 그런데 같은 아파트의 아래층에 자신보다 스무 살이나 많은 예레나가 새로 들어왔고 피아노까지 배울 수 있게 되자 의지하며 가까이 지내게 되었다.

유리는 비싼 물건들 때문에 바빠지고 사무실을 비우지 못하다 보니 김대중의 사무실에 못 가는 날이 생겼다. 그러느라 당중앙 김정일의 생일인 2월 16일 광명성절 때의 축하성금 갹출을 유리는 모르고 놓쳤다. 지난번에 큰돈을 냈으니 왕대장이나 김대중이 생각해서 빼 준 것 같기도 했다. 하여간 유리로서는 다행이었다.

왕대장과 정경희의 아들 영남이는 안토니오 보육원에 들어갔고, 아들을 매일 보육원에 데리고 다니는 일과 집안일과 정경희가 외출할 때의 운전과 시중드는 일은 평양의 중앙당 서기실에서 내보낸 성필상 부부가 전담했다. 전용 벤츠 승용차도 있었다. 그러나 정경희는 기분에 따라 때때로 김대중의 처나 리근모의 처를 불러 일을 시키기도 했다.

왕대장이 마카오로 돌아온 후 정경희는 두문불출인지 소식도 없이 보이지도 않다가 그다음 주말 저녁에 유리네 아파트로 예레나를 찾아왔고, 둘이 나가더니 술에 취해서 들어왔다. 그날 밤 예레나가 유리에게 말했다. 「왕대장이 평양에서 돌아온 날 밤 안방에 정경희를 놔두고서 복도 끝의 장일선 방으로 가서 잤다는 거야! 경희 씨는 따지고 대들 수도 분을 삭일 수도 속을 털어놓을 사람도 없어 속만 태우느라 밥도 먹지 못했다며 나를 잡고 엉엉 마구 울었어!」

유리는 몇 달 전 처음 보았던 장 비서와 그때 두 사람 눈 속의 불길이 눈에 선했다. 왕대장은 새로운 어린 여자 장 비서에게 몸속 화기가 달떠 있었고, 5년째인 정경희는 사랑이 식을 때도 될 시기였다. 왕대장은 한 여성에게 사랑을 주지 못하고 끝없이 새 여자 맛을 찾는 것이었다. 「뭐이, 내래 좀 자유로워요······. 신경 쓸 거 없시요.」라던 왕대장의 말이 생생하게 기억났다. 「앞으로 왕대장이 이 두 여자를 어떻게 할 것인가?」 유리는 혼자 근심스러웠다.

그다음 주에 장일선 비서가 이사를 나갔다. 그때까지 비워 놓았던 타이파섬의, 전에 정경희가 살았던, 아파트로 혼자서 들어간 것이었다. 장일선은 이미 임신하여 배가 불러 있었다. 이로써 두 여자는 서로 마주칠 일이 없어졌고, 당분간 문제가 덮어질 것 같았다.

4월 중순 태양절을 앞두고 왕대장은 또 평양으로 들어갔다. 정경희가 사는 아파트와 장 비서가 사는 타이파섬 해양화원 아파트를 오가며 지내던 왕대장은 평양으로 들어가기 전날 점포로 와서 「이번에는 평양에서 좀 오래 있어야 될 것 같수다. 뭐, 좀, 새 일을 떠맡을 것 같수다. 맡는 새 일을 좀 진행시켜야 될 테니까…….」라고 했고, 「아 그렇습니까? 축하를 드립니다! 앞으로 저희도 크게 기대를 하겠습니다!」라며 유리가 배웅했다.

태양절도 지나고 5월이 되자 저녁에 한동안 못 만나고 전화 통화만 해왔던 김대중과 리근모가 점포로 왔다.

「오랜만이야요, 저녁 겸해서 한잔합시다레!」 유리는 김대중 사무실로 안 나가서 자주 못 본 그들이 반갑기도 했지만 그동안 거리감도 느껴져서 친밀감을 회복하기로 했다.

「죄송하게도 지나간 광명성절에도 태양절에도 아무 선물을 못 했습니다. 그러니 저의 마음으로 생각하시고 사모님께 드리십시오!」라며 중국인들이 좋아하는 옥반지를 하나씩 주었다.

「이거 큰 선물입네다!」라며 두 사람 모두 아주 고마워했다. 그들은 공식적으로 충성금을 지원받는 것보다는 이렇게 개인적으로 받는 것을 더 좋아했다. 그리고 나서 함께 포르투갈 식당 〈Galo〉로 갔다. 며칠 동안 우유 속에 담아 숙성시켜서 부드러워졌다는 소고기를, 불에 달군 두꺼운 쇠판 위에 올려서 익혀 먹는 요리가 아주 명품이었다. 해물 파스타와 메추라기구이와 치즈, 포르투갈 와인도 좋았다. 그들은 와인은 너무 약하다며 몇 병씩 마셨다. 유리는 그동안 마카오의 북한 사람들에게 무슨 일이 있었는지 궁금했으므로 술을 권하며 얘기를 유도했다.

「요새는 기통수들이 더 자주 오고 있어요.」

「100달러짜리 미국 돈 몇십만 달러씩 가져와 중국은행하고 방코델타아시아에 넣는데…… 인쇄가 다르다고 기계가 자꾸 잡아내는 거야! 한 다발에 한두 장은 꼭 튀어나온단 말이야! 우리 눈으로는 도무지 이상을 못 찾아내는데도 말이야…….」

「1달러짜리 5달러짜리 돈을 가지고 잉크를 완전히 씻어 내고 깨끗해진 그 돈 종이를 100달러짜리로 찍는 거야요! 둔갑시킨단 말입니다. 그런데 한쪽 면만 100달러이고 다른 면은 1달러가 그대로 남아 있는 거야요! 이런 게 한 다발에 한두 장씩 자꾸 나온단 말이야요!」

「기래서리 기통수들이 오면 돈다발들에서 반쪽짜리를 찾느라 우리가 밤을 새우는 거야요!」

「은행 것들이 경찰에 신고를 해 버리면 또 위조지폐범이라고 모조리 다 잡혀 들어갈 테니까, 아주 조마조마하단 말이야!」

「그런데 말이야요……. 사실 우리가 옛날부터, 10년 전부터 아프리카에서 코끼리 상아, 코뿔소 뿔, 영양각을 사 모아서 외교화물로 평양에 보내면 가공을 해서 마카오로도 보내오고 외국으로 내다 팔면서 재미를 봐왔단 말이야요. 그런데 이번에 프랑스 공항에서 576kg이나 담은 항공 컨테이너를 비행기를 바꿔 옮기는데 그놈들이 어떻게 알고 외교 파우치인데도 달려들어서 까 버린 기야! 한가득 576kg이나 들어 있는 게 들통이 난 기야! 다 압수당했단 말이야요! 돈이 70만 달러나 들어간 물건인데……. 약을 물건을 만들어 내놓으면 수천만 불이야! 손해가!」

「이거이 내래 미치고 말갔구만……. 이놈들이 우리 북조선을 사방에서 바짝 감시하고 있다는 거야요! 국제적으로 말이지.」

「세계야생동물보호협회니 국제기구니 뭐니 하는 별별 놈들이 다 달려들어서 국제법이 어떻고 무슨 위반이고 어쩌고 지랄한다는 거야요! 온 나라 기자들, 인터폴까지 달려들어 난리를 치는 기야…….」

「이거이 골치 아파지는 일들이 자꾸 더 생기는 거야! 자꾸자꾸!」

「하긴 우리가 무리를 했지…….」

「어쩌갔어? 당하는 수밖에……. 으흠!」

두 사람은 굳어진 얼굴로 와인을 꿀꺽꿀꺽 들이켜 대고 있었다.

「그런데 요새는 고려항공으로 기통수들이 독사 독 주사약에다 흰 가루(메스암페타민), 검정금(아편) 덩어리, 헤로인, 백도라지(코카인)까지 새로 들여오는구먼! 구리(금괴)는 오래전부터지만!」 술만 들이켜면서 조용하던 김대중이 다시 말을 시작했다.

「마카오 공항은 우리 기통수가 면책특권 외교관 통로를 통해 외교관 여권을 쥐고 외교행낭으로 들여오니까 세관 놈들이 시비를 안 하지만서리……. 그래도 혹시 무슨 눈치를 잡고 달려들까 아주 속이 다 타 죽갔단 말이야요!」

「마카오에 일단 들어만 오면 일사천리야요! 외화벌이가 최고 쏠쏠한 기야요! 주하이 하이콴은 문제가 없고, 중국으로 넘기는 건 고깃배로도 수로만 건너도 된다고…….」

「지금 미 달러를 찍을 최고성능 특수잉크를 구입해서 들여보내라는 긴급 지시가 있어요! 최고라고 하는 잉크도 그들이 내미는 인쇄한 샘플만 보고서는, 제대로 좋은 건지 알 수가 없으니까요……. 돈 기계에 묻히고 돌려서 찍어 놓고 다 말랐을 때 봐야지 알 수가 있다는 거야요!」
「좋다는 것을 찾아서 보내는데도 모두 퇴짜를 맞는 거야! 이번에 새로 스위스제, 영국제를 들여보냈는데 아직 소식이 안 오는 게…… 아마도 좀 괜찮아서 그런지…….」

유리는 귀를 쫑긋 세우고 있었다. 동시에 유리는 몇 주 전에 점포를 찾아왔던 홍콩 총영사관의 한국 정보 영사가 손에 쥐여 주고 갔던 신문 기사가 눈에 생생했다.
『북한 김정일은 소련과 동유럽공산국가들이 붕괴되고 밀려오는 자유화의 물결에 직면해 있다. 경제적 고립 속에서 1994년 7월 8일 김일성의 사망 이후 이어진 자연재해로 최악의 식량난을 겪고 있다. 배급제가 무너진 상태이며 매년 수십만 명이 굶어 죽고 탈북자가 급증하고 있다. 김정일 체제는 집권 이후 최악의 위기이다. 아사자를 방지하기 위해 달러를 벌어들이려고 해외 파견 북한 외교관 상사들을 앞세워 국제적 불법 활동을 벌이고 있다.』라는 요지였다.

왕대장이 아직 마카오로 돌아오지 않고 있는 데 대해 김대중은 말했다.
「대장님께서는 내가 속하는 국가안전보위부의 〈반탐국 총국장〉을 맡으셨습니다. 전 세계에 나와 있는 우리 북조선의 외교공관들, 무역회사들에 대해 남조선이나 미제나 일제 놈들이 설치하는 통신감청을 탐지해

내고 차단하는 사업을 총지휘하시는 겁니다.」

유리는 이 말에 가슴이 뜨끔하면서 평양 로동당중앙당 청사에 설치했던 감청 장치가 아직 잘 작동하고 있는지 궁금했다. CIA의 본부에서는 이에 대해 아무 언급도 안 해 주고 있었다.

「왕대장 님은 이번에 최고인민회의 대의원에도 선출될 것인데 인민군에서도 보위사령부에서도 최고 수준의 책임자가 되실 겁네다.」 리근모의 말이었다.

「북조선의 대형 사업체들을 앞으로 맡아야 하니까 회장님의 동생이신 고모님과 고모부한테서 경영 수업도 받으시는 중입니다. 그래서리 더 바빠지시는 겁니다.」

「아, 참! 또 우리 북조선컴퓨터위원회의 위원장님이시기도 하지요!」 김대중이 말을 마치려는 듯하더니 깜박 큰 실수를 할 뻔했다는 듯이 놀라며 추가했다.

왕대장이 마카오로 돌아온 것은 8월 초였다. 유리는 김대중과 마카오 공항으로 마중을 나갔다. 입국장 스크린도어가 열리며 왕대장이 장일선 비서와 함께 나타났다. 평양에 데리고 갔던 것이다. 리근모도 마카오 고려항공 지점 대표 최현두 대좌도 나와 있었지만 모두 태연하게 당연하다는 표정으로 인사했다. 장 비서는 혼자 택시로 타이파섬 해양화원 아파트로 갔고 유리는 리근모가 운전하는 벤츠의 왕대장 옆자리에 앉아 김대중의 사무실로 갔다. 사무실에는 박성철 대표와 김국태 대표가 기다리고 있다가 왕대장에게 인사를 했다.

10.
소환

왕대장이 사무실에 도착하자 모두가 도열해 서서 엄중한 태도로 차례대로 진지하게 축하 인사말을 올렸다. 잠시 후 조광무역공사 한성룡이 허둥지둥 들어와서 인사하면서 「대장님, 저가 이렇게 늦어서 엄중히 충심으로 죄송한 말씀을 올립니다!」라며 머리를 무릎 밑까지 고꾸라질 듯 숙였다.

「한 동무가 열심히 뛰느라 그런 거 내래 아니까, 일없어!」 왕대장이 격려했다. 그 말에 모두 분위기가 밝아졌다. 인사를 나눈 왕대장은 일찍 집으로 간다며 사무실을 나섰다.

왕대장이 나가자 다 함께 넓은 조광무역공사 사무실로 옮겨 가서 이번 경사를 자축하기로 했다. 모처럼 함께 마작도 하며 한잔하게 되었다. 박성철 대표는 안전우에게 전화해서 돼지고기와 술을 준비하라고 시켰다. 술을 마시기에는 아직 대낮이었지만 이날은 왕대장의 칭찬과 인정을 받은 데다 그런 왕대장은 앞으로 북한의 경제 그룹 전체를 이끌어 갈 총회장님의 후계자 수업을 착착 받아 가고 있었으므로 겁낼 일도 없다고 생각하며 모두가 여유를 느꼈다.

조광무역공사로 들어가니 인원이 더 많아졌다. 안전 담당 안전우와 회계 담당 김태식이 밖에서 술과 돼지고기를 사 왔다. 부인들이 6층의 기통수 등 일반 출장자용 숙소에서 고기를 삶고 요리하는 동안 남자들은 먼저 술부터 마시며 마작을 했다. 사무실에서 두 팀이 마작 두 판을 쏟아 놓으며 뒤섞는 소리는 늘 공사장에서 덤프트럭이 자갈을 쏟아붓는 소리 같았다.

그때 전화벨 소리가 났다. 전화를 받은 누군가가 조광무역 부대표 한성룡에게 전화기를 넘겨주었다. 긴급히 그를 찾는 전화였다. 북한과 중국 사이 두만강 국경 근처의 어디에서 걸려 온 것이었다.

「예, 한성룡입니다.」

「……」

「뭐이? 마스크? 무슨 마스크를 말이야요?」

「……」

「그런데 왜 갑자기 빨리 왕창 보내 달라니, 무슨 뚱딴지같은 얘기인지 모르갔습네다!」

「……」

「흠, 흠~ 그렇습니까? 그렇다면 이거이 참, 정말로…… 큰 문제로구먼! 그런데 언제까지 해서 보내면 되갔습니까?」

「……」

「알갔습네다. 내래 당장 내일부터 서둘러 해 보갔습네다.」

「최대한 몇천 개라도 되는 대로 확보해서 긴급히 먼저 보내갔습니다! 빨리 하자면 비행기에다 제까닥 실어서 보내갔습니다!」

북한은 두만강 국경 근처 회령시의 담배 공장에서 말보로, 살렘, 던힐, 세븐스타 등 가짜 양담배들을 불법으로 제조하고 있었는데, 담배 공장의 잎담배 먼지가 워낙 심하고 환기 시설이 너무 나빠 공장에서 일하는 여성 노동자들이 코피를 흘리고 폐에 구멍이 생겨서 피를 토하는 등 호흡기 문제가 심각하다며 마스크를 최대한 대량으로 긴급히 공급해 달라는 요청이 온 것이었다.

전화를 끊고 나서 마작판에 앉자마자 한성룡의 전화벨이 또 울렸다.

「한성룡입니다. 조금 전에 공장하고 한참 잔뜩 통화를 하고서 금방 끊었는데…… 또 전화를 걸어 오십니까?」

「…….」

「어디라고요?」

「…….」

「연초는 모두 다 잘 도착한 겁니까? 공장에?」

「…….」

「지난번까지 보냈던 것은 필리핀산 연초야요. 필리핀 연초가 최고 품질인 거지!」

「…….」

「지금 들어가고 있는 것들은 쿤밍산, 원난성산이라고요. 품질은 필리핀하고 거의 비슷하다고, 그렇게 생각하면 된다고요.」

「…….」

「뭐이, 트럭이 망가졌다고요? 왜, 어디서?」

「……」

「아, 거기는 비가 엄청 쏟아지고 있었구먼! 흙길에 미끄러지면서 빠져 버렸다는 거야요? 어디? 중국 세관 앞에서……? 그러면 아직 두만강 다리도 못 건너고 있다는 거요?」

「……」

「며칠째라고요? 그렇게 거기서 꼼짝도 못 하고 건너지도 못하고 있는 거야?」

「……」

「그럼 차에 실린 물건이, 잎담배가, 연초는 어케 되고 있나? 비가 그렇게 많이 오면 습기가 큰 문제인데! 얼마나 며칠이나 더 걸릴 것 같습네까?」

「……」

「이거 정말 큰일이로구만! 완전히 돌아 버리갔구만! 잎담배가 물기에 왕창 젖으면 품질이 확 떨어져 버리는데……. 담배 맛이 엉망으로 돼 버린다니까!」

「……」

「착~ 착~ 계획표대로 담배가 제까닥 제까닥 나와야 되는 거인데, 그런데 중국 쿤밍산으로는 첫 재료가 이제 막 들어가기 시작하는 건데 처음부터 말썽을 부리면 어케 되는 거야?」

「……」

「그러면 회령에는, 공장에는 잎담배가 연초가 언제 도착이 된다는 겁니까?」

「…….」

「이거 죽갔구만! 어쩔 수가 없지 뭐! 최대로 잘 살려 내 보시라요! 어짜 갔어?」

북조선의 회령 지역에 있는 담배 공장으로 필리핀산, 중국 원난성산 잎담배를 들여보내는데 중국에서 북한으로 가는 도로 상태가 나쁜 데다 비가 많이 와서 트럭이 미끄러져 도랑에 빠지고 차가 망가졌고, 트럭에 실은 고급 품질 잎담배가 비에 젖어 변질되고 있다는 것이었다.

「그런데 지금 나오는 물건은 어디 있습니까? 이번에는 어디서? 청진에서 배에 싣는 겁니까?」

「…….」

「완제품들은 돈이나 마찬가지이니까……. 문제가 안 생기도록 극진하게 잘 모신다는 마음으로 정성껏 잘 옮겨 내고 배까지 실어서 제까닥 내보내 주십시오!」

「…….」

「일단 배에만 올리면 그다음부터는 일사천리로 착~ 착~ 처리가 되는 것이니까니!」

「…….」

「배는 태풍만 안 온다면야 바다에서 며칠이라도 그까짓 거 기다리면 되는 거니까. 가네들이 급하게 미리 나와서 기다리는 패들도 있고 또 뒤늦게 부랴부랴 아주 빠른 배로 쫒아 나오는 패들도 있고, 뭐 이런저런 조직이 제각각 좀 다르니까……. 아무튼 공해에서 이삼일은 또는 한 주일도 떠서 기다린다고 생각하면 깔끔하게 다 처리가 됩니다.」

「……」

「일단 바다에 나오기만 하면 아무 문제가 없이 다 잘 처리된다고 생각하십시오! 지금까지는 다 그래 왔으니까니.」

「……」

불법으로 제조한 말보로, 살렘, 던힐, 마일드세븐 등 담배를 청진항이나 남포항에서 북조선 화물선에 선적하고 중국 앞바다의 공해상에 나와서 머물고 있으면, 중국 선박들이 접근해 와서 해상 환적을 하고 강을 따라 중국 내륙으로 밀수해 들어가는 것이었다. 또 필리핀, 베트남, 태국 등 동남아 국가들도 그 앞바다에서 그렇게 하는데 담배 밀수는 아주 순조로운 고소득 사업이었다.

「그런데 다른 재료들은 재고 상태가 어떻습니까?」

「……」

「필터는 아직 많이 남아 있을 테고……. 알코올하고 화학 약품하고 궐련 종이가 제일 부족하단 말이지요?」

「……」

「담배에 들어가는 재료가 수십 가지가 넘어서 워낙 많지만 ……. 향을 내는 화학 약품하고 얇은 궐련 종이를 아주 고급재로 잘 써야만 된다는 거야요! 거기서 진짜 제품 담배하고 차이가 생긴다는 거야요!」

「……」

「알갔습네다! 알코올하고 얇은 궐련 종이하고 화학 약품이라?」

10. 소환

「…….」

「예, 충분히 알아듣겠습니다. 그렇게 하는 것으로 하겠습니다! 내일 당장부터는 신속히 제까닥 추진하는 것으로……!」

한성룡이 전화를 끊으려 할 즈음에 부인들은 집에서 만든 요리들을 사무실로 옮겨 와 술상을 차리고 있었고 마작판은 끝나는 참이었다. 한성룡은 담배 제조에 들어가는 수십 가지의 재료들을 조달하는 책임도 맡고 있었던 것이다.

한 동무는 술자리로 와서 함께 앉으며 담배를 한 대에 불을 붙이며 말했다.

「이거이, 담배라는 거이 말이지, 간단한 물건이 아닙네다.」

「…….」 모두가 그의 얼굴을 쳐다보며 무슨 말을 할까 궁금해했다.

「이렇게 우리 입에 딱 맞게 잘 물리지만서리, 잎담배이라는 연초에서부터 들어가는 게, 이 껍데기 담뱃갑에 들어가는 재료들까지가 다 얘기하자면 오십 가지가 넘는단 말이야!」

「흠~ 그렇게나?」 모두들 못 믿겠다는 듯한 표정이었다.

「그렇다 보니 뭐가 딱 한 가지만 부족해도 자꾸 말썽이 되는구먼! 맛을 내도록 잎담배를 잘라서 처리를 하는 데는 알코올하고 또 여러 가지 화학 약품이 중요하게 들어가는데…… 먼지가 독한 가스가 많이 나서 아주 심한 거야! 환기나 제조 시설이 중요한 거이지!」

「우리 공장이 문제가 크다는……?」 다들 고개를 끄덕이며 한성룡을 쳐다보았다.

「공장 여자들이 폐에는 구멍이 나고 목에서 코에서는 피가 쏟아져 나오고…… 막 그 지경이라는 거입니다!」

「……」 다들 심각해졌다.

「내일 당장 마스크를 있는 대로 다 사 모아서 긴급 공수를 해 줘야 되갔습니다. 아주 긴급으로!」

「이거 오늘 술이 목구멍에 잘 안 넘어가겠구먼!」 조광무역 박성철 대표가 말했다.

「먹는 사람은 먹고 일할 때는 일해야지……. 우리가 여기서 어카갔습네까?」

「죽은 사람은 죽었어도 장사 치루는 사람들은 먹어야지 일하는 거이지요!」 한성룡과 김국태 대표가 동시에 말했다.

「…….」

「자, 그럽시다! 대장님께서 아까 좋은 말씀도 해 주셨는데 오늘은 좋은 날이 아닙니까? 기분 좋게 드십시다!」 리근모가 분위기를 돋우려고 했다.

처음엔 좀 우울한 소식에 기분들이 꺾여 있었지만 술이 들어가자 다시들 기분이 올라갔다. 또 유리가 마카오 돈 2천 파타카를 보태서 좋은 술과 중국 요리가 더 도착한 바람에 모두 마음껏 먹으며 취했다. 모처럼 마카오 북한 사람들이 많이 모여 즐기는 술 파티였다.

그러나 내내 아주 우울한 대버상사 리종옥 대표 부부가 있었다. 대버상사는 직원이 리 대표와 처 등 둘뿐이었고 다른 북한 사람도 중국인도 없었으며 그들의 아들 둘도 나와 있었다. 다른 사람들은 초등학생도 평양에 남겨 두어야 하고 중학생 하나만 나올 수 있는데 리 대표는 초등학생과 중학생까지 둘이 나와 있어서 남들과는 달랐다. 그런 리 대표는 내내 긴장되고 심각한 얼굴로 웃지도 않았고 한숨을 내쉬며 말없이 술만 마시고 있었다.

「리 동무, 힘 좀 내고 얘기도 좀 해 보시오!」 오랜만에 자리를 함께한 맥상규가 말했다.

「리 대표가 아주 심각하신 거로구만! 어케 돌아가고 있는지 얘기해 보시라요!」 김대중이었다.

「지난달 학교가 방학을 해서 곧바로 아이를 둘 다 소환시켰습니다. 평양으로 들어갔습니다.」

「우리한테도 안 알리고 갑자기?」

「갑자기 지시가 내려온 겁니다. 급하게 즉각적으로 곧바로 보내라고!」

「긴급으로 소환한 거로구먼……. 무슨 일로……?」

「원래의 방침에서는 언제까지로 승인했던 겁니까?」 모두가 남의 일이 아니라고 긴장하며 무슨 내막이 있을까 두려운 듯 궁금해했다.

「그런데…….」

「〈그런데〉가 뭡니까? 무슨 일이 더 있습네까?」 모두가 겁난 얼굴로 리 대표를 바라보는 것이었다.

「오늘 아침에 또 지시를 받았습니다. 이달 말 이전까지 철수하고 들어오랍니다. 우리 부부 둘 다!」

이 말을 듣는 순간 서 있던 사람들 모두 자리에 털썩 주저앉았다. 테이블에 올려놓은 채 술잔을 잡고 있던 손들도 모두 똑같이 테이블 아래로 떨어뜨리는 것이었다. 모두 동시에 깊은 한숨을 내쉬었다.

「드디어 마카오에도 올 것이 오고 있구나!」 하고 낙담하고 절망하는 모습이었다.

 북한은 이즈음 평양에서조차도 식량 배급이 끊긴 지경이었다. 사회주의 배급 체계가 무너져서 지방에서는 굶어 죽는 사람들이 길가나 도랑에 버려져 있는 사진들이 외신으로 전 세계에 알려지고 있었다. 아사를 피하려는 탈북자들 수만 명이 목숨을 걸고 중국을 통과해서 동남아 국가들로까지 흩어졌고, 한국이나 제3국으로 입국하려고 행운에 매달리고 있었다. 수백만 명이 굶어 죽었던 고난의 행군이었다.

 이런 와중에서 김정일은 체제를 바짝 틀어쥐고 공포심으로 억눌러서 간부와 주민들의 기강을 잡고 위기를 헤쳐 나가겠다고 1997년부터 3년에 걸쳐 〈심화조 사건〉이라는 〈간첩망 색출 작업〉을 전국적으로 벌이고 있었다. 간첩을 제거한다는 명분으로 전 인민들에 대해 과거사를 신원 조사 하면서 눈에 벗어난 사람은 허위로 날조한 간첩 혐의를 씌우며 처형하고 정치범 수용소에 가두었다.

 당 지도부, 항일 투사, 외교관, 해외 파견 일꾼, 지방 간부, 농촌 인민들까지 누구라도 그 대상이었다. 김정일의 지시로 경찰조직인 사회안전부의 총정치국에서 주도했다. 상급 국가기관인 국가안전보위부와 인민군 보위사령부도 손을 놓고 지켜만 보고 있었다.

 2000년까지 3년 동안 북한 안에서도 외국에 나간 사람들도 모두가 당장 내일의 자기 운명을 알 수 없어 하며 공포에 떨었다. 그렇게 했던 김정일은 「국가안전보위부와 인민군보위사령부에 〈사회안전부가 심화조 사건에서 저지른 과오들을 철저히 조사하여 처벌하고 억울한 피해자들을 복권시키라!〉」라고 지시했다. 또 사회안전부의 책임자들을 처벌하고 그 명칭도 「인민보안성」으로 변경했다.

　이런 상황이라 마카오의 북한 요원들도 「나의 운명의 날이 오늘인가 내일인가? 누가 먼저 호출되어 들어가는가? 어떤 긴급명령이 지금 나에게 내려오고 있지 않을까?」하며 맘속으로 노심초사하고 있었던 것이다.

　회식은 담배 공장 문제와 리종옥 부부의 소환 문제로 서로 말도 없이 술만 들이켜는 분위기로 변했다. 술에 듬뿍 취한 그들은 몸을 가누며 서로에게 「무사하십시오!」라고 똑같은 인사말을 나누며 헤어졌다.

　8월 중순이 되자 리종옥이 유리의 점포를 찾아왔다. 평양으로 돌아가서 누구에게 줄 선물을 사려는 것이었다.

　「유리 사장님, 앞으로 뵐 날짜가 며칠 안 남았습니다!」 리종옥은 얼굴이 수척해 있었고 깊은 한숨을 수시로 내쉬고 있었다. 그는 세상을 곧 하직하려 하는 사람 같았다.

　「이렇게든 저렇게든 고민하시기보다는 결단을 내리십시오!」 끙끙대면서 고민만 하며 용단을 못 내리고 있는 그에게 유리는 의미가 깊은 권유의 말을 던졌다.

　「으음…, 으음~! 저가 겁만 많고 내성적이라서요……. 아이들이 이미 들어갔습니다! 바로 두 주일 전입니다!」

　「아! 예, 그렇군요!」 유리는 더 이상 무슨 말도 더 할 수가 없었다. 유리는 그에게 지난해에 저당 잡았던 보석을 아주 싸게 주었다. 그는 지극히 진지하게 고마워하며 가져갔다.

　며칠 후 리종옥은 「오늘 공항으로 나가려고 작별 인사를, 작별 전화를 드립니다.」라며 전화해 왔고 유리가 얘기하는 동안 듣는지 안 듣는지 숨소리조차도 없이 침묵하다가 깊은 한숨을 몰아 내쉬며 「예!」라고 한 음절을 겨우 대답하고 전화를 끊었다. 깊은 고민에 빠진 우유부단한 그의 모습이 너무도 안타까웠다.

리 대표가 북한으로 가고 난 8월 하순이었다. 왕대장은 여름방학 중에 아들 영남이를 데리고 친엄마 정경희와 함께 또는 친엄마가 아닌 장일선과 함께 싱가포르나 일본, 홍콩으로 며칠씩 여행을 다니곤 했다. 장일선과 정경희 두 사람을 동시에 동반할 수는 없는 것이었다.

9월 초 북한의 정권수립기념일인 9.9절을 한 주일쯤 앞둔 날이었다.
「9.9절이라 베이징에도 평양에도 가 봐야 되갔시오. 또 한동안 못 볼 거 같아서 유리 사장님 보고 가려고 왔어요.」 왕대장이 성필상과 함께 유리의 점포에 들어서면서 말했다.
「대장 님 공항에 배웅해 드려야지요.」 뒤따라 김대중이 들어오며 말했다.
「대장 님 출장 때문에 비행기 자꾸 타시느라 힘드시겠습니다. 건강 잘 챙기셔야 되겠습니다.」 유리가 커피를 시켜서 대접하면서 말했다.
「아, 참, 그렇군! 그거 〈영양각 앰플〉 하나 달라우!」 왕대장이 수행하는 성필상에게 말했다.
성필상은 어깨에 걸고 있던 가방에서 작은 유리병 물약 앰플을 꺼내 왕대장에게 주었다.
「이게 피로할 때 기운 내는 데는 최고란 말이야, 좋은 약이야! 이거 잘 챙겨 가지고 있어라우, 성 동무!」

「예, 대장님! 이 약도 좋다고 합니다만 코뿔소 뿔 약, 이게 더 좋은 거라고 합니다!」 성필상이 다른 앰플 하나를 더 꺼내면서 말했다.

「무슨 약인데 그렇습니까?」 유리가 물었다.

「우리가 20년 전부터 아프리카에서 상아, 코뿔소 뿔, 영양각, 독사 독, 뭐 이런 것을 가져와서 평양에서 약품으로 또 장식품으로 만들어 수출하며 돈을 잘 벌어 왔다 말입니다. 그런데…….」 김대중이 말을 하다가 머뭇거렸다.

「올해 또 케냐에서 걸려들었지? 두 번이나?」 왕대장이 물었다.

「케냐에서는 690kg이었습니다. 상아하고 코뿔소 뿔하고 영양각이 걸렸습니다. 우리 요원들이 현장에서 체포돼 버렸습니다. 물건들을 다 뺏겼습니다. 그랬댔는데 얼마 전에 모스크바에서 또 537kg이 걸렸는데 이번에는 외교 파우치 비행기 컨테이너를 이놈들이 어떻게 알고서리 덮친 겁니다. 물건을 고스란히 다 날렸습니다. 평양에 들여가 약을 만들어 내놓으면 수천만 달러나 될 물건입니다. 참, 내 이거 참…….」 김대중이 속이 타는 듯 말을 중단하고 물을 마시고 나서 다시 한마디를 더했다.

「작년에 프랑스 공항에서도 그놈들이 덮쳐서 다 뺏어 갔습니다. 576kg나 되는 상아하고 코뿔소 뿔하고 영양각을 말입니다!」

「그래, 이거 참 앞으로가 점점 더 큰일이구먼!」

「갔다 와서 봅시다!」 왕대장은 이 말을 하며 일어서 나갔다.

1998년 11월 중순의 오후였다. 북한 국가안전보위부 요원 김대중과

사회문화부요원 리근모와 대외연락부 요원 박광부와 대외연락부 산하의 대성총국 소속 조광무역공사 안전 요원 안전우가 마카오의 전체 북한 사람들을 소집하고 출동시키는 비상을 걸었다. 몇 달 전에 사라져서 추적 중이던 김정일 서기실(38호실) 소속 명기공사의 단둥지사장 김용이 그날 낮에 마카오~주하이 하이콴을 통해 마카오로 잠입해서 마카오 총독부에 한국으로 보내 줄 것을 요구했던 것이다. 김정일과 가족에게 최고급 사치품과 식자재를 공급하는 총책임자인 김용은 처와 딸을 데리고 단둥에서 탈출하여 북한 요원들의 추적을 피해 가며 주하이로 와서 숨어 있다가 마카오에 입국했다. 김정일의 호화로운 사치 생활의 비밀을 아는 중요한 사람이었다. 북한 사람들과 내통하는 마카오 보안사의 중국인 직원이 김용의 마카오 입국 사실을 리근모에게 알려 온 것이었다.

〈김용의 한국 입국을 반드시 저지하고 살해하라〉는 특명이 내려와 있었다. 추적 살해조가 중국 전역으로 김용을 쫓고 있었는데 마카오 보안사의 포르투갈인 지휘부는 김용과 가족을 콜로안섬 숲속 마카오 경찰학교의 간부 식당으로 이동시켜 간부용 별실에 보호시키고 있었다.

마카오의 젊은 북조선 요원들 전원이 동원되고 주하이에 자리 잡은 해외 테러 조직 사회문화부 요원들도 긴급히 마카오로 합류했다. 경찰학교로 통하는 골목들과 학교를 둘러싼 숲속에 모두 매복했고 밤중에 주하이에서 온 테러 요원들이 침투하여 김용과 가족을 살해하려 했다. 살해한 후에는 마카오~주하이 사이의 철조망을 넘거나 간조로 물이 빠진 얕은 바다의 수로를 몇백 미터만 건너서 주하이로 도망을 가면 종결되기 때문이었다. 실로 마카오를 둘러싼 철조망들은 중국인 범죄자들이 자주 넘어 다녔고 탈북자들로 넘어온 사례가 있었던 것이다.

이런 상황을 보고받은 마카오 보안사령관 몽쥬 육군소장은 무장특공대를 출동시켜 경찰학교 주변과 산의 숲속을 수색했다. 북한 요원들은 할 수 없이 철수했다. 마카오 경찰의 중국인 협조자들이 나중에 김대중과 리근모에게 알려 온 말에 따르면 마카오 보안사는 그날 밤에 김용 일행을 마카오 공항터미널 안의 보안시설인 이민국 보호실로 안전하게 옮겼고, 다음 날 한국행 직항이 없어 대만을 경유하여 서울로 보냈다는 것이었다.

이 사건으로 마카오의 북한 사람들은 서로 경계심이 심해졌다. 전해인 1997년 2월에는 북한의 고위직으로서 주체사상을 만든 황장엽이 북경에서 한국으로 들어왔고 또 여러 중요 인물들이 계속 탈북하고 있었으므로 어느 누가 언제 사라질지, 한국으로 망명할지 모르기 때문이었다.

이 일을 보고받은 왕대장은 말없이 입도 못 다문 채 멍한 표정으로 있었다. 그러다 유리에게 말했다.

「우리도 중국식으로 경제를 개방하고 통제를 풀어야 해요! 그래야 경제도 중국처럼 살아나며 나라가 일어설 터인데……. 가능성이 안 보이는 거야! 내래 참……. 답답하단 말이야요!」

11.
신년

고려항공 비행기는 매주 세 번 마카오에 착륙하고 있었다. 평양에서 와서 바로 평양으로 돌아가는 것, 평양에서 싱가포르를 왕복하면서 갈 때와 올 때 들르는 것이 있었다. 이 비행기에는 면책특권 외교관 여권으로 외교 행낭에 불법 물건들을 숨기고 외교관 통로를 이용하여 보안 검색을 안 받고 들어오는 북한의 외교 메신저 기통수들이 늘 타고 왔다. 기통수들은 싱가포르나 북경 모스크바 유럽으로 전문적으로 다니고 있었는데 마카오로 오는 기통수 대표는 심재천이었다.

기통수들은 위조 미 달러와 흰 가루(필로폰), 백도라지(코카인), 까만 금(아편), 구리(금괴) 독사 독 주사 등을 외교 행낭에 숨겨서 마카오에 들여왔다. 반입해 온 위조 미 달러는 조광무역의 안전 담당인 젊은 행동대원 안전우가 운전하는 차로, 회계 담당 김태식과 한성룡 부대표가 방코델타아시아은행과 중국은행에 가서 입금했다. 박성철 대표는 반입한 위조지폐를 은행에 입금하는 일과 불법 물품들을 주하이 하이콴을 통해 중국으로 들여보내는 일을 총지휘했다. 중국에서는 주하이 지역에 뿌리를 내린 북한 대외연락부 및 대외정보조사부 요원들이 이것들을 넘겨받아 현지 중국인 범죄 조직들에게 판매했다. 그들은 중국의 범죄 조직들과 연계하여 활동하고 있었다. 기통수들이 가져온 금괴와 마약을 주하이 하이콴에 통과시킬 때는 항상 조광무역의 밀수용 특수 가방을 사용하고 있었다.

이렇게 벌어들인 당39호실의 김정일 통치자금과 당38호실의 김정일 개인 비자금의 예치금액이 많아지고, 또 은행 업무를 혼자서 담당하는 김태식이 허약하고 나이도 많고 행동이 느렸으므로, 로동당 39호실(재정경리부)에서는 젊은 남자 하나를 보조요원으로 더 내보냈다. 두 명이 담당하게 된 것이다.

왕대장은 마카오를 거의 비우며 평양 베이징 싱가포르와 어디론가 다녔다. 그러다가 마카오에 복귀하면 조광무역의 박성철과 보위부 지도원 김대중과 대외연락부(전 사회문화부) 리근모와 신합흥 김국태가 그간의 주요 업무를 보고했다. 왕대장은 이들의 공식 보고를 받았지만 어울려 식사나 술을 하는 일은 거의 없었다. 거리를 두고 있었다.

1월 초순이었다. 왕 대장이 평양을 다녀오면서 공항에 도착하자마자 유리에게 전화했다.

「신년인데 오랜만에 저녁을 같이 먹자우요!」

그날 마침 안트베르펜의 보석과 샤프하우젠의 IWC, 롤렉스 등 특송화물이 추가로 도착했다. 유리는 이것들을 김대중 사무실에 있는 자기 금고에 보관하려고 가방에 담아 다엑심 사무실로 갔다. 마침 북한 요원들이 모두 모여 새해 시무식을 하고 있었다. 유리가 들어설 때는 신합흥무역 김국태와 일본 상사들을 전문 담당하는 대외연락부요원 박광부가 함께 왕대장에게 〈새해 무기밀수출계획 및 군사무기 전용을 위한 이중 용도 전자부품의 구매계획〉을 보고하고 있었다. 조광무역의 박성철 대표와 한성룡 부대표, 고려항공의 마카오 조선국제려행사 최현두 상좌, 다엑심의 김대중, 와룡무역의 리근모 등은 업무보고를 이미 마친 상태였다.

김국태는 「위대하신 영도자 당중앙 동지와 조국의 은혜에 보답하기 위해 무기밀매 외화벌이 사업을 뜨거운 열정과 충성심으로 가열차게 추동하겠습니다. 최고 우선적으로 〈1호 물자〉 사업 수행과 남조선 놈들의 공작 활동 저지에도 최선봉에서 투쟁할 것을 엄중히 다짐합니다!」라고 군인답게 힘주어 우렁찬 목소리로 보고를 마무리했다.

왕대장은 보고를 다 듣고 나서 질문을 몇 가지 하고 나더니 다음과 같은 지시를 했다.

「U.N.과 미국과 홍콩 당국의 규제와 감시를 잘 피하기 위해서는 홍콩과 일본에 있는 친북조선 회사들과 더 잘 연합하라! 유안공사, 신반도 뉴페닌슐라 같은 거……? 또, 뭐인가?」

「옙! 저 박광부가 유안공사 마카오 지사장으로 다 책임지고 있습니다. 신일본공업, 메이쇼요코, Kinyo Shipping 근양해운, Scram 같은 회사들과 합동하고 있음을 저가 말씀 올립니다!」

「그래?」 왕대장은 눈을 지그시 뜬 채 반응이 미온적이었다.

「옙! 김국태 동무와 한성룡 동무와 합동하고 있습니다!」 박광부가 자신 있다고 강조했다.

「그렇지! 으흠~! 더 잘 연합하라! 제3국을 통해서 우회 구매하고 환적 방법을 이용하라! 추적을 피할 방법을 더 찾아내라! 안전을 확보하라는 것이야!」

「이중 용도 전자부품은 우리네 미사일 원자폭탄 포 성능개량에도, 신무기 개발 제어장치 제조에도 모든 것이 사활이 걸려 있는 아주 중요한 것이야요!」

「특히 최첨단 초소형 팽이, 자이로스코프는 미사일에도 어뢰에도 다 들어가는 핵심 부품인데 이것도 이중 용도 품목이잖아? 잘 추진하여 성공적으로 공급하라! 지난번에 발사했던 인공위성 〈광명성 1호〉가, 사실은 대포동 1호 미사일이지만, 실패한 것도 부품 때문이었어요.」

「또한 특수 파이프와 정밀밸브는 영변에도, 평성 핵개발 지하연구소에도, 원심분리기를 만드는 연하기계 공장에도 어디든 요청을 제기하는 공장들이 있으면 제까닥 잘 보내라우! 황주 삭간몰 미사일 공장도 아주 중요한 곳이니까 우선적으로 우수 제품을 구해서 공급해 주라!」

「총기 탄약 포 미사일의 밀수출은 동남아, 서남아, 중동 아프리카로 더 은밀하게, 더 적극적으로 확대할 수 있는 어렵지 않은 일이 아닌가? 더 적극적으로 확대하라!」

참석자들 모두가 한마디도 안 놓치며 수첩에 열심히 받아 적고 있었다. 메모하는 그들을 바라보며 잠시 숨을 고르던 왕대장은 한 가지를 더 추가하였다.

「실패하면 안 될 중대한 책무 중 또 하나는 당중앙에 1호 물자와 식자재와 물품을 잘 공급하는 일이다. 더 강조하지 않는다. 모두가 완벽하게 사업을 수행하라!」.

왕대장은 북한의 새해 주요 현안에 대해도 설명했다.

「참고로 몇 가지를 더 얘기하겠어요. 올해 대동강의 양각도 호텔이 완성되고 문을 열게 됩니다. 호텔 마무리 공사에는 고급 자재들을 사용하고 고가품 가구들을 넣어야 하므로 거액의 자금이 들어가요. 여기 마카오처럼 중국 도박꾼들이 많이 들어와서 돈을 쓰게 만들자면 카지노를 크게 멋있게 잘 만들어야, 마카오보다 화려하게 만들고 일꾼들도 잘 훈련시켜야 된단 말이야요.

여기 마카오의 카지노 황제 스탠리 호는 중국 이름이 하홍신인데, 그 사람네 STDM 회사가 우리 묘향 그룹하고 합작으로 3억 홍콩 달러를 양각도 호텔 카지노에 투자하도록 내가 공작하고 있어요. 아마 잘될 것이야! 또 양각도 호텔 개장식에는 홍콩, 마카오 사업가 100명 이상을 초청할 계획이야요. 홍콩의 Emperor Group 양 회장이 참석하기로 했어요. 이 양반은 오는 7월 개장하는 나진선봉 카지노에도 1억 8천만 미 달러를 투자해요. 고마운 사람이지.

홍콩 Pearl Oriental 동방명주 그룹은 우리의 장거리통신사업에 투자하는 대주주입니다. 이런 분들이 다 우리 조선에 도움 되는 분들이야요.

우리 조선 마카오 명예영사 황성화 씨는 리스보아 카지노에 제일 큰 VIP룸을 2개를 가지고 있는데, 이 사람도 스탠리 호 씨하고 양각도 카지노에 투자합니다. 그래서 마카오에 새로 〈조선 마카오국제여행사〉를 만들고 황 씨가 양각도 카지노로 가는 사람들에게 조선 비자를 발급해 줄 것이야요. 우리 요원도 그 회사에 새로 나옵니다. 마카오의 우리 영사관이 되는 거야요.

지금 조국은 당신들도 잘 알다시피 식량도 부족하고 온 인민이 고난의 행군을 하고 있습니다. 여기서 우리는 배불리 잘 있으니 조국에 보답해야 하지 않겠는가? 필사즉생으로 외화를 벌어 보답하자우!」

왕대장이 훈시를 마쳤다.
「예! 저희는 목숨을 바쳐서 결사 보은하겠습니다!」 모두가 벌떡 일어서며 한목소리로 외쳤다. 벽에 걸린 김일성, 김정일의 사진을 향해 머리를 앞사람 엉덩이 밑까지 숙여서 절했다.
이렇게 1999년의 시무식에서는 모두가 새 결의를 다졌다. 고난의 행군에서 최선을 다하겠다고 각오를 밝혔다. 그리고 그들은 모두 소속 사무실로 돌아가서 왕대장의 지시에 대한 〈연간집행 정형〉을 토의 수립하고, 새해 총화보고서를 평양의 본부로 저마다 제출해야 했다.

행사를 마치고 왕대장은 유리와 포르투갈 식당으로 갔다. 그는 피곤해 보였지만 진실로 북한의 경제에 대해 고민하고 있었고 술을 마시며 근심을 풀고 싶어 했다.
「유리 사장님……. 내가 작년에 평양에서 당 간부 아들 몇 놈하고 어울릴 때 〈우리 북조선도 중국식으로 빨리 개방으로 나가야만 살 수 있는데…….〉라는 말을 했는데 말이야요……. 그때 그 자리에서 내 말에 가네들이 다 찬동했던 거야요!」
「예, 맞습니다, 나도 같은 생각입니다!」 유리가 말했다.
「그런데 그 친구들이 집에서 지들 아버지한테 또 다른 친구들한테도 이 말을 한 거야요!」

「아! 그런데요?」

「기렇게 되다나니, 어떤 새끼가 일러바쳐서 당중앙한테 이 말이 들어갔던 거야요!」

「……」

「그 바람에 여러 사람들이 교화소에 끌려 들어가고 또 가네들 아버지들이 잡혀가서… 이거 내래 아주 난처하게 됐단 말입니다, 지금! 어떻게든 그 사람들을 살려 내 줘야만 되갔는데, 다 내 일인데 말입니다……!」

「……」

「그제 평양에서 나오는데, 베이징으로 거쳐서 나오는데 출발한다고 인사를 하면서 아무한테도 그 말을 못 하고서, 어디에다 부탁도 못 하고 혼자 빠져나온 것이야요! 이거이 참!」

「아! 그러십니까? 술 좀 드시며 기분 좀 푸시고 잊어버리시지요!」

「내래 그래야 되갔시요!」 왕대장은 충격을 받고 있었다. 담배를 줄곧 피우며 와인만 마시다가 둘이 말없이 걸어서 가온아파트로 들어갔다. 엘리베이터에서 왕대장은 「이럴 때 유리 사장님이 있으니, 마카오에 계시니 정말 좋습니다. 삼촌 같기도 합니다. 우리 북조선 사람들하고는 속 시원한 말을 할 수도 없으니, 그들을 보고 싶지도 않아요!」라고 말했다. 그랬던 왕대장은 마카오에는 열흘도 있지 않았다. 며칠 후면 또 어디론가 나갔고 마카오를 비웠다.

3월 중순, 퇴근 시간이 되어 점포를 닫고 가온아파트 집에 들어서자마

자 왕대장의 전화가 걸려 왔다. 평양으로 갔다가 거의 두 달 만에 돌아온 것이었다.

「와인이나 한잔 같이 하자요! 지금 올라오시라요!」

「마카오에 오셨습니까? 오신 줄도 몰랐습니다.」

「낮에 왔시요. 사무실에는 안 들렀습네다. 한숨 자고 일어나니 술 생각이 나서 전화했시요.」

「예, 바로 올라가겠습니다!」

왕대장네 층 엘리베이터 문이 열리니 앞은 작은 현관이었고 대문이 마주 있었다. 엘리베이터 옆에 있는 신발장은 속에도 위에도 꼬마 영남이의 신발과 미키마우스 등 장난감들로 가득 차 있었다. 이것도 층 전체가 한 가구였으므로 안에 들어서니 거실이 아주 넓었다. 유리가 사는 7층은 여러 가구라서 작았다. 거실 코너로 비스듬히 업라이트 향판 피아노가 서 있었고 와인 셀러에는 비싼 로마네 콩티, 피노 누아 등 최고급 와인들이 가득했다. 안주거리로는 훈제 철갑상어포, 연어포, 복어포들이 많았다.

거실 소파에 기대서 와인 두 병을 비웠지만 왕대장도 유리도 한 병으로는 부족했다. 정경희 씨도 말을 거의 하지도 않고 TV만 보면서 혼자 따로 한 병을 다 비웠다. TV에서는 한국 TV 드라마 비디오테이프가 틀어져 있었다. TV 옆의 가방에는 한국 TV 드라마와 외국 영화를 더빙한 한글 제목의 비디오테이프들이 가득했다. 「여기 마카오의 남조선 사람이 홍콩의 남조선 비디오점에서 빌려다 줍니다.」라고 했다.

「지금 제까닥 리 동무 데리고 오시오, 한잔합시다래! 내래 유리 사장하고 마시는 중이야!」 왕대장이 술이 좀 오르자 김대중에게 전화해서 리근 모를 데리고 오라고 불렀다.

전화를 끊고 겨우 15분쯤 되자 두 사람이 같이 들어왔다. 이미 술이 올라 있었다. 둘이서 함께 마시다가 전화를 받고 쫓아온 것이었다. 둘은 들어서며 머리가 마루에 닿을 듯 몸을 굽히며 인사했다. 정경희 씨는 가볍게 목례를 하더니 TV를 끄고 방으로 들어가 버렸다. 네 명은 식탁에서 왕대장이 꺼내 온 위스키 조니워커 블루를 마시기 시작했다.

「대장님께서, 이렇게 불러 주셔서…… 아주 큰 광영입니다!」 둘이 몸 둘 줄 몰라 어려워하며 동시에 말했다.

「내 집에 처음 들어왔나? 한 잔 마시다가 쫓아온 거이야? 자 한 잔 들리우!」 왕대장이 술을 따라 주며 말했다.

「예! 맞습니다! 그렇습니다!」 이들은 훈련된 것처럼 동시에 똑같은 말을 같은 리듬으로 답하고 있었다. 「신합흥무역 김국태 대표 동무랑 셋이 마시고 있었습니다.」

「김 대표? 거기는 지금 현안 사업이 뭐이 있는가?」

「중국 시춘에서 텅스텐 파이프하고 스테인리스 파이프하고 특수재질 파이프들을 영변에 건설하는 핵처리(핵농축시설) 공장으로 보내고 있습니다.」

「영변에 들어가는 거라고?」

「방연 미사일 공장에도, 희천과 구성의 미사일 군수 공장들에도 들어가고 있습니다.」

「으~음! 평안북도, 자강도의 군수 공장들로 다 가는 거로군!」

「예, 그렇습니다!」

「희천에 있는 우라늄 원심분리기 공장인 연하기계 공장으로 가는 특수 파이프들은 구매하기도 운송해서 들여보내는 데도 좀 복잡합니다. 그래서 조광의 한성룡 동무랑 김 대표가 합동으로 하고 있습니다!」

「……?」 왕대장은 무슨 얘기냐는 듯 의아한 표정으로 김대중을 쳐다보았다.

「예, 용도와 규격을 맞추어 주문을 하고 공장에서 별도로 일일이 제작한다고, 모양과 크기가 보통의 파이프와는 다르다고 합니다. 그래서 한꺼번에 왕창 제작을 못 한다고 합니다. 한 번에 많이 들여오지 못하고 여러 번으로 나눠서 까다롭게 만들어서 들여가야 되는 모양입니다.」

「고장이나 사고가 없게, 규격이 안 맞는 게 없도록 정확성을 기하려고 해서 그런답니다.」

「으~음! 뭔 말인지 짐작이 되는군!」

잠시 입을 다물고 있던 왕대장이 술을 한 모금 들이켜고서 담배를 물더니 다시 말을 이었다.

「은행 일은 문제가 없는 거야?」

「사실은… 저희가 모두 다가 아주 조마조마합니다. 요새는 기통수들이 주마다 한 번씩 자주 오고 있습니다.」

「그래서 한 번은 중국은행으로 가고요 그다음에는 델타아시아로 가고……. 번갈아서 가기도 하고 또는 반반씩 나누어서 두 곳에다 입금시키기도 하는 겁니다. 그래도 한 주에 두 번씩은 가는 겁니다.」

「안전우 동무가 은행에 입금하는 담당자니까, 젊으니까 잘 해내고 있다고 말씀드리겠습니다.」

「기계(위조지폐감별기)에서 튀어나오는 게 아직도 있는 기야?」

「예, 적을 때는 예닐곱 장도 나오지만 넣을 때마다 보통은 열두세 장씩은, 그러니까 만 달러 한 다발에서 한두 장 정도는 꼭 나오고 있습니다.」

「어디서 문제가 걸려드는 거야요?」

「돈 찍는 잉크도 최고로 좋은 것으로 들여보내서 쓰고 있고 돈 종이는 미 제국주의 놈들 돈 1달러짜리를 그대로, 잉크를 씻어 내고 그대로 다시 쓰는 거인데도 말입니다.」

「앞쪽에는 100달러인데 뒤쪽은 1달러가 그대로인 것도 나왔습니다. 또 50달러짜리가 뒤쪽은 1달러로도 나옵니다.」

「어떻게…… 그런 게? 기계가 고장이요? 사람이 실수로 된 거요?」

「기통수들은 싸 주는 가방을 그저 들고나오기만 하는 거이니까 어떻게 해서 그런지 돌아가는 일을, 앞뒤를 모른다는 겁니다.」

「공장에서도, 외교 행낭 특수 가방 속에다 싸서 넣을 때에도 여럿이서 달려들어서리 몇 번씩을 세고서 나온다는데도 어떻게 그런지를 참 모르는 일입니다.」

「둔갑을 하는군! 허~ 참……!」

「은행으로 가져가기 전에 저희가 여기서도 몇 번씩 세고 확인하는데도 그렇습니다!」

「기계가 사람들 열 명보다도 더 똑똑하다는 말이로군!」

「사람 눈으로는 구별해 내지 못하지만 기계는 찾아내는 겁니다.」

「하여간 갈수록 해 먹기가 점점 더 힘들어지고 있군! 이러다가 언제라도… 걸려들어 일이 터질지도 모르겠구먼!」

「은행에 돈을 넣을 때마다 아주 조마조마합니다!」

「내래…… 충분히 알았시요!」 왕대장은 심각하게 고개를 끄덕이고 있었다.

「중국으로 갖고 들어가는 것들은, 물건들 보내는 일은 어떻게 돌아갑니까?」 왕대장은 기통수들이 마카오로 갖고 와서 중국으로 내보내는 금괴와 마약 밀매에 대해서 물어보는 것이었다.

「우리 기통수들이 마카오 공항으로 일단 들어온 다음에는 하이콴으로 해서 주하이로 내보내는 거는 쉽습니다. 일단 중국으로 나가기만 하면 물건이 팔리고 돈이 들어오는 것은 옛날처럼 잘 돌아갑니다.」

「우리 미 달러도 은행에 넣는 것 말고는, 중국으로 보내는 것은 일단 주하이로 들어가기만 하면, 은행보다 좀 더 싸게 위안으로 바꿔 주기만 하면 끝납니다. 거기서 제까닥 사방으로 다 퍼져 나갑니다.」

「중국 사람들은 모두가 은행에다 입금하지 않고 자기 집 장롱에 숨겨 쌓아 놓기만 하니깐 안전합니다. 한꺼번에 큰돈을 다 바꿀 수 없고 조금씩 바꾸느라 날짜가 불확정으로 걸리니까… 그게 문제라 할 수 있습니다. 그렇지만 아주 어려운 일이 아닙니다.」

「또……?」

「금괴나 흰 가루(메스암페타민)도 백도라지(코카인)도 독사 독 주사도 그쪽의 조직한테 넘겨주기만 하면 됩니다. 중국 조직의 아이들이 다 처리하고 있습니다. 그것으로 끝납니다.」

「주하이에서, 마카오나 주하이의 하이콴 아이들이 우리네 정보를 어디까지 갖고 있는지…, 언제라도 우리네 짐 가방들을 확 다 완전히 뒤집어 엎어 쏟아 놓고 뒤지기 시작한다면 그때는 완전히 세상이 발칵 뒤집어지고 난리 사건이 크게 터질 겁니다!」

「듣자 하니 아주 섬뜩하구먼……. 동무들이 수고가 아주 많아요!」 왕대장은 양주를 한잔 벌컥 입안에 털어 넣고서 담배 한 대를 붙여 천천히 다 피우고 나서야 말을 다시 시작했다.

「나는 앞으로는 로동당39호실(재정경리부) 자금 문제에는 관계하지 말아야 되겠어! 서기실의 돈만, 38호실(서기실의 김정일 개인금고) 자금만 맡아야 되겠어.」

왕대장은 그때까지 평양의 김정일의 특별 지시로 중국과 마카오에서 로동당 재정경리부가 하는 마약 밀매, 화폐 위조, 위조 담배 밀매, 무기 수출까지 외화 획득 활동을 전반적으로 보고받았으나 점점 위험성이 커지므로, 앞으로는 이런 불법 활동 자금에 대해서는 자신은 관리하지 않겠다고 선언한 것이었다. 앞으로는 발을 빼겠다는 것이다.

「대장 님, 지금 가짜 양담배사업은 별문제가 없습니다. 아주 잘 돌아가고 있습니다.」

「그래?」

「일단 담배 컨테이너를 실은 배가 나진항에서든 남포항에서든 동중국해로 나오게 되면 길게는 한 주일도 해상에 떠서 기다리기도 합니다만 가짜 양담배 40피트 컨테이너 한 개당 400만 달러를 받습니다. 총원가는 7만 달러도 안 들어가는 겁니다.」

「하, 하! 그거이 모처럼 듣기 좋은 사업이로군! 신경 쓰이는 일들이야 다른 건 모두가!」

「자, 이거 좀 보시오!」

왕대장은 자신이 이번에 평양에서 가지고 온 조선중앙TV의 방송 녹화

테이프를 틀어 주었다. 자신이 군부대를 시찰하는 모습을 북한TV가 보도한 것이었다.

「자자~ 동무들, 일 얘기는 그만합시다. 이제부터 술이나 듭시다!」

이날 밤 네 사람은 늦게까지 위스키 한 병을 다 비우고서야 헤어졌다.

―――

1999년 12월 19일 24:00로 맞춰진 마카오의 중국 반환 시계는 불가항력으로 돌아가고 있었다. 준비가 돼 있든 말든, 누구의 사정이 어떻든 세상일과는 무관한 게 시간이었다. 모든 것이 그 시간에 맞춰 돌아가고 있었다. 중국이 1997년 7월 1일 홍콩을 반환받은 이래 홍콩의 내정 변화에 대해 세계 언론들이 관심을 기울이는 한편, 마카오의 반환에 대해서는 홍콩과의 차이점은 무엇이며 또 마카오는 내부 움직임이 어떤지 각국 언론과 정보기관들의 관심이 집중되고 있었다. 특히 마카오에서 지난 수십 년간 온갖 불법과 범죄를 자행하고 있는 북한의 숨은 활동을 심층 파악하려고 경쟁하고 있었다.

기통수들은 고려항공 비행기가 매주 두 차례 마카오로 올 때마다 외교 행낭들을 들고 마카오로 들어왔다. 그때마다 조광무역의 안전우는 회계 담당 김태식과 은행에 위조지폐 돈다발을 입금하는 일로 더 긴장되어 겨우 잠에 들면서도 악몽과 경기로 시달리고 있었다. 맥상규와 리근모와 안전우는 함께 기통수들이 밀반입해 온 금괴와 마약을 조광무역의 비밀 가방 밑바닥에 숨겨서 밴 차량에 싣고 주하이 하이콴을 통해 중국으로 드나들고 있었다.

4월이었다. 미국의 워싱턴포스트 신문과 인터내셔널헤럴드트리뷴 신문은 1면과 3면에 걸쳐서 마카오에서 북한이 벌이고 있는 범죄 활동들을 상세히 보도하는 특집을 실었다. 워싱턴포스트 베이징 지국장 존 폼프렛이 취재한 것이었다. 이 기사가 보도된 것을 마카오의 북한 사람들은 몰랐다가 베이징 조선대사관에서 조광무역 박성철과 김대중에게 전화해 오고 팩스를 보내와 알았다. 마침 마카오에 있던 왕대장도 깜짝 놀랐다. 북한 요원들의 불법 활동을 너무도 상세히 보도한 것이었다. 북한 요원들 전체가 조광무역의 회의실에 즉시 소집되었다.

「워싱턴포스트 기자가 어떻게 우리의 비밀 활동들을 이렇게도 상세하게 파악할 수 있었는가?」「그동안 우리에게 어떤 문제점이 있었는가?」에 대해 파헤치는 총화를 했다. 보안상 문제점을 찾기 위해 요원들 각자가 자신의 지난 행동에 대해 자아비판을 하고 서로 상호 비판도 시켰다. 반성문도 제출하게 했다. 또 그것도 부족하여 모두가 남들에 대한 비공개의 비밀 비판서를 작성하고 제출하게 했다. 서로가 남의 잘못을 밀고하라는 것이었다. 보위부 김대중이 주도하며 대외연락부 리근모가 박성철과 함께 지도했다.

신문 보도 내용을 보면 어딘가로부터 구체적으로 제보받은 것이 분명했다. 그런 내용을 제보할 곳은 마카오의 포르투갈 보안사와 남한의 정보기관이 유력했다. 그러나 보안사가 자신의 무능 부패를 드러내는 누워서 침 뱉기 같은 짓을 할 리 없을 것이므로, 남한 놈들의 짓으로 결론지었다. 북한 요원들은 의논 끝에 이를 평양에 보고하고 지침을 받아서 마카오 명예영사 황성화 사장을 통해 포르투갈 총독부와 보안사에 강력하게 항의했다. 마카오에서 활동하는 남한 정보 요원을 철저히 조사해 달라고 요구한 것이었다.

그리고 반달쯤 후에 마카오 당국은 총독의 결재까지 받아 회신을 보내왔다.

『마카오로 출입하며 활동하는 홍콩의 한국 및 미국 정보 요원들과, 북경 워싱턴포스트 기자의 움직임을 모두 확인했음. 그들의 중국, 홍콩, 마카오 출입국 기록과 통신 기록과 상호 연계 여부에 대해서는 중국 국가안전부의 협조를 받았음. 확인한 결과 홍콩의 한국 정보 요원은 북경의 기자와 서로 알지 못하는 사이이며 통화한 기록도 만난 사실도 없었음. 귀측이 제기한 문제에 있어서도 더 의심할 사항이 없었음. 이상 회신 끝.』

홍콩의 한국 정보 요원과 북경 기자 사이의 통화 내역, 그들의 홍콩·마카오·중국으로의 출입국 기록과 접촉 유무까지도 중국 국가안전부가 모두 다 조사해 봤지만 혐의가 없었다. 그래서 〈모르겠다〉는 것이었다. 〈더 이상 문제를 만들지 말고, 떠들지도 말고, 조용히 넘어가자〉는 것이었다. 그런데 문제는 이 보도뿐만이 아니었다. 워싱턴포스트의 보도가 있은 바로 그다음 날부터 당장 홍콩의 아주주간, 일본의 요미우리와 아사히, 오문일보, 마카오 데일리, 한국의 일간지 등의 각국 온갖 일간지와 주간지와 잡지들까지 조광무역과 마카오 당국에 전화하여 보도 내용에 대해 사실 여부를 확인해 달라며 인터뷰를 요구해 오고 있었다. 조광무역은 피하려고 전화기를 아예 내려놓았다. 그런다고 끝나 주지 않았다. 두 달이 나 지난 유월 말까지 신문 잡지와 라디오에서 〈위조지폐를 세탁해서 방 코델타아시아 및 중국은행에 입금〉, 〈위조 담배를 제조해서 공해해상에 서 환적 밀수〉, 〈마약을 제조하여 밀수출하고 밀매〉, 〈기통수들이 외교 행낭을 이용하여 고려항공편으로 금괴 마약 위조지폐를 밀반입〉, 〈중국 국경을 통한 마약 금괴 밀수 밀매〉, 〈밀수용 특수 가방〉 등에 대한 보도 를 이어 가면서 북한을 국제범죄 집단, 국제테러 집단이라고 비난했다. 워싱턴포스트의 보도 내용에다 후속 취재로 더 상세한 내용을 보태 보도 하며 떠들었다. 북한 요원들은 얼굴을 내밀 수가 없었다. 은행은 북한 요 원들이 입금하는 돈을 아예 받지도 않으려 했다. 거래처들도 결제 대금 을 미 달러로는 안 받고 있었다. 마카오에서 공공연하고 거침없었던 외 화벌이 환경이 급속도로 나빠졌다.

 사실 이것은 언론보도 공작이었다. CIA 본부의 지시에 따라 유리가 북 한의 마카오에서 자행하는 온갖 불법, 범죄 활동 정보를 비밀리에 전해 주고 있었던 것이다. 또 북경지국장이 마카오 페리 터미널로 입국할 때 에 유리는 홍콩으로 출국해서 서로가 시간이 엇갈리게 움직였다. 홍콩에 서도 마카오에서도 서로가 만나서 얘기 나눌 수 있는 겹치는 시간이 안 보이도록 출입국 시간 기록을 만들었던 것이다. 그러나 짧은 시간 동안 터미널 옆의 카페 구석에서 비밀리에 만나서 정보를 추가로 설명했고, 지국장이 마카오에 머물다 출국하는 시간에 유리는 마카오로 입국했다. 만나 대화했을 것으로 의심할 수 있는 시간을 보여 주지 않았다. 서로 통 화한 기록도 남기지 않았다. 그 기자의 기민성과 정확성과 예리함은 실로 최고 강도로 훈련을 받은 정보 요원들보다 그 이상이었다. 유리는 깊은 인상을 받았다.

 왕대장은 마카오의 포르투갈 보안사나 남한 정보기관이나 미국 CIA가 도청하는 것이라고 생각하고 김대중에게 지시했다. 왕대장의 지시대로 보위부 안전 대표 김대중은 대외연락부 요원 리근모와 신합흥무역 김국태 대표와 대외연락부 공작 요원 박광부 등과 모여 회의했다.
 박광부는 북한 요원들을 동원해 북한 회사 주변에 자주 나타나는 남한 사람들, 미국 사람들을 추적했다. 또 포르투갈 보안사의 중국인 간부를 매수하여 보안사가 북한 회사에 대해 정보 수집을 어떻게 하는지, 감청을 하는지 알아보기로 했다. 그가 원래 맡은 분야였기 때문이었다. 그는 원래 보위부 출신인데 대외연락부로 소속을 옮기고 중국 국적을 취득하여 중국인으로 행세하는 해외 공작원이었다. 김국태 대표의 신합흥무역에 소속되어 마카오에서 홍콩 일본 중국 동남아 국가로 자유롭게 다니고 있었고, 홍콩의 친북 업체로서 일본인 회사인 유안공사의 마카오 지사 대표도 맡고 있었다. 일본제 이중 용도 부품을 수입하는 공작과 동남아, 서남아, 중동 국가들로 무기를 수출하는 공작을 맡고 있었다.

 왕대장은 그런 다음 당분간 마카오를 비우기로 결정하고 베이징으로 올라갔다. 이런 상황에서 비좁은 마카오에서 얼굴을 내밀고 나다니며 누구를 만날 수도, 골프장에 갈 수도, 호텔 바에 앉아 있을 수도 없었던 것이다. 왕대장은 베이징에서 며칠 후속 동정을 파악한 후 평양에 들어가서 제일 먼저 자기 휘하인 평양의 반탐반(도청탐지반)을 긴급히 마카오로 내보내 주었다. 도청을 당하고 있는지 전문 장비를 가지고 샅샅이 탐지하라고 지시한 것이다. 신속히 도착한 반탐반 요원들은 장비들을 가지고 마카오의 북한 회사 사무실과 직원의 집들과 리스보아호텔에 있는 유리의 점포까지도 며칠에 걸쳐서 정밀하게 감청 테스트를 반복했지만 아무 이상도 없었다.

4월 말 포르투갈의 마카오 총독부는 북한이 미 달러를 마카오은행에서 직접 대외로 송금할 수 없도록 조치를 했다. 마카오의 은행에서 대외 무역결제나 송금을 미 달러로는 못 하고 엔이나 마르크로 환전해서 송금하거나 또는 미 달러를 홍콩의 은행으로 보내서 위폐 감별기로 체크를 받은 후에야 송금할 수 있게 조치한 것이었다. 북한이 위조 미 달러를 마카오에서 세탁해서 유통하는 것을 막기 위해 마카오 당국 나름대로 취한 최고의 조치였다.

그러자 평양에서는 38호실장 림종근, 39호실장 김동운, 대성총국사장 이치삼이 김정일에게 보고 회의를 했다. 이어서 림종근과 김동운은 급히 마카오로 출장 나와 방코델타아시아와 중국은행 간부들을 만나 대책을 협의하고 예치된 김정일 비자금도 점검하였다.

왕대장은 이들 출장자들과는 함께 나다닐 수가 없었고 조광무역은 이들을 예우하느라 비상이 걸렸다. 박성철은 명예영사인 리스보아 카지노 정킷업자 황성화에게 부탁하여 이들과 함께 은행 간부들을 만나며 의논했다. 마카오총독부의 의도와 계획을 파악하고 대책을 세우는 것이 목적이었다. 박성철은 이들을 최고로 의전 대우해서 기분 좋게 해 주려고 애쓰고 있었다.

8월 초에는 〈당중앙 1호 물자〉 긴급 지시가 마카오로 하달되었다. 김정일은 그때까지 프랑스와 이태리에서 아이스크림을 직송해 와 먹고 있었는데 무슨 이유인지 홍콩의 유명 아이스크림을 가져오라고 바꿔 지시한 것이었다. 아이스크림 운송을 위해 그때 결항하고 있던 고려항공기가 마카오로 들어오기까지 했다. 명기공사 김대중과 조광무역대표 박성철은 평소 홍콩으로 자유롭게 드나들고 있는 박광부를 홍콩으로 보내서 구입하게 했다. 홍콩에서 여러 종류의 아이스크림들을 박스로 사서 냉동박스에 넣고 드라이아이스를 가득 채운 다음, 이 박스를 다시 더 큰 냉동박스 속에 이중으로 넣어서 홍콩과 마카오 사이를 오가는 헬리콥터로 마카오 페리 터미널 헬기장으로 옮겨 왔다. 터미널에 도착하자 대기하고 있던 박성철과 한성룡과 김대중이 박스를 품에 안고서 안전우가 운전하는 토요타 밴 차량에 올라타고 마카오 공항으로 달려가 고려항공기에 즉시 싣고 평양으로 보냈다. 비행기가 출발하자마자 「저희가 이상 없이 잘 보내 올렸음을 보고 올립니다!」라고 즉시 평양으로 전화 보고했다. 모두가 이 일에 매달려서 며칠을 전전긍긍했다.

9월에는 CNN이 또 크게 보도를 했다. CNN 홍콩지국장 마이클 치노이가 〈마카오에서 북한의 국제범죄 불법 활동〉이라는 제목으로 6분 40초짜리 특별 취재 보도를 새벽부터 매 시간마다 특종 뉴스로 하루 종일 전 세계에 방송했다. 마카오의 모든 북한 요원들은 쥐구멍 속이라도 몸을 숨으려 했다. 얼굴을 들고 나다닐 수가 없었다.

이제는 이런 상황에서 버틸 수가 없었다. 북한 사람들은 모두가 겁에 질렸다. 언제 어디서든 경찰이 검문하며 가방과 몸을 뒤지고 수색할 것만 같았다. 마카오 공항이든 주하이 하이콴이든 출입할 때 붙들어 세워 놓고 정밀 검색을 하겠다고 뒤진다면 숨겨 갖고 다니는 위조지폐나 금 괴나 마약이나 무엇이든 튀어나오고, 또다시 온 세계 언론과 방송이 떠 들어 댈 것이 너무 뻔했다. 변명할 틈도 없이 바로 구치소로 끌려 들어갈 것이 뻔했다.

이것도 역시 언론보도 공작이었다. 유리는 워싱턴포스트 보도 때처럼 마이클과도 비밀리에 접선하여 정보를 제공해 주었던 것이다. 몇 달 전 워싱턴포스트 보도로 혼이 났던 북한 요원들은 이번 보도 사건에 크게 놀라 겁을 먹으면서도 전처럼 분노하지도 철저히 조사해 볼 생각도 하지 않고 있었다. 좌절하고 단념한 것 같았다. 이젠 어쩔 수 없는 큰 위기라고 의식했던 것이다.

북한이 마카오에서 벌여 오는 불법 범죄와 테러 활동에 대하여 세계적 대형 언론들이 심도 있게 파헤쳐 연속적으로 크게 보도하자 그에 따라 세계 국가들의 북한에 대한 경계심과 감시가 강화되고 있었다. 국제적으로 공동 대응하려고 서로가 정보를 교환하고 협력하기 시작했다. 그때 유리의 보석상 동업자 라고스의 친구인 마카오 사법경찰사(사법업무 담당)의 고위간부는 점포에 들러서 차를 마시며 곧 떠나갈 마카오에 대한 아쉬움 등의 얘기를 나누던 중 유리에게 자신의 심정을 토로했다.
「북한이 현재까지 수십 년간 마카오에서 벌여 온 모든 범죄 활동의 정보, 사법경찰사가 범죄 정보를 수집하고 수사해 온 특수한 자료들을 마카오가 중국으로 넘어가기 전에 한국이나 미국의 정보기관에 넘겨주고 싶다. 북한과 형제 나라인 중국에 넘겨주어서야 될 일인가?」

유리는 이를 비밀 송수신기로 CIA 본부에 긴급 보고했다. 그러자 CIA는 즉시 그것을 인수하기로 결정했다. 홍콩 거점 CIA 요원들이 신속히 달려와서 정식으로 42개 파일, 24,700쪽에 달하는 분량을 모두 인수해 가져갔다. 마카오의 사법기관이 그때까지 북한인들의 범죄 활동을 감시한 기록과 증거 자료들을 수집하고 신문하고 조사하고 통화를 녹취하고 팩스를 입수하여 분석한, 사법 처리에 필요한 정보 자료들이었다.

김대중은 상황이 이토록 엄중하고 위험해졌다고 평양에다 간곡하게 보고했다. 그러자 평양도 감을 잡았고, 기통수들을 내보내기를 중단시켰다. 상황을 지켜보느라 활동이 잠잠해진 것이다.

「마카오의 모든 성원들은 각자 노력으로 최대의 성과를 쟁취할 것!」이라는 짧은 지시를 암호문으로 하달했을 뿐 다른 지침도 언급도 일체 없었다. 수백만 인민들이 굶어 죽어 가는 상황에서 숨통이자 생명의 피인 위조 달러 마약 금괴 위조 담배를 마지못해 움켜쥐고 웅크려 있어야 했다. 틈만 보이면 언제라도 즉시 쏟아져 나올 물건들이었다. 북한 요원들은 대비하며 입을 다물고 말없이 긴장했다.

그러나 평양에서도, 마카오의 북한 요원들도 동일한 큰 기대가 있었다. 12월 20일부로 마카오가 피를 나눈 형제의 나라 중국으로 넘어가게 되기 때문이었다. 그때에는 중국 본토처럼 활동이 자유로워질 것이었다. 눈앞의 먹잇감을 공격하려는 독사처럼 몸을 도사리고 있었다.

정해진 날짜가 가까워질수록 시간은 더 빨리 가는 법이었다. 1999년

12월 20일 00:00시 자정의 반환시각을 맞추기 위해 19일 저녁부터 행사가 열렸다. 마카오의 역사 이래 세계 각국으로부터 가장 많은 수의 VIP들이 몰려왔다. 북한 요원들은 당장 내일부터 큰 변화를 기대하며 그동안 참고 있던 일들을 재개할 태세였다. 마카오의 통치를 담당하던 총독부, 정보와 치안과 보안을 담당하던 보안사, 사법처리를 담당하던 사법경찰사의 간부였던 포르투갈인들 모두가 반환식을 마치자마자 마카오 공항으로 이동해서 대기하고 있던 리스본행 특별기에 올랐다. 1557년에 조차하고 1999년 12월까지 443년 동안 지배했던 포르투갈 사람들은 한밤중에 마카오를 떠나면서 자신들이 만들어 놓은 공항으로 건너가는 바다 위 다리에서, 비행기에 오르면서 모두가 말없이 눈물을 흘렸다. 아무도 말이 없었다. 패망해서 다 내주고 쫓겨 가는 역사의 마지막 현장에서 주인공이 되고 증인이 되는 자신들의 운명에 비애를 느꼈다. 모두 가슴이 짓눌린 먹먹함으로 숨이 멈춘 듯했다. 비행기에 앉자마자 약속이라도 한 듯 모두가 눈을 감았다. 자신들이 바다 위에 긴 다리를 놓아 건설한 활주로를 달리다가 이륙하는 순간 모두가 울음을 터뜨렸다. 까무러친 이들도 있었다. 이렇게 해서 마카오는 4세기 반 만에 다시 중국이 되었다.

이런 상황에서 김정남의 둘째 부인 리혜경은 남편이 자리를 늘 비우는 마카오에서 소일거리 삼아 자신의 경호원 겸 집사인 성필상 부부를 내세워 빵집을 경영하고 있었다. 또 그들의 아들 성철구를 통해 홍콩 주식에 100만 불을 투자하고 마카오 도박장에도 드나들고 있었다. 그러다 보니 95만 불을 잃고 말았다. 그 책임은 성철구가 온전히 져야 했고, 그는 2000년 1월 말 평양으로 소환되었다.

12.
위조

　마카오가 중국 땅이 되자 북한 요원들은 적극적, 공격적으로 돌변했다. 겁먹고 경계하며 조심하던 모습이 없어졌고 바빠졌고 여유도 있었다. 북한은 2000년 새해부터 마카오를 중국 본토, 홍콩, 동남아, 서남아, 일본, 대만, 중동을 연결시키는 허브로 삼았다. 마카오를 경유하는 방문 교류도 통신도 활발해졌다. 전에는 마카오 포르투갈 당국과 외국 정보기관을 경계하여 반드시 자기네 회사의 사무실 전화나 비화팩스만 사용했었다. 그러나 이제는 시내에 나왔을 때 급한 팩스나 이메일 송수신이 필요하면 유리의 리스보아 보석 점포를 찾아와 사용했다. 또 송수신을 하다가 문서가 안보이거나 의문 사항이 있으면 점포의 전화로 상대방과 곧바로 통화하며 확인했다. 팩스 서류를 유리에게 폐기하라며 맡기기도 했다. 이메일을 확인하고 로그아웃시키지도 않은 채 가 버리기도 했다. 유리는 그런 그들에게 문제가 안 생기도록 철저하게 잘 도와주고 있었다.

　「납니다, 대중이야요!」

「……。」

「뭐이? 언제라고? 이십 며칠? 그러면 일월 달, 바로 지난주로구먼. 베이징의 우리 회사 어디야요?」

「……。」

「연봉무역? 베이징 연봉무역 지사 말이야요?」

「……。」

「연봉에다 80만 달러를 보내서 은행 예치를 하는데……. 그중에서 30만 달러나 걸려들었어? 기계에서 튀어나왔단 말이야요? 뭐이? 그게 다 위조지폐라고 30만 달러나 걸렸다는 거야요? 나 원, 참!」

「……。」

「허허~! 이거 내래 정말 돌갔군! 그래서 어케? 해결은 했다는 기야요?」

「……。」

2000년 2월 초 김대중이 유리의 점포에 들어와서 커피를 마시다가 박성철 대표가 걸어 온 손 전화를 받은 것이었다.

「이거이, 참, 조마조마하단 말이야! 내래… 유리 사장 동무! 내래 덜컥 심장이 떨어질 것 같구먼! 휴~!」 담배를 물고 불을 붙여 깊이 빨아들이며 김대중이 말했다.

「큰 금액인데요? 어떻게……. 잘 해결이 됐습니까?」

「베이징이야 우리한테 안면 몰수를 못 하니깐서리……. 옳은 걸로 갈아 넣기도 하고 모자라면 그 액수만 취소를 한다는데……. 휴~ 이거이!」

「천만다행입니다!」

「엊그제 한밤중에는 홍콩 조총련 회사 배로 흰 가루(에스암페타민) 250kg을 일본 시마네현으로 이상 없이 잘 집어넣었단 말이야요. 아무 이상 없이! 이런 거는 그냥 간단하다고!」

「예? 예!」

「그런데……. 이건 참?」

「에이…… 참!」 유리도 호응해 주었다.

「가루 같은 물건을 집어넣는 일이야 이상 없이, 전처럼 얼마든지 어디로든 다 해낸다고……. 어렵지도 않아! 필리핀, 태국, 호주까지 어디든지 다 한단 말이요! 그런데 돈이 말썽이야. 기계가 점점 똑똑해져서리, 참, 걱정이구먼, 쉴 새가 없구먼…….」

「원! 참! 나!」 소파에 앉아 조용히 담배를 두 개비째 내리 피우던 김대중이 다시 투덜댔다.

「왜 그러십니까?」 유리가 물었다.

「기통수가 가지고 온 100달러짜리 130만 달러를 여기 중국은행에다 잘 넣었단 말이야요. 이상 없이, 지난주에.」

「예.」

「글쎄, 그런데, 이제는 이놈들이 그 돈을 홍콩으로 가지고 가서 이차로 더 똑똑한 감별 기계에 넣고 또다시 돌린다는 거야! 그래서 서른세 장이나 튀어나왔다는 거야!」

「독하게 하는군요!」

「김태식 동무가 혹시나 하고 준비해 있던 스무 장을 얼른 보내서 채워 넣었지만 열세 장이나 모자라는 거야! 홍콩에서 반려시키겠다는 거야요, 오늘이나 내일 퇴송시키겠다는 거야요!」

「그렇게 되면 어떻게 합니까?」

「평양으로 돌려보내야지 뭐……. 그 서른세 장을 모두 평양으로 다시 돌려보내 줄 수밖에 없는 거야요! 여기 우리로서는…….」

「돈이 여기서 저기서 문제가 계속 막 터진단 말이야요…….」 김대중은 세 번째 담배를 피다가 재떨이에 확 비벼 꺼 버리고는 급히 나가 버렸다.

―――

2월 16일, 김정일의 생일 광명절 날에 홍콩에서 북한 총영사관이 정식으로 오픈하며 개회식을 했다. 주태국 대사였던 이도섭이 총영사로 부임했는데, 이날 개회식을 취재한 홍콩 언론들은 「총영사 이도섭이 리셉션에서 보여 준 첫인상은 태도 언행이 홍콩의 자유롭고 개방된 분위기와는 맞지 않게 거칠었다. 세련됨도 절제됨도 없이 무식 완고하고 오만 건방져 보였다.」 「후진국 밀림 추장의 앞잡이처럼 인상도 거친 데다 김일성 김정일의 어록을 앵무새처럼 되뇌고 있어서 혐오스러웠고 기피스러웠다.」라고 보도했다.

북조선 요원들은 유리의 점포에 들를 때마다 신문 걸이대의 홍콩 신문들을 읽었는데, 그날 이 기사를 읽던 김대중도 리근모도 눈을 잠시 감으며 한숨을 내쉬는 모습이 똑같았다.

3월 초부터 다엑심과 조광무역공사는 4.15 태양절에 김정일이 간부들에게 하사품으로 나눠 줄 선물을 대량으로 준비하고 있었다. 김대중과 조광무역 박성철은 합동으로 이것을 구매했는데, 발송시키려고 시내의 거래처로 나왔다가 유리의 점포에 들른 것이었다.

「1,500만 달러어치를 다 해 올렸시요! 큰돈이지! 당중앙 동지께서 하사하시는 선물들이야요!」

「무슨 선물을 내려 주시는 건가요?」 유리가 물었다.

「남자용과 여자용 양복, 구두, 내의라요. 물건 하나당 1.2달러씩 남겼구먼. 우리 둘이 각각 20만 달러씩 먹은 거야.」

「적게 붙인 거야……. 으흠.」

그때 박성철의 손 전화가 울렸다.

「…….」

「응, 한 동무? 말하라우!」

「…….」

「그래? 남녀 내의를 200만 달러어치?……. 음, 제까닥 추진하라우! 뭐 이, 새로 알아볼 거 없이 이번에 했던 거래 회사들하고 그대로 하면 되겠네…….」

「…….」

「우리가 먹을 마진으로……. 몇 센트라도 더 세게 깎아 달라고 하라우! 더 깎는 만큼 우리가 더 먹는 거이니까……. 추가로 구매해 주는 큰돈인데!」

평양으로 들어갔던 왕대장은 4월 15일 태양절 행사를 마치고 5월에야 돌아왔는데, 저녁을 먹자며 유리를 포르투나호텔 광동식당으로 불렀다. 유리가 점포를 서둘러 닫고 가니 별실에서 다엑심 대표 김대중과 무기거래 회사 신합흥 대표 김국태가 왕대장 부재 기간에 수행한 중요 업무를 보고하는 중이었다.

「이중 용도가 아닌 군사용입니다. 해수면 아래 7미터 깊이에서 40노트 이상으로 일정하게 기동하다가 목표에 최종 근접하며 상승하는 함정 유도식 고속어뢰용입니다. 정확하고 최고성능의 일본제 팽이를 비밀리에 구매해서 평양으로 보내는 사업에 성공했습니다! 앞으로 계속 구매할 수 있는 비밀 채널을 새로 만든 겁니다.」

「그거 제대로 했군, 김 동무가 중요한 임무를 수행했어!」

「한 세트 통째로는 9만 달러가 넘는 것이지만 부품으로 조그만 팽이만, 자이로스코프만 사면 3만 몇천 달러입니다. 최고급 일본산 자이로스코프 30개를 97만 달러에 구매해서 보내 올렸습니다!」

「그래, 잘했어! 계속 그렇게 하라! 수고했어, 한잔 받아라!」 왕대장은 김국태를 거듭 치하하며 술을 권했다.

「지난달은 평양 대성은행에서 40만 달러를 가져와서 잘 입금했지만 그중 딱 한 장이 앞면은 50달러인데 뒷면은 1달러짜리가 있었습니다.」 김대중이 기분이 좋아 보이는 왕대장을 살피며 조심스럽게 말했다.

「뭐라고? 이것 참! 달러는 사방에서 막 터지고 있어. 중국, 유럽, 일본, 키르기스스탄, 몽고, 중앙아시아까지 다!」

「정말 죄송합니다……」 김대중이 말을 꺼냈다가 어쩔 줄 몰라 하고 있었다.

「됐소, 그런 거는 그만 얘기하자우!」

「자! 유리 사장도 왔는데, 오랜만인데 한잔합시다!」

그날 저녁에 네 사람은 해물 요리에 술을 많이 마셨다. 식대는 유리가 냈다.

2000년 6월 둘째 주에 로동당 39호실장 림종근이 회계감사 요원 둘과 함께 마카오로 출장을 왔다. 그는 도착하자 먼저 리스보아호텔 VIP룸에 체크인하고 김대중의 사무실로 가서 인사를 나누며 마카오의 북한 요원 현황을 보고가 아닌 편한 대화 형식으로 설명을 들었다. 따라온 감사 요원 두 명은 조광무역의 출장자 숙소에서 지내며 마카오 중국은행과 방코델타아시아은행에 예치된 자금들에 대해 회계감사를 했고, 또 6월 9일에는 한국의 현대건설, 현대상선, 현대전자 등이 김정일에게 남북정상회담의 성사를 위해 바치는 자금 2억 5천만 달러의 입금 여부를 확인하고 있었다. 그때 현대상선은 홍콩에서 중국은행 마카오 지점으로 송금하면서 북한 측의 수신 계좌번호를 잘못 적어서 마지막 4천5백만 달러가 홀딩되었다. 마침 금요일이라 현대 측 담당 직원이 은행에 가서 계좌번호를 확인하느라 주말을 넘기고 월요일인 6월 12일에야 입금하게 되었다. 그러자 조광무역의 박성철과 김태식은 자신들의 잘못 때문일까 놀라서 숨넘어갈 듯 다급해하며 안절부절못했다. 평양에서 「왜 입금이 안 되는 거야? 문제를 동무들이 제까닥 확인해서 즉시 해결하라고 중앙에서 화나셨단 말이야요!」라는 독촉 전화가 사무실과 손 전화로 빗발쳤기 때문이었다. 그렇지만 림종근은 마카오 명예영사 황성화와 마카오의 친북 인사 초이 등과 어울려서 리스보아호텔의 카페와 그들의 사무실에서 놀며 시간을 보내고 있었다.

  박성철은 6월 12일 월요일에 나머지 금액이 입금된 것을 확인하고 「네 개 중 마지막 한 개를 받았습니다.」라고 평양에 긴급 보고했다. 그리고 한국 김대중 대통령과 김정일의 남북정상회담이 예정보다 하루 늦게 그다음 날인 6월 13일에 열렸다.

―――

 가을날 한낮이었다. 마카오 다엑심상사 대표 겸 보위부 안전 대표인 김대중이 조광무역 박성철 대표와 리스보아호텔 앞을 지나가다가 유리의 점포로 들어오고 있었다.

「오늘은 더 덥구먼. 땀 좀 식혀 가갔수다!」

「어서 오십시오, 점심 식사를 드셨습니까?」

「아직 한 시 반인데, 집에 가서 먹어야지! 밥 먹는 돈은 절약해야지 우리네는……..」

「저도 점심을 먹어야 하니까 여기 옆에 가까운 데서 저랑 드시면 어떻습니까……?」

「요새는 유리 사장이랑 밥 먹어 본 지도 오래군……. 그럽시다!」 김대중이 말했다.

「대표 동무, 우리 유리 사장이 제안하는데 같이 갑시다!」

「아, 좋구만구레…….」 박성철도 흔쾌히 동의하자 유리는 점포 문을 잠그고 〈외출 중〉 사인을 문손잡이에 걸어 두고 함께 나서서 코너의 스테이크 전문점으로 갔다. 그때 박성철의 손 전화가 울렸다.

「…….」

「잘 끝났소? 전화가 늦었군!」

「…….」

「오래 걸렸군, 밥은 먹었소? 배가 고프갔네…….」

「김태식 동무도 오랜만에 함께 식사를 하시지요? 수고를 하시는데 저가 대접하고 싶습니다.」 유리는 김태식이 리스보아호텔 근처의 방코델타아시아은행에 있다 하므로 부르자고 제안했다. 얼마 후 그가 헐떡대며 들어왔다. 나이가 많고 몸도 허약한 그는 긴장해 입술이 말라 있었다. 늘 보기에 안타까운 사람이었다.

「보고드립니다!」

「응!」 박성철이 대답했다.

「이번 기통수들 돈 180만 달러는 오늘 방코델타아시아에 입금시키는데 100불짜리가 27장이 기계에서 걸렸습니다. 준비해 간 30장에서 곧바로 갈아 끼우고 27장을 모두 돌려받았습니다. 평양으로 기통수들 편에 돌려보내겠습니다. 안전우 동무는 27장을 가지고 기통수들에게 곧바로 갔습니다.」

김태식은 보고를 끝내고 물을 마시면서도 여전히 벌벌 떨며 숨을 못 가누고 있었다.

「김태식 동무 이 사람, 나이를 잔뜩 먹고서리 노인네가 돼서도 이렇다니까! 나이가 들수록 못 변하는 게 사람인가 봅니다!」 박성철이었다.

「하긴! 겁이 안 나겠어? 매번 은행에 돈 갖고 갈 때마다 터지니까! 경찰이 언제라도 잡아끌고 갈지 불안할 수밖에……!」 김대중이었다.

「예, 저도 사실은 조마조마합니다.」

「흐흐~! 유리 사장님도 그러시다니……. 내래 할 말이 없습네다요, 참!」 박성철이었다.

「김 동무, 끝냈으니 마음 푹 놓으시고 드십시오! 시원한 맥주도 좀 드십시오!」 유리가 그렇게 점심을 대접했다.

유리는 수집한 정보를 정기적으로 드보크(무인포스트) 통신을 사용해

CIA 본부로 보고를 했지만 때로 긴급 사항이 있을 때는 CIA 흑색 공작 요원이 유리에게 비밀통신기로 접선 예정 요청을 사전에 보내 주고 나서 도박꾼 고객처럼 위장하여 점포에 왔다. 또 홍콩 한국영사관의 정무영사 박, 일본영사관의 내각조사부 요원 고바야시, 이스라엘영사관의 모사드 요원 야니도 오고 있었다.

「팩스 좀 쓰갔시오! 사무실에 가기가……. 여행사에다 보내는 기야요.」 2000년 크리스마스가 지나고 이틀 후에 왕대장이 김정남과 함께 유리의 점포에 들어서며 말했다. 유리는 놀랐다. 두 사람이 어울리는 모습은 처음 보는 일이었기 때문이다.

그때 유리는 가격이 싸다는 소문을 듣고 중국 광저우에서 찾아온 부부와 고급 롤렉스 시계를 들고 가격을 흥정하던 중이었다. 두 사람은 팩스 복합기에서 뭔가를 복사하더니 팩스에 넣어 발송 버튼을 눌러 놓고는 그냥 나가는 것이었다. 눈을 돌려 보니 팩스기에 종이가 걸려 있었다. 유리가 돈을 받아서 세고 있을 때에 홍콩의 한국 정무영사와 일본 정무영사가 함께 들어왔다. 그들은 잠시 TV 방송을 보다가 팩스기에 걸린 종이를 보더니 다가가서 메모하기 시작했다.

「뭔가 중요한 것이구나!」 유리는 크게 놀라며 즉시 달려들어 그 종이들을 낚아챘다. 김정남과 왕대장과 다른 사람들의 여권을 복사한 것이었다. 김정남 사진의 것은 도미니카 여권이고 이름이 김정남이 아닌 〈Pang Xiong〉이었다. 뭔가 이상했다. 그들은 보여 달라고 통사정했다. 유리는 순간 고민했지만 줄 수 없었다. 냉정히 거절했다. 그러나 두 사람은 이미 일부를 메모했고 눈으로 봤는지라 기억을 합친다면 여권 정보를 알 수 있을 위험성도 있었다. 이것은 CIA 본부로만 보고해야 할 중요한 자료였다. 어떤 국가에게도 줄 수 없는 것이었다.

그다음 해인 2001년 5월 1일 김정남은 〈Pang Xiong〉 이름의 도미니카 여권으로 싱가포르를 출발하여 도쿄 나리타 공항으로 입국하다가 불법 입국으로 체포되었다. 베이징의 처 신정희와 아들 금솔과, 마카오에 거주하는 처 리혜경과, 나중에 또 첩이 됐다는 로동당126연락소 소속 젊은 경호원 서영라와 함께 도쿄의 디즈니랜드로 놀러 가는 길이었다. 그런데 그때 왕대장도 처 정경희와 아들 영남을 데리고 김정남 가족과 같은 비행기로 동행하고 있었다. 또 김정남이 입국하지도 못하고 공항에서 바로 추방되자 왕대장도 입국하지 않고 같은 비행기로 돌아 나와 버렸다. 그러느라 일등석을 모두 차지했고 기자들도 다른 아무도 일등석에 타지 못했다. 그러자 취재를 못 하게 하려고 그랬다며 전 세계 신문 방송들이 요란스럽게 비난했다. 그러나 김정남만 크게 보도되고 왕대장은 이때 알려지지 않았다.

그렇지만 이 일로 왕대장도 심각한 타격을 받았다. 후계자인 김정남이 전 세계에 이름 얼굴 성격 행동 방식 사생활까지 모든 것이 노출되며 깡그리 파헤쳐졌다. 장막에 가려져 있던 북한 자체가 너무 큰 국제적 망신을 겪게 된 사건에서 동행했던 범인이었기 때문이었다. 김정일 자신도 북한도 이제는 비밀이나 신비로움, 권위를 잃었다. 그 여파로 독재국가인 조선의 외화벌이 기업체들 모두를 총괄하며 이끌어 갈 왕대장의 후계 경영 수업도 중단되고 만 것이었다.

조선 평양의 왕회장은 「이런 쌍! 정신을 못 차리고 있군! 생각도 겁도 없이 놀아 대며 사고만 쳐 대는 새끼! 위대하신 당중앙님의 자제분을 겁도 없이 어디라고 따라나섰던 거야!」

「한심한 놈! 못돼 먹은 새끼! 내래 무슨 일을 맡기갔서? 다 말아 처먹을 놈!」

「실망을 이렇게도 시켜야만 되갔어! 못돼 처먹은 놈 새끼!」라며 몇 주 동안 분을 삭이지 못하고 노발대발하고 있었다. 왕대장은 완전히 찍히고 눈 밖으로 벗어나고 말았다. 모든 주변 상황이 급전직하로 뒤집힌 것이었다.

그러나 아버지 왕회장은 한편으로는 희망을 갖고 맏아들을 완전히 버리지는 않았다. 언제라도 대오각성을 해서 정신을 바짝 차리고 사람이 완전히 달라지기를, 사업체를 맡아서 제대로 잘 이어 갈 수 있기를 바라고 있었다.

왕대장에게 닥치는 위기를 보면서 유리도 큰 충격에 빠졌다. 두 영사가 팩스에서 본 왕대장 여권을 본부에 보고해서 생긴 일 같았다. 김정남에 대해서는 이번이 처음이 아니었고 전에도 일본에 드나든 기록이 있다는 보도도 나왔다. 이전에는 누구인지 일본 당국은 몰라서 통과를 시키다가 정보영사의 보고를 받고 나서 입국을 금지한 것만 같았다.

유리는 왕대장에게 큰 잘못을 했고 마음 아팠다. 어린 왕대장이 삼촌이라 부르며 따랐고 서로 해 끼칠 일도, 해코지할 이유도 없었다. 친구처럼, 삼촌과 조카처럼 의지하면서 어울리고 있었는데 이렇게 된 것이다. 마카오의 북한 사람들도 다른 사람들도 둘 사이의 정을 부러워했다. 둘 사이에 이런 일이 생기는 것은 상상도 할 수 없었다. 더구나 유리는 마카오에서 왕대장의 도움을 크게 받고 있지 않은가?

이 사건으로 유리는 진행하고 있는 공작 활동에 회의를 느꼈다. 본의 아니게 우정을 외면하고 의리까지 깨는 결과가 될 줄은 상상도 못 했던 것이다. 그럴 의도도 생각도 없었다. 그때 복사 여권 팩스를 그들이 보기 전에 즉시 폐기하지 못한 것이 잘못 아닌가? 앞으로 유리가 어떻게 해야 할지를 곰곰이 생각했다. 비밀리에 계획적으로 접근하고 친밀 관계(Rapport)를 만들어서, 도움을 받고 주변 사람과 관계까지도 이용하는 휴민트(Humint) 공작은 언제라도 본의 아니게 이런 배신이나 선택을 하게 되고 피해를 주는 것이었다. 앞으로는 유리가 인간적 관계를 맺는 사람에게는 피해를 주지 않는 일을, 지금까지와는 다른 일을 해 나가야 할 것 같았다. 유리는 자기 삶에서 용서받을 수도, 감출 수도 없는 죄업을 만든 것이었다. 평생 통회하며 속죄해야 할 죄라고 다짐했다.

왕대장은 2001년 6월 중순에야 북경에서 마카오로 왔다. 아직 충격을 못 벗어나 있었다. 북한 사람도 중국 사람도 만나기를 싫어했다. 가온아파트에서 낮잠을 자다가 어두워지면 집을 나서 어디론가 혼자 가고 있었다.

「콜로안섬 별장 빌라로 와요! 한잔합시다!」 왕대장이 어느 저녁 유리에게 전화를 걸어 왔다. 유리가 처음 가 보는 콜로안섬 흑사(黑砂) 해변 남단 오르막의 휴양 별장이었다. 검은 모래 해변 끝의 푸른 산이었고 산 중턱의 북향 경사지에 하얀 고급 별장 십여 채가 한 줄 횡대로 서서 활처럼 휘어진 흑사 해변을 내려다보고 있었다. 1층 차고부터 지상 3층까지를 모두 사용하는데, 옆 별장과 브리지 복도로 연결된 두 동의 건평이 200

평이 넘었다 주변도 옆집들도 불이 켜져 있었지만 인적 없이 적막했다. 왕대장은 「가족이 와서 살기에는 너무 외진 불편한 곳이야요. 평양 돼지 새끼네 어미가 와서 요양하다가 병이 나빠져서 남프랑스로 가 버렸어요. 비어 있는 집이야요!」라고 했다.

왕대장과 유리는 아무 말 없이 와인을 마셨다. 고민 없이 즉흥적이고 기분대로였던 왕대장은 한숨을 쉬기도 했고 우울했다. 뭔가를 고민하고 있었다. 유리는 마음속 깊이 너무 미안했다. 그런 왕대장을 바라보기가 불편했다. 그렇게 혼자 두고 먼저 나올 수도 없었다. 홍콩에 있는 한국과 일본 정보 요원이 왕대장의 여권을 봤다고 밝힐 수도 없었다. 또 한편으로는 왕대장의 여권 정보가 꼭 그렇게 유리 때문에 일본 당국에 들어간 것은 아닐 수도 있다고 생각했다. 다른 채널이 있었을 수도 있지 않겠는가? 자신을 위로하는 자기기만과 변명일 수도 있었다. 그러나 아무튼 지금은 왕대장도 유리도 똑같이 위로와 기분 전환이 필요했다.

만취한 두 사람은 음주운전으로 바다 위 다리를 건너며 시내로 들어왔고 리스보아호텔 근처에 있는 포르투나호텔의 룸살롱으로 갔다. 룸살롱은 파트너를 고르라며 아가씨들을 들여보냈다. 나신 같은 차림새로 한 번에 열 명씩 세 번, 서른 명이 들어왔지만 구경하면서 가만있자 또 열 명이 더 들어왔다. 경제난의 러시아로부터, 경제가 성장하며 돈에 미쳐가는 중국으로부터, IMF 금융위기를 겪는 한국과 동남아 국가들로부터 수많은 아가씨들이 마카오에 쏟아져 들어와 매춘을 하고 있었다. 러시아 여성들은 대낮에도 골목마다 매춘 호객을 하느라 서성대고 있었다. 아가씨들은 밤에는 술집으로 몰려들었고 포주로부터 호출 전화가 오기를 밤낮없이 기다렸다. 왕대장은 한국 여성과 중국 여성 두 명을 골랐고 유리는 중국 여성을 하나 골랐다. 취한 술과 룸 조명으로 여성들은 가슴을 뻥 뚫는 것처럼 혼미하게 현기증이 나도록 예뻐 보였다. 두 사람은 마시던 술을 남겨 두고 비틀거리며 객실로 갔다. 다음 날 한낮에야 왕대장이 걸어 오는 전화를 받고 유리는 함께 호텔을 나왔고, 샥스핀 수프로 해장하며 몸을 달랬다.

「상하이에서 중학교 영어 선생이었는데 빚을 내어 만든 25만 위안을 밀입국 조직에게 주고서 바로 이틀 전에 마카오 건너의 중국 땅 강변에서 어선을 타고 캄캄한 밤중에 콜로안섬으로 밀입국했다. 밀입국한 일행들과 이른 새벽에 운동복 차림으로 마카오 바다 위로 난 다리를 조깅하며 건너 시내로 들어왔다.」

「빨리 열심히 돈을 모아서 밀입국하느라 빌린 돈도 갚아야 하고, 앞으로 중국으로 돌아가서 작은 가게도 열고 싶다. 살아갈 자금을 마련해야 한다.」라고 유리의 파트너가 말했다.

가온 아파트의 자기 집과 콜로안 흑사 해안 별장에서 지내던 왕대장은 6월 하순 어디론가 갔고 몇 개월이 가도록 돌아오지 않았다. 왕대장이 마카오를 오랫동안 비우자 유리는 북한 사람들과 소원해지는 것 같았다. 그러니 그들과 어울리는 기회를 일부러 만들어야 했다. 하지가 지나고 며칠 후라 태양 빛이 정수리 바로 위에서 사람의 그림자도 안 만들며 내리쬐고 있었다. 더위가 사우나 찜통 같은 수요일 한낮에는 도박장에 사람도 없었다. 따가운 햇볕이 물러나는 밤이 되어야 도박꾼이 나타났다. 유리는 점포 셔터를 내리고 아이스크림과 수박과 얼음을 사 들고 김대중의 사무실에 들어갔다.

「오! 유리 동무 어서 오시라요! 뭘 또 잔뜩 사 들고 오셨구먼!」

「반갑수다레, 바깥에 나가기가 무섭습네다, 더워요······. 이럴 때는 사무실에 들어앉아 전화로 다 처리하는 거이 서로 좋다고요!」 사무실에 마침 와 있던 신합흥무역의 김국태와 조광무역의 한성룡이 한마디씩 하며 유리를 반겼다.

그들은 특수 파이프 운송 문제로 단둥의 대성무역총사와 영변의 핵재처리시설 건설 기술자들과 논쟁하고 있었다. 사무실 전화와 손 전화를 모두 들고 각기 의논하고 있었다.

「영변 핵재처리시설에 쓰일 특수 파이프들이 중국 시춘에서 제작되어 열차로 단둥에 도착은 제대로 잘했는데······.」

「······.」

「예? 기렇다면 우리 조선 안에서 비 때문에 철로가, 열차가 운행이 중단됐단 말이야요? 그 바람에 압록강 건너 신의주로는 들어가지도 못하고 며칠째 지체되고 있다는 기야요?」

「······.」

「100프로 우리 조선에 책임이 있구먼, 그렇다면 문제를 삼을 수가 없는 거로구먼.」

「······.」

「하여간 여기 마카오에서 우리네는 책무를 이상 없이 다 해냈다는 것을, 우리가 못한 역할은 없다는 것을 알아주시기 바라갔습니다.」

「건설 현장 동무들은 왜 계획된 일정대로 도착하지 않는 거냐? 김정일 지도자께서 엄중 지시하신 최우선적 국가사업인데, 단 하루라도 늦어져서는 안 된다······. 당중앙에 보고되면 큰일이 난다고 급히 독촉해 오는 사정인 걸 아시라는 말입네다!」 한성룡도 김국태도 열이 올라 난리 치고 있었다.

두 사람은 통화를 끊고 나서 「평양에서 아시면 큰일 날 문제」라며 걱정하더니 다시 평양에다 전화해 상황을 보고하며 「어떻게 해서든 빨리 트럭으로라도 영변까지 운반시켜 주시라!」라고 호소하고 있었다.

「오랜만에 우리 나가서 저녁이나 같이 좀 합시다.」 그들이 통화를 마치고 조용해지자 유리가 제의했고 해피하우스(쾌락옥)로 가서 시원한 맥주에다 스시 요리를 먹었다. 그들은 날씨가 더워서 힘들다며 술은 맥주로 각기 한 병씩만 마셨고, 일찍 헤어졌다.

2001년 10월 하순의 오전이었다. 조광무역 대표 박성철이 혼자서 유리의 점포로 들어섰다.

「유리 동무, 내래 좀 필요한 게, 일이 있어서리…….」

「예, 말씀하십시오.」

「내래 아들이 둘인데 말이야요, 작은아들은 평양 외국어학교를 졸업하고서리 동유럽에 외화벌이 일꾼으로 나가 있단 말입니다. 체코에 말입네다.」

「졸업하면서 곧바로요? 아, 아주 잘됐습니다. 다행입니다!」

「그런데 평양에 결혼한 큰아들이 있는데, 살림집이, 아파트가 겨울에 춥다고 한단 말입니다. 손주가 생겼는데 말입니다…….」

「아, 예……. 압니다. 그렇겠지요!」

「남조선제 보일러가 좋다는데, 내래 하나를 좀 보내 줄까 하는데 좀 알아봐 주시라요!」

오전이라 한가하던 유리는 리스보아카지노의 롤링업자 도종범에게 전화하여 정보를 부탁했고, 얼마 후 홍콩의 한국 상사로부터 유리네 점포 팩스로 보일러 팸플릿들이 왔다. 밖으로 나갔던 박성철도 다시 들어왔다.

「보일러가 제품이 여러 가지가 많군요! 모양들은 비슷해 보이는데 다 사진이라서리……. 용량 크기가 차이기 있는 거로군……. 살림집이니까, 작으니까 이거이 좋갔수다레!」 그는 한참 동안 팸플릿들을 들여다보며 조목조목 비교하더니 하나를 골라서 유리에게 내밀었다.

「이것으로 주문해 주시라요, 단둥으로, 우리 대성무역회사로 이 주소로 해 주시라요!」

유리는 박성철이 지정하는 소형 가정용 보일러 한 대를 단둥의 수신처로 홍콩의 한국 무역상에 주문해 주면서, 단둥에 도착할 예상 일자도 알아서 알려 주었다.

「대표 동무? 내래 마카오 대표야요!」 박성철은 그 즉시 단둥의 대성무역지사에 전화했다.

「대표 동무, 내래 평양에 아들네가 손주가 났는데… 살림집이 춥다고 해서리 보일러를 하나 좀 보내겠수다레!」

「그러시라요, 대표 동무. 내가 문제 안 생기게 잘해서 제까닥 들여보내 주갔습니다.」

「남선 거이라서리, 내래 말하기도 맘이 걸리누먼. 동무가 알아서리 껍데기를, 포장이네 모두를 남선 표시 붙은 것들을 좀 처리해 주시구레……. 이거 참 못할 부탁입니다레, 그래서리 내래 직접 대표 동무한테다 부탁을, 이렇게 전화를 하는 기야요! 감안하시라요!」

「짐 속에다 넣고 중앙당 화물 포장을 덮갔습니다. 그렇게 하면 손을 못 댑니다.」

「고맙수다레. 동무도 일 있으면 나한테 바로 전화하시라요, 여기 홍콩 마카오에는 뭐든지가 다 있으니까니 내래 적극 다 도와드리겠수다…….」

「대표 동무 고맙습니다. 그러겠습니다.」

「서로 도우면서 해야지……. 그 물건이 크기가 제일 작은 거라서, 우리 대성무역 트럭에도 짐 사이에 끼워 넣는 거이 될 것 같수다레.」

「알아서 잘 해 보갔습니다. 염려 마시라요!」

「으흠, 내래 동무한테 이거이 못할 큰 신세를 지는구먼, 이거이 정말 고맙구레, 동무!」

「지금 매일 여기 단동에서 짐이 엄청나게 들어가서 평양을 거쳐 남포와 해주로 내려가는 짐이 엄청나게 많단 말입니다. 그러니까 저가 이 말을 하는 겁니다!」

「아, 그래요?」

「남조선에서는 김대중이가 대통령이 되고 나서 우리 당중앙 영도자 동지께 뭐이든지 원하시는 대로 다 잘해 드리겠다며 좋게 지내시자고 애걸을 하고 있단 말입니다. 그 바람에 우리 물건들이 남조선으로 마구 쏟아져 들어가요, 장사가 막 되는 겁니다! 그 속에 넣는 겁니다.」

「중국에서 나는 물건이 철도와 트럭으로 조선에 들어가면 평양에 잠시 세우기도 하고 아니면 직통으로 통과시켜서 곧바로 남포항으로 갑니다. 남포에서는 〈조선 원산지 증명서〉를 붙여서 남조선으로 수출하는 거인데, 글쎄 일꾼들이 이 증명서를 제대로 만들어서 제때에 붙여 주는 것도 못 하는 겁니다! 워낙 빨리 통과하기 때문이기도 하지만서리 자꾸 빵꾸가 나는 기야요. 남조선 아이들이 원산지 증명이 없다고 클레임을 걸고 들어서 여기 내가 머리가 아파요! 단동 책임이라는 겁니다. 이런 원~ 참~!」
「흐흐~ 그렇습니까?」
「골동품이라는 게 원래 보기에 허름해야 하니까, 아주 허접하게 가짜를 만들어서 흙을 발라 놓고 북조선 어디에서 중국 어디에서 출토된 것이라고 이름만 붙여 주고, 이것들을 남조선에 보내기만 하면 가네들이 순식간에 부르는 값으로 줄을 서서 서로 먼저 사 가는 거야요!」
「조선 그림도 그렇단 말이야요. 학생 아이들이 그린 것도 조선 인민예술가 작품이라는 말만 하면 남조선 놈들이 그저 부르는 값대로 돈을 들고 달려든답니다. 주문까지 더 들어와요.」
「기가 막히는 얘기야요! 우리야 재미 보는 건 좋지만 남조선 놈들은 북조선 거라면 사족을 못 쓰는 게 웃기는 겁니다! 그러면서도 원산지 증명을 찾는 놈들이 있는 겁니다! 그래서…….」
「흐, 허……. 우습구레. 아무튼 책잡히지는 마시라요.」
「남조선 인민들이나 높은 자리에 앉은 놈들이나 모조리가 이런 얼간이들인 기야요!」
「백두산 들쭉술, 더덕술, 송홧가루, 인삼, 약초……. 뭐이든 백두산에서 나온 것이라고만 하면 남조선에서는 먼저 보는 놈이 임자라는 거야요! 여기서 마카오 조광에서도 남조선으로 많이 들여보낸단 말입니다. 그런 가네들 참, 한심한 것들이 아니고 뭐이갔어?」

왕대장은 마카오를 나갔다가 여섯 달 후인 그해 12월 말에 마카오로 돌아왔다. 도착 다음 날 두 사람은 함께 두 번째로 포르투나호텔 룸살롱으로 갔다. 술에 취하자 왕대장은 지난 몇 달간의 이야기를 풀어놓았다.

「7월 초에 내가 베이징으로 가서 며칠 왕회장의 심기를 살피다가 평양으로 들어갔어요. 일본 사건 이후 날짜가 가면서 왕회장님의 노기가 가라앉아서 앞에 가서 꿇어앉아 싹싹 빌었던 거야요. 그런데도 생난리 치며 한 달을 가둬 놓고 밖으로 나가지도 못하게 했어!」

그런데 7월 말에 노기가 조금 풀리셨는지 왕회장님이 모스크바를 방문하시는데 같이 가자고 해서리 따라갔단 말입니다. 크레믈린에 들어가서 러시아 공무원들 기업가들하고 푸틴 총리도 온 거야요. 같이 만찬도 했단 말이야요.」

「아! 대단하시군요!」

「그런데 병원에 입원 중인 어머니를 왕회장님이 몇십 년 만인데도 겨우 몇 초 동안만 만난 기야! 1분도 안 돼! 무자비한 야만인……」 왕대장은 한숨을 쉬며 눈물을 닦았다.

이날 왕대장은 병환 중인 어머니 생각 때문인지 조용히 술만 마시다가 나왔다.

고려항공은 마카오로 정기운항을 포기하고 부정기적으로 가끔 운항하고 있었다. 각국 신문과 방송들이 「고려항공기는 북한 정권이 외교 행낭과 외교 메신저 기통수들을 이용해 위조 미 달러와 마약과 금괴를 밀반입하는 밀수 항공기이다.」라고 여러 차례 보도한 후로 온 세계가 주시하고 있었기 때문이었다. 마카오는 북한이 온갖 국제범죄를 벌이는 본거지라는 것이 온 세계에 다 까발려졌던 때문이었다.

평양을 자주 드나들고 있던 왕대장은 이런 상황에 고려항공의 마카오 운항이 중단되어 베이징을 경유하게 되자, 베이징에서 모스크바로 날아가서 건강이 더 나빠진 어머니를 만나기도 하면서 어머니를 걱정하고 있었다. 2002년 5월 중순이 되자 황급히 나서더니 보름 만인 말에야 돌아왔다. 집에 가서 옷을 갈아입자 바로 유리에게 왔는데 수척했고 지쳐 있었다. 정신이 나간 듯 멍했고 깊고 슬픈 외로움에 빠져 있었다. 유리는 부모님이 돌아가셨을 때마다 겪어 본 일이라 얼른 알았다. 모른 체하면서 왕대장이 무슨 말을 먼저 꺼내는지, 무엇을 원하는지를 예의 살폈다. 어머니를 잃은 충격으로 자신을 못 추스르고 숨 쉴 의지도 잃었고 마음이 무너져 내려 세상 모든 것에 의욕을 잃은, 공허와 슬픔에 빠져 있는 것이 분명했다. 아무 말 없이 멍하니 창밖으로 지나가는 사람들만 쳐다보고 있었다. 왕대장을 리드해서 위로해 주어야 했다.

「한잔하러 가시지요!」 유리는 아직 시간이 아닌데도 점포 셔터를 닫았고 왕대장은 아무 대답 없이 일어서며 따라나섰다. 유리는 그를 데리고 실내 장식이 밝고 둘레가 확 트인 이태리 식당 피짜리아로 갔다. 이태리 사람이 직접 경영하여 요리 맛도 좋고 시야를 막는 게 없어서 우울한 그에게 좋을 것 같았다.

왕대장은 말도 없이 해물파스타와 고기에 와인을 꿀꺽꿀꺽 마셨다. 그러더니 눈물을 흘리며 콧물까지 훌쩍댔다. 냅킨이 흠뻑 젖었다.

「어머니를 묻어 드리고 왔어요!」 그는 깊은 한숨과 함께 말했다. 첫말이었다.

「그러셨군요!」

「아무도 오지 않았어요! 나 혼자서 일꾼들을 사서 다 했어요!」

「참으로 가슴이 아픕니다!」

「예순여섯 살이었어요, 심장병이었어요. 화병!」

「그러셨군요!」 유리는 순간 23년 전 폭설이 쏟아졌던 밤의 모습이 주마등처럼 스쳐 갔다. 또 제네바 공항에서 하이힐 뒷굽에 발등을 찍힐 때의 고통도 기억났다. 자신을 〈삼촌〉이라고 부르던 꼬마를 떠올리며 지금 앞에 앉은 모습과 비교했다.

「노보데비치 묘지에 모셨습니다. 흐루쇼프의 묘도 멀지 않아요! 자리를 보면 러시아 정부에서, 정보기관에서 배려해 준 거지요! 푸틴도 내막을 보고받았을 테니까……. 병원에서는 처음부터 옛날부터 다 아는 일이었으니까…….」

「모스크바의 조선대사관에서는요?」

「공식적으로는 앞에 나서지는 않았는데 보위부 소속 안전 대표와 왕 회장님 비서실 대표가 묘지 담당 정부 기관에다 연락도 하고 다 했어요! 당중앙 지도자이신, 김정남 동무네 모친보다도 더 좋은 수도원 묘지입니다. 거기는 트로예쿠롭스코예라는 묘지야!」

「아! 그러니 참 다행입니다!」

「이모가 사고를 쳤어! 바깥으로 도망을 쳤어요, 몇 년 전에……. 그래서 어머니가 더 힘들었던 거야! 유럽으로 바람 쐬러도 못 나가게 했고, 하나뿐이던 말 친구 이모도 없어졌고.」

「아, 예……!」

「꼼짝할 수도 없이 감시를 받고……. 스트레스에 못 배겨 났던 거지!」

「그러셨군요! 그러니 병이 더 나빠지신 거군요!」

「내가, 외아들인데……. 아무것도 못 해 드렸습니다.」

「…….」

「불쌍한 어머니를 내가 버렸어요. 아버지처럼 아들도……. 병들고 외로운 어머니를 잊어버린 채 놀아 대느라… 돌보지도 않고……. 무책임했어요! 아무 도리도 안 한 탓이야요!」

「…….」

「아무것도 해드린 게 없어요! 탕아였어!」

왕대장은 이미 다 젖은 냅킨으로 자꾸 나오는 눈물 콧물을 훌쩍대며 계속 닦아 내고 있었다. 밤이 깊어 있었고 왕대장은 몸을 가누지 못했다. 유리는 택시를 불러 그를 집으로 데려다주었다.

며칠 후였다. 왕대장은 차분해진 모습으로 유리의 점포에 들어와서 「평양에 또 들어갑니다. 불러서요…….」라고 인사를 하고는 마카오 공항으로 간다며 나갔다. 이때 왕대장을 마카오 공항까지 배웅하고 돌아온 김대중이 유리의 점포로 다시 와서 앉아 쉬고 있는데 조광무역 한성룡으로부터 전화가 왔다.

「나 유리 사장님 점포에 있시오. 어디요?」

「…….」

「바로 옆에 있군. 이리 오시오!」

잠시 후 한성룡이 유리의 점포로 들어오며 인사했다. 「유리 사장님 오랜만입니다, 다엑심에 안 계시니 자주 못 뵙겠습니다요.」

「그런데 무슨 일 때문에 나를 찾은 거야요?」 김대중이 한성룡에게 전화한 사유를 물었다.

「예, 양담배 컨테이너 20피트짜리 34개를 실은 우리 배가 지금 주하이 공항 앞바다 멀리 공해에 떠 있습니다. 이리저리 조금씩 움직이면서 찾아오는 중국 배, 필리핀 배, 베트남 배들에게 컨테이너를 한두 개씩 환적해 주는 중입니다. 환적은 어두운 밤중에만 합니다. 보름이 더 걸릴 때도 있습니다.」

「주하이 공항 앞바다에서?」

「예, 중국 내륙으로 들어가는 것은, 양쯔강을 통해 들어가는 것은 오키나와 쪽 바다에서 환적합니다마는 이번 거는 필리핀 베트남하고 또 주강 담강(Tanjiang)으로 남중국 내륙으로 들여보내는 것이라서 여기까지 내려온 겁니다.」

「문제없이 진행되고 있는 거야요?」

「말보로하고 마일드세븐하고 던힐인데 한 컨테이너가 밀매 할인가로 40피트짜리 컨테이너 한 개에 400만 달러, 20피트는 200만 달러입니다. 이번에는 20피트짜리라서 모두 6천8백만 달러 됩니다. 어젯밤까지 며칠째 밤마다 약속한 배가 몇 척씩 와서 환적을 해 가는데 며칠 밤씩 늦게 오는 배도 있답니다. 그래도 잘 환적하고 있는 편이라고 보고가 왔습니다.」

「암호통신으로?」

「예, 배하고 우리 조광하고 암호통신을 합니다.」

「대금은?」

「환적하고 나면 김태식 동무가 관리하는 우리 조광무역 통장으로 돈이 송금되어 들어옵니다.」

「수고가 많군, 한성룡 동무 오랜만인데 유리 사장님하고 우리 한잔하며 저녁이나 먹읍시다.」

「예, 감사합니다. 저 배는 환적을 다 해 주고 나면 홍콩에 들어가서 궐련 종이, 담배 필터, 화학약품, 겉 포장지, 포장 비닐 등 50여 가지 담배 제조용 재료들을 싣고 라진항으로 들어갑니다. 다시 육로로 회령의 담배 공장으로 보냅니다.」

「수고가 많아요!」

13.
위축

「평양 갔다가 베이징서 좀 지내다 왔어요.」왕대장이 우울증인지 무슨 말 못할 사연이 있는지 몇 달 만인 2002년 11월 하순에야 마카오로 왔고, 도착한 날 저녁 유리가 문을 닫을 시간에 점포를 찾아와서 축 처진 모습으로 말했다. 눈이 들어가 있었고 활기가 없었다. 점포 밖에는 왕대장을 따라온 몸이 단련된 젊은 남자 네 명이 오가는 사람들을 살피고 있었다. 왕대장은 유리와 단둘이서 조용히 술을 마시고 싶어 하고 있었다. 왕대장에게 뭔가 심각한 일이 있고, 긴장해 있음을 유리는 알았다. 이럴 때 어울려 줄 사람은 유리뿐이었다. 마카오 북한 요원들은 전혀 도움이 되지 않는 일인 것 같았다.

「조용하고 깔끔한 곳으로 갑시다!」유리가 말했다. 〈안전한 식당으로 가자〉는 의미였다. 유리도 왕대장도 서로 통하고 있었다. 두 사람은 프레지던트 호텔 2층의 양식당 별실에 들어갔다. 따라온 남자들은 별실 바로 앞의 테이블에 두 명, 식당 출입구와 화장실 방향 사이 테이블에 두 명으로 나뉘어 자리 잡았다. 그들에게도 좋은 요리를 충분히 시켜 주었다. 그러나 술은 줄 수가 없었다. 둘이서 와인과 티본스테이크를 먹고 있었다. 침묵하던 왕대장이 입을 열었다.

「유리 사장님! 으흠~ 삼촌! 사무실에서 금고를 빼내 와야 되겠습니다!」

「아? 알겠습니다!」 유리는 안 좋은 짐작을 하고 있었지만 그래도 의외의 말이었다. 왕대장이 어떤 처지인가 먼저 염려되어 놀라고 있었다.

「그런데……?」 유리가 무슨 일인가 물어보려다가 그의 안색을 보며 입을 다물었다.

「내가 몸조심을 해야 되겠습니다. 여기 조선 동무들도 믿을 수가 없게 됐습니다.」

「…….」 유리는 조용히 그를 바라보기만 했다.

「베이징에서 집에 틀어박혀 있기만 했어요. 여섯 달을, 6월에 평양에서 나와서리.」

「여섯 달 동안을요? 왜요?」

「썅! 개새끼 놈들! 나를 죽이려 하고 있어!」

「…….」 유리는 누군지 물어보지 않고 왕대장이 말하는 대로 천천히 들어 보기로 했다.

「베이징 국가안전부 사람들, 내 경호 요원들입니다……. 베이징에서 오늘 함께 왔어요.」 바깥 남자들을 고갯짓하며 말했다.

「베이징에서 내 집 드래건 빌라 근처에서, 골프장 입구 한국 식당에서 저녁을 먹고 나서는데 어떤 놈들이 달려들었어요! 몇 놈인지도 모르겠는 거야요!」

「그런 일이요?」

「나한테 붙어 다니는 우리 대외연락부 애들이 둘이서 필사적으로 막아 싸우고 옆에 있던 중국 안전부 애들도 달려드니 그놈들이 도망을 쳤어요!」

「그놈들이 누굽니까?」

「평양에서도 고모부가 뒷조사를 시키고 중국 안전부도 그놈들을 잡아서 조사했는데… 나도 고모부도 남조선 놈들인 줄 생각했다고……. 그래서 안전부에 세게 얘기해서 남조선 끄나풀을 찾아내라고 했댔는데 말이야. 캐고 보니 평양에서 어린 두 망나니 새끼들이 시켰던 거야! 나를 암살하라고 자기네 비밀 라인으로 시킨 것이야!」

「평양의 망나니……. 그렇다면 조심해야 되겠군요!」

「이걸 조사하고 알아내는 동안 나는 베이징에서 가만히 있어야 했던 거야요.」

「으흠…….」

「이젠 마카오 동무들도 믿을 수 없어. 누가 누구와 비밀 연결을 하고 있는지!」

「긴장되는군요!」

「고모부가 중국 국가안전부 부장한테 강력히 요구해서 나한테다 요원 네 명을 붙여 준 거야요! 그러느라 어제야 같이 마카오로 온 겁니다. 저 사람들이 맨날 내 옆에 있을 겁니다. 이제는 나는 중국 애들을 더 믿어야…….」

「예… 김대중 동무는 좀 믿음이 가지마는, 사무실에 조선 동무들이 많이 오니까!」

「마카오 동무들은 베이징 일을 전혀 모를 거야요. 안다면 그쪽 라인인 거지! 하여간 금고를 빼내 오고 적당히 안전거리를 유지하라요! 내게 일이 생기면 바로 삼촌한테 타격이 갈 테니까, 대책이 있어야 되니까…….

그래도 조선 동무들하고 완전 끊어지지는 않게 하시라요!」
「평양의 아버님, 왕 회장님께서 베이징 사건을 아신다면 가만두지 않으실 거 같은데……. 설령 아직 화를 못다 푸셨다 해도 어린 망나니들을 혼내서 맏아들을 보호해 주지 않을까요? 너무 걱정 안 해도 되지 않을까요? 또 고모부님도 사건을 아시니까?」

2002년 12월 초에 평양에서 대외연락부 요원 두 명이 소리 소문 없이 주하이 하이콴을 통해 마카오에 추가로 들어왔다. 평양 왕사장의 비밀 특명으로 왕대장을 경호하기 위해 긴급히 파견된 요원이었다. 왕대장만 아는 일이었고 마카오의 북한 동무들에게도 비밀이었다. 왕대장이 유리에게만 귀띔해 준 비밀이었다.

유리는 무슨 이유를 대면서 언제 김대중의 다엑심 상사 사무실에서 보석 금고를 꺼내 올까 생각했다. 금고를 꺼내 오면 그들과 완전히 결별할 것 같기도 했다. 마카오의 북한 사람들 중 특히 핵심인 김대중과의 밀접한 친분과 연결고리를 유지해야만 신합흥무역 대표 김국태와 조광무역 박성철 대표와 대외정보조사부 리근모, 맥상규, 박광부 등 공작 요원들과도 계속 만날 수가 있을 것이고 그들로부터 정보를 입수할 수 있을 것이었다. 이제부터는 앞으로도 공작을 계속해 나갈 수 있을 것인지 중대한 상황 변화에 처하고 있었다.

그러나 한편 이참에 유리는 북한 사람들이 찾아오거나 전화를 걸어 오지 않으면 의도적으로 일을 만들어 그들을 만나고 싶지 않은 심정도 있었다. 일본 사건으로 왕대장을 실로 너무 큰 역경과 위기에 처하게 만들었다. 그동안 해 왔던 일에서 개인과 국가 간의 이율배반을 느꼈기 때문이었다. 공작 활동에 대한 회의가 생겼고 깊은 양심의 가책에 짓눌렸다. 국가조직에 대한 충성과 인간관계에서의 배신 간에 잔혹한 딜레마가 있었다. 「국가이익, 안보라는 대의명분과 정보조직의 임무, 충성심, 사명감이라는 명제와 논리가 무서웠다. 인간 윤리의 양심과 도덕과 철학을 옥죄며 허용하지 않고, 말살하고 있었다. 인격도 자유도 고뇌도 허용하지 않고 있었다. 무자비한 횡포였다. 자신과 사랑하는 처자식을 위해 열심히 충실히 사는 사람들이 서로 쌓아 가는 인간적 신뢰와 정이 본의 아니게 배신되고 무자비하게 유린된다.」라는 것에 소름끼쳤다. 「너무도 비인간적인, 인간의 실존성을 말살시키는 이런 일은 안 하며 살고 싶다.」라는 생각이 간절해졌던 것이다.

한편으로 불법 범죄 행위에 목을 매고 매일 전화기에 매달려서 임무를 달성하겠다고 속을 태우는 그들 북한 요원들의 모습이 생각나며 안타깝기도 했다. 그래서 돈을 1만 달러씩 넣은 봉투를 김대중, 리근모, 박성철에게 하나씩 주기로 했다. 세 사람이 서로 보는 앞에서 똑같이 주는 것이다.

그래서 그들을 저녁 식사에 초대했고 술을 마시며 분위기가 올랐을 때 하나씩 주었다. 「그동안 고마웠습니다. 저가 내일 금고를 빼내겠습니다.」라는 말만 했다. 그들은 고개를 깊숙이 숙이며 봉투를 받았다. 이로써 앞으로도 이 사람들이 유리를 쉽게 저버리지 못할 덫을 만들었다. 또 왕대장 앞에서 더 조심해야 할 약점도 될 것이었다. 그런 다음 날 금고를 유리의 아파트로 옮겨 왔다. 그들은 사유를 알려 하지도 않았고 유리도 아무 설명을 하지 않았다. 이로써 말끔하게 정리가 됐다. 금고를 빼내 온 이유는 자기네끼리 만들어 줄 것이었다.

왕대장은 답답하게 지내다가 연말에 아들 영남이를 데리고 엄마 정경희가 아닌 후처 장일선과 경호원들과 함께 주하이 하이콴으로 나가서 어딘가로 며칠 다녀왔다. 또 기분 전환을 하자면서 유리와 마카오 콜로안섬이나 주하이로 가서 골프도 했다. 또 마카오의 친한(親韓) 인사 응푸 씨가 운영하며 한국인들이 많이 이용하는 President(총통)호텔 양식당에서도 식사와 술을 했다.

태양절(4월 15일) 직전에는 평양으로 갔다가 한 달이 넘어서 오더니 활기가 있었다. 모스크바로 다녀왔다는 것이었다. 도착 후 저녁에 술을 마시자며 유리의 점포를 찾아왔고 함께 프레지던트호텔 2층 양식당의 별실로 갔다. 중국 국가안전부 경호원 두 명과 대외연락부 요원 두 명이 전처럼 앉아 있었다.

「모스크바에 갔다 왔습니다.」

「무슨 일로요?」

「어머니를, 일 년째 기일이 다가와서 다시 찾아가 봤습니다.」

「아, 잘하셨습니다!」

「밝고 활달했는데, 적극적인 성격이었는데… 사람들 만나서 떠들며 어울리기를 좋아했는데 외롭게 평생 갇혀서 살았던 겁니다.」

「그동안 만 29년이나 혼자 살았으니 모스크바는 낯선 곳도 아니지요……. 그 묘지에 묻히시게 될 줄을 아마 미리 아시지는 못했겠지만……」

「어머니 묘는 어떻습니까, 좀 마음에 드십니까?」

「아, 예! 가서 다시 보니 어머니의 무덤이 잘 만들어진 것 같고, 위치도 나쁘지 않은 것 같아 다행입니다.」
「예, 그나마 좀 위로가 되시겠습니다.」
「그렇습니다. 이제는 더는 슬퍼하지 않겠습니다. 마음이 편안해집니다.」
「자자, 이젠 기분 좋게 한잔 드십시다.」

그날 왕대장과 유리는 2차로 룸살롱에 가서 아가씨들을 불러 놓고 가라오케로 한국 노래, 중국 노래, 영어 노래, 일본 노래들까지 부르며 아주 기분 좋은 시간을 보냈다.

김대중의 다엑심 사무실에도 갈 일이 없어진 유리는 이때 북한 동무들과의 만남이 적어졌고 점포에서 도박꾼들의 보석과 시계를 저당 잡고 돈을 빌려주고 판매하는 장사에 재미를 느끼고 있었다. 중추절 연휴에는 홍콩과 한국에서 찾아오는 고객들이 많았다.

그때 한국인 도박꾼들 중에는 갖고 나온 도박자금을 모두 잃고서 신용카드 대출까지 바닥나면 몸에 지닌 시계와 반지를 들고 유리의 점포를 찾아오는 사람이 하루에 몇 명씩 되는 날도 있었다. 그중에는 부산시 내 자기 빌딩에서 병원을 하며 모텔 건물도 가진 젊은 의사가 있었다. 그는 갖고 나온 도박자금을 다 잃고 리스보아 카지노 VIP룸의 한국인 정킷업자에게서 큰 빚을 내며 열 베팅을 한 끝에 그마저 잃자 몸에 찬 시계와 반지를 들고 찾아온 것이었다. 유리는 그에게 「그만 포기하고 귀국하시라!」라고 설득하며 돈을 최대로 제공했지만 소용없었다. 그는 그 돈조차 다 잃고 결국 마카오에서 불법 체류를 시작했다. 그 후 그의 한국 재산은 여섯 달도 안 돼서 국내의 폭력 조직들이 개입하여 모두 처분했고 빚진 돈은 마카오로 회수되었다. 불법 체류자가 된 그는 맥도날드에서 서성대다가 손님이 일어서면 잽싸게 그 자리에 앉아 남긴 포테이토칩이나 콜라로 끼니를 해결하고 있었다. 그렇게 허기를 해결하면 또 VIP룸으로 들어갔고 도박 테이블에 붙어서 구경을 하다가 도박꾼이 큰돈을 땄을 때 뿌려 주는 팁을 받으면 그 돈으로 또 잔돈 도박을 하고 있었다.

또 한국 SM사의 홍콩 지사 과장은 주하이에 신설하는 부품 공장 건설의 책임자로 근무하면서 리스보아 카지노에 드나들며 재미 삼아 소액 도박을 하고 있었는데, 점점 빠져들어 갔다. 홍콩 지사에는 공장 건설 대금으로 계속 청구하여 송부받으며 결국 670만 미 달러를 날렸다. 그는 그러고 며칠 후에 마카오에서 홍콩으로 가는 쾌속 페리를 탔는데 홍콩에는 도착하지 않았으며 아무도 그의 소식을 알 수가 없었다.

홍콩섬 센트럴에서 고급 스시 식당을 경영하며 홍콩 엄마라는 60대 초의 송윤희가 있었다. 늘씬한 몸매에다 미모가 워낙 뛰어나고 피부도 빛이 났다. 「그 옛날에는 미인대회에서 상도 받았지, 영화도 찍었어. 내가 명동을 걸어가면 마주치는 사람들은 놀라 그 자리에 멈춰 서서 고개를 돌리고 쳐다보느라 넋을 잃었다니까!」 같이 술 마실 때마다 늘 하는 자기 자랑이었다. 그 홍콩 엄마가 유리와 처음 만났을 때 건네준 명함에는 송윤희라는 이름이 쓰여 있었다.

「처음에는 홍콩의 우리 한국 아가씨들이 나를 〈송 엄마〉라고 불렀어, 그러다가 요새는 〈홍마마〉라고도 불러! 홍콩 엄마라는 뜻이지……. 그 말이 그 말이잖아? 나쁜 욕은 아니니까!」 나긋한 목소리의 그녀가 유리에게 자기 명함을 주면서 애교 넘치게 하는 말이었다.

송윤희는 자기 일식당이 쉬는 날에 골프를 하거나 마카오 카지노로 건너오곤 했는데, 그러다가 유리의 보석 점포를 알게 되어 찾아오고 있었다. 도박장에서 돈을 잃고 난처해진 한국인이 보이면, 도박 룸들을 이리저리 서성대며 눈치를 보던 도종범 같은 호객꾼들이 접근하여 도와주겠다며 높은 고리로 도박자금을 빌려주거나 보석 전당포를 소개해 주고 있었는데, 송윤희는 그 도종범과 친한 사이였다. 그런지라 홍콩의 한국 아가씨 한두 명과 카지노에 와서 도박을 하고 나면 도종범과 저녁 식사를 하며 술을 마시기도 했는데 그때는 점포로 유리를 찾아와서 한잔하자며 데리고 나가기도 했고 가끔은 전화로 불러내기도 했다.

「내가 젊었을 때는 남자들을 휘어잡는 매력이 좋다고 유명했지. 테크닉이 남다르다면서 박정희 정권 때 실력자들 몇 명이 나를 안아 보면 푹 빠져서 그냥 매달려 댔단 말이야!」 그녀는 종종 자신의 남다른 비밀 경력과 옛날에 있었던 사건들을 자랑삼아 까놓고 말했다.

「내가 한창때, 잘나가는 배우일 때는 술자리에도 자주 불려 다녔어……. 스케줄을 잡을 수가 없었어, 갑자기 어디로 오라고 하고, 낮에도 밤에도 불러 댔다니까!」

「김 씨도 정 씨도 나를 한 번 더 안으려고, 틈이 생기는 날에는 서로 차지하려고 눈에 쌍불을 켜고 무서웠어! 나 때문에 서로 총을 뽑아 일을 낼 것만 같더라니까!」

「눈치 싸움 정도가 아닌 거야, 날아가는 새도 떨어뜨리던 센 남자들 사이의 질투에는 살기가 보였어! 무섭더라고! 거슬릴 게 없잖아? 겁날 게 없는 사람들이잖아?」

「세상의 예쁜 여자들을 모두 다 자기 욕심대로 했던 사람들이었으니까……. 욕정 욕심으로 눈이 번쩍거렸지!」

「그러면서도 내 마음을 잡으려고 했어……. 내가 가지가지 최고급 보석이 아직도 얼마나 많은 줄 알아? 다 어떻게 어디서 생겼겠어?」

「예? 보석을요?」 유리가 물었다.

「그럼! 집안 밥쟁이 마누라한테는 부스러기도 잘 안 갖다주지만…… 외국 나갈 때 사 온 것, 누구한테서 뇌물 받은 거……. 그럴 때마다 서로가 얼마나 자꾸 갖다주던지, 참!」

「그때 최고 실력자분은 그 두 사람이 그러는 것을 몰랐던가요?」 유리가 물었다.

「내가 그거야 표시 안 나게 잘했으니까, 눈치 못 채게 잘한 거야! 그러니 나를 더 좋아한 거 아니겠어?」

유리는 놀라워 반신반의하고 있었지만 모두 여러 번 들어 알고 있고 인정한다는 듯이 고개를 끄덕이면서 그저 부러워만 하는 것이었다.

이렇게 친해진 홍마마 송윤희는 유리를 홍콩의 자기 식당으로 초청하기도 했는데, 그때마다 가라오케 술집에서 일하는 한국 아가씨들도 몇 명이 늘 나와 있었다. 그 아가씨들에 의하면 「홍마마라는 이름은 그녀의 말대로 1987년 한국이 IMF 위기로 향락유흥산업도 크게 위축되자 홍콩 마카오로 쏟아져 나온 아가씨들이 그녀에게 자문도 구하고 의지하면서 〈송 엄마〉라고 부르던 데서 시작된 것」이었다.

「홍콩 섬과 침사츄이에 한국 가라오케 술집만 해도 칠십 개나 있어 과잉 상태야! 홍콩에 있던 한국 기업 지사들, 크고 작은 업체들이 IMF로 다들 철수해서 삼분의 일도 안 남은 지경이야요. 쏟아져 나온 아가씨들이 너무도 어려운 사정인 거야!」이런 사정에서 송윤희는 자신의 과거를 숨기지 않고 자랑하듯 다 밝히면서 힘들어하는 아가씨들에게 위로와 도움이 돼 주고 있었다.

생활도 위축되고 기운도 없는 아가씨들을 홍마마는 자기 일식당에서 밥, 술도 공짜로 먹여 주고 가라오케에 데리고 가서 자신이 겪었던 옛날 인기 좋을 때의 화려했던 일, 억울했던 일, 배신당했던 일, 어려움을 헤쳐 나가던 일들을 털어놓고 얘기했고, 노래하며 기분을 풀게 해 주었다. 또 직업에는 귀천이 없다면서 그런 생활 속에서도 낳아 키웠던 아들이 유명한 미국 금융회사에서 아주 성공하여 효도하고 있다고 자랑도 했다.「향락유흥업을 보는 남들의 시선 따위는 개의치 말아라! 독하게 열심히 돈 모아서 성공해라!」라며 경력 선배로서 후배들에게 희망을 주려고 애쓰고 있었다.

14.
사스

2002년 11월 마카오 옆 광동 포산에서 시작된 사스(SARS)는 2003년 봄부터 점점 극성으로 치닫고 있었다. 베이징에서는 전체 학교들이 휴교에 들어갔고 슈퍼마켓마다 진열장은 식료품들이 동나서 텅 비어 있었다. 중국으로 드나드는 정기편 비행기는 단 한 명을 겨우 태우기도 했다. 이 사태로 홍콩에서만 삼백 명이나 사망했다. 마카오의 도박장들은 문을 닫았다. 타격이 워낙 컸고 여파는 유리의 점포에도 미쳤다. 한국에서 고정적으로 찾아오던 보석 밀수꾼, 시계 밀수꾼들은 물론, 홍콩과 대만과 중국 본토에서 찾아오던 도박꾼들도 완전히 끊어진 듯했다.

사스 상황 중에도 평양에서는 마카오로 메스암페타민과 위조지폐와 금괴를 여전히 밀반입하고 있었다. 유리가 김대중의 다엑심 사무실에서 나온 후로 밀수 가방을 들고 들어오는 기통수들을 볼 수 없게 되었지만, 2003년 12월 초순의 오후에는 북한 밀수품 판매책인 대외연락부 소속 태선일이 가방을 하나 들고 갑자기 유리의 점포로 들어왔고 맥상규가 중국인 남자 두 명과 금방 따라 들어왔다. 베이징에서 환승하여 마카오 공항에 도착한 기통수들을 조광무역의 운반책인 안전우가 토요타 밴에 태우고 시내로 들어와서 큰길 옆 리스보아호텔 유리의 점포에서 중국인 밀매조직과 접선하는 것이었다. 유리는 손님도 없고 할 일도 없이 앉아서 TV를 보다가 오랜만이라 놀라며 반겼다. 바깥에는 안전우가 밴을 세워 놓고 기통수들과 담배를 피우고 있었다. 네 남자는 아무 말도 없이 무작정 작은 내실로 들어가더니 가방의 물건을 꺼내 놓고 대화하는 것이었다.

「원가가 2천 달러가 들어간 것입니다.」

「이게 하나에 2천 달러라고요?」

「그렇습니다.」

「지난번에는 조그만 막대기 모양의 견본이었는데 이건 모양이 다르네요.」

「예, 두 가지입니다. 이건 분말 상태 견본이고요, 이건 주사약 견본입니다.」 맥상규가 가방 속을 뒤져 하나를 꺼내서 보여 주면서 말했다.

「물건들은 저 차 속에, 저 친구들이 가져온 큰 가방 속에 그대로 다 있습니다.」

「여기서 전체 물건을 직접 한번 보시겠습니까?」

「일없습니다. 북조선 제품에 대해서는 우리가 품질을 알고 있고 인정합니다.」

「저 물건들을 어떻게 드릴까요? 주하이로 가서 넘겨드릴까요, 아니면 여기 마카오에서?」

「잠깐 기다려 보세요. 주하이 조직의 아이들에게 좀 물어보겠습니다.」

중국인 남자는 자기 휴대폰을 놔두고서 유리네 점포의 전화기로 어딘가로 전화를 걸었다.

「여보세요? 나야, 루이야! 어떻게 해? 언제? 어디서 해?」

「……」

「단위가 이천이야!」

「……」

「그래! 지난번 거기서? 그 시간에 맞추자!」

「……」

그 남자는 이름이 루이였다. 그는 암호처럼 간략하고 급하게 몇 마디로 통화하더니 이십 초도 안 되었는데 이미 전화를 끊는 것이었다.

「지금 바로 주하이로 넘어갑시다!」

「그러면 저 큰 가방들을 따로 점검 안 하고……. 그대로 갖고 넘어가는 겁니까?」

「일없겠지요, 뭐 거기 아이들이 꼼꼼히 다 세어 보고 무게도 달아 보고 다 챙겨 볼 테니까!」

「판로는 지난번의 앙리네 조직에서도 물건을 원하고 있으니까 다 연결할 것입니다.」

「가격에 대해서는 뭐라고 합니까?」

「비싸다는 말은 없습니다. 구체적 토론은 거기 가서 하면, 별 차이 없이 잘될 것 같습니다.」

그들은 10분도 채 안 지났는데 서둘러 나갔다. 마카오~주하이 국경 하이콴을 통해서 중국으로 들어간다는 것이었다.

2004년으로 해가 바뀌자 사스 상황은 진정되어 가고 있었고 리스보아호텔 카지노에도 도박꾼들이 점점 많아지고 있었다. 그와 함께 도박꾼들이 저당 잡힌 보석과 시계들을 싸게 사겠다고 홍콩의 보석상들도 한국의 밀수업자들도 점점 더 찾아오기 시작했다.

예레나는 딸이 홍콩의 고등학교를 졸업하고 할아버지와 할머니가 있는 미국으로 가서 대학원까지 마치고 캘리포니아 산호세에 취업한 상태였다. 홍콩의 음악학교 피아노 선생인 예레나는 미드레벨 로빈슨 로드의 아파트에서 혼자 살며 주말마다 마카오로 건너오느라 페리를 타는 데 싫증이 났고, 작고 단순한 마카오에 흥미도 잃었다. 유리가 홍콩으로 다녀야 했다. 예레나는 홍콩은 아름다운 경치와 다양한 먹거리가 있고 화려하고 편리하지만 영화 촬영 세트장처럼 비좁고 답답하다며 부모님과 딸이 있는, 확 트이고 넓은 미국으로 가고 싶어 했다. 시원하게 확 트인 대륙적 스케일과 널따란 거리와 풍요한 도시 환경이 소련과 비교되면서 너무 좋다고 했다. 처음 몇 번은 학교 방학 기간에만 미국을 다녀오더니 2004년 겨울 방학에는 학교에 사표까지 내고, 집도 세를 주고는 미국으로 갔다. 건강이 나빠진 부모를 돌봐야 된다는 연락이 있었지만 그 후로는 소식조차도 없었다.

「사랑에는 콩깍지가 필요하다는 것을, 사랑은 서로 아쉬움이 아직 남아 있는 만큼만 현실이 될 수 있다는 것」을 유리는 깨우쳤다. 유리는 또 외로워졌다.

사스가 수그러지던 2004년 4월 초였다. 대외정보조사부 리근모와 신합흥무역 김국태 대표가 북한인 핵기술자 미사일 기술자 다섯 명과 이란 미사일 기술자 네 명을 데리고 유리의 점포에 들어왔다. 북한인들은 이란과 시리아를 방문하여 기술 지도를 해 주고 귀국하는 길이었고 이란 기술자 네 명은 북한으로 무기 기술을 배우러 가는 길이었다. 그들은 여러 해 전인 1998년 1월에도 다른 이란인 일곱 명과 함께 평양으로 가면서 유리의 점포에 들른 적이 있었다. 북한을 몇 번째 방문하며 매번 찾아오고 있어서 유리도 그들도 서로가 얼굴을 기억하고 있었다. 그 북한인들도 중동을 오가며 마카오에 들를 때 몇 번 찾아왔으므로 유리와 서로 기억하는 사이였다.

이들처럼 북한인 출장자들은 귀국할 때마다 「들어가서 간부들에게 드립니다.」, 「결혼할 딸의 혼인예물입니다.」라는 이유를 대며 싼 보석을 사 가고 있었다. 김국태와 리근모는 「보석을 가장 싸게 살 수 있는 곳이 유리 씨 점포야.」라면서 출장자들을 데려오고 있었다.

1998년 1월에 이란인 11명이 유리의 점포에 처음으로 왔을 때 「이분들은 미사일과 핵무기를 개발하는 이란 기술자 분들이야요.」라고 신합흥무역의 김국태 대표가 소개했던 것이다. 그래서 즉시 유리는 무선 암호통신기로 CIA 미국 본부에 긴급 보고를 했고, 그 몇 시간 후 본부로부터 「그들의 신원 사항과 움직임을 사소한 것까지도 파악, 보고할 것!」이라는 긴급 지시와 함께 「그들은 북한과 이란과 시리아를 교차 방문하면서 기술을 지도하고 성능을 개선하는 미사일 및 핵무기 개발기술자들임. 이란이 로동 미사일을 수입해서 제작하는 샤하브 미사일에 대해 부품의 지원과 제조, 조립기술과 자체 생산을 지도하고 미사일 시스템의 운영을 도와주는 군사기술 군사고문단임. 미사일 사거리 연장 엔진개발 기술자도 있고 핵탄두 개발 및 장착을 공동 연구하는 기술자도 있음.」이라는 부연 설명도 하달되었던 것이다.

그러므로 유리는 그들에게 공짜라고 할 수 있을 만큼 파격적인 가격으로 보석들을 제공했다. 그들은 어떻게 할지를 몰라 하며 너무 고마워했다. 그리고 유리는 마카오 세관에 제출할 매출 신고 서류와 출국할 때 마카오 공항에서 신고할 면세서류를 만든다며 그들의 항공권과 여권을 모두 받아 서류 양식을 채워 작성하고 복사했다. 이렇게 그들의 얼굴 사진, 영문 이름, 여권 번호, 생년월일 등 신원 자료를 확보하고 CIA 본부에 보고했던 것이다.

그때부터 평양과 중동 및 서남아시아 국가를 오가는 인적 교류가 늘어나고 있었다. 북한으로 들어가는 파키스탄, 이란, 시리아 사람들도 해마다 있었고 그때마다 찾아왔다. 또 그 나라들로 나가는 북한인들도 그랬다. 모두가 미사일 및 핵무기를 개발하는 기술자들, 무기들을 밀수출하는 요원들이었다. 그들이 마카오에 들러 쉬고 갈 때는 늘 상대 국가의 카운트파트들과 동행하고 있었다.

또 북한의 지도자 김정일의 비서실인 중앙당서기실의 간부들과 김정일의 비자금을 관리하는 39호실장과 당 간부들도 찾아왔고 기통수들 외화벌이 일꾼들도 찾아왔다. 마카오의 북한 요원들은 그들을 항상 유리의 점포로 데려왔고, 유리는 아주 싼값으로 보석을 팔며 그들의 여권과 항공권을 복사해서 사진과 여권 번호와 생년월일 정보를 다 입수했다. 유리가 이런 방법으로 신원 정보를 입수한 북한 및 중동 국가 요원들은 우라늄 농축 기술자들과 플루토늄 농축 기술자들, 무기 기술을 연수받고 미사일과 핵폭발 등 무기 실험도 참관하러 북한에 들어가는 기술자들과 군사대표단들이었다.

북한 대외정보조사부 및 사회문화부 요원들 중에 위조 여권으로 마카오에서 타이베이로 가서 비행기를 갈아타고 일본으로 가는 사람들도 있었다. 북한 여권으로는 일본에 못 가므로 필리핀이나 중남미 국가의 위조 여권을 사용하는 것이었다. 대만의 삼합회나 일본 야쿠자의 현지 마약밀수밀매 조직 두목들을 직접 만나 협상도 하고, 미사일 개발에 사용할 이중 용도의 최신 부품 정보와 구매 방법을 파악하고 있었다.

북한의 무기 기술자들이나 고위층이 마카오에서 머물 때는 안전우가 운전하는 토요타 밴으로 신합흥무역 김국태 대표와 대외정보조사부 리근모와 보위부 안전 대표 김대중이 북한 명예영사인 황성화를 동반해 대접하기도 했다. 왕대장도 마카오에 있을 때는 당 서기실의 고위 인물이나 미사일 기술자나 핵무기 기술자들이 오면 직접 식사를 대접해 주며 격려해 주기도 했다. 그만큼 북한에서 미사일과 핵기술자들은 대접을 잘 받는 중요한 사람들이었다.

북한 및 중동의 미사일 기술자들 핵무기 기술자들 여러 명의 신원 정보와 상호방문 동향을 계속 입수하며 보고하자 CIA 본부는 「홍콩의 이스라엘 모사드 요원과 접선하며 정보를 교류할 것!」, 「홍콩의 모사드 요원 야니와 주말 등산객 차림으로 랑타우섬 피크 트레일에서 우연히 만난 것처럼 함께 걸으며 대화하라!」라는 지시를 재차 하달해 왔다.

이스라엘은 이란이나 시리아 등 인접 국가들이 고성능의 장거리 미사일이나 핵무기로 무장하는 것을 절대로 용납할 수 없었다. 「이스라엘의 국가와 민족의 생존 자체에 대한 극한 위협」으로 받아들이고 있었다. 「이란과 시리아가 핵과 첨단미사일로 무장하는 것은 이스라엘에게는 절체절명의 위기 상황이다. 모든 희생과 무리수를 감수하면서 전쟁을 통해서라도 사전에 좌절시키겠다!」라는 것이 이스라엘의 불가피한 결사적 선택이라는 것이었다.

15.
붕괴

　북한은 붕괴돼 가고 있었다. 수백만 명의 주민이 굶어 죽고 탈북하고 있었다. 체제 위기 속에서 1996년에는 모스크바에 쫓겨나 있는 김정일의 전처 성혜림의 언니 성혜랑의 가족이 탈북했다. 1997년에는 황장엽이 김덕홍과 함께 탈북했다. 1998년에는 김정일의 애첩 고영희의 동생인 고영숙이 가족과 함께 미국으로 망명했다. 고영숙은 김정일을 계승하여 독재자가 될 김정은의 이모였다. 이런 상황에서 김정일은 체제를 연명하기 위해 긴급 수혈을 받기로 했다. 기만술로 평화노선을 내세워 남한과 국제사회의 지원을 받는 것이었다. 김대중 정권과 노무현 정권은 김정일의 의도에 따라 부역하듯 지원했다. 결과는 대성공이었다. 김정일은 체제를 유지하고 핵폭탄과 미사일까지 성공적으로 개발했다.

　1998년 2월에 취임한 김대중 대통령은 「북한은 핵무기를 만들 의사도 능력도 없다. 만들면 내가 책임지겠다.」라고 공언했고, 2000년 6월에는 4억 5천만 달러를 바치고 평양을 방문했다. 그리고는 「내가 한반도에 평화를 정착시켰다.」라고 선전하여 노벨 평화상을 받았다.

2003년 2월 취임한 노무현 대통령은 「북한의 핵무기는 자위용이다.」라고 했다. 북한의 주장을 그대로 대한민국 국민들과 우방국들에게 대한민국 대통령이 직접 나서서 적극 선전해 준 것이었다.

김정일은 2005년 2월 10일 자기 생일 광명성절 닷새 전날 핵무기를 완성했다고 선언했다. 한국의 보수 세력과 서방국들이 김대중 노무현 정권의 10년간 북한 퍼 주기 정책을 심각하게 비판하며 지적했던 문제가 현실 상황이 된 것이었다.

이것은 한국과 미군에게는 물론 이스라엘에게도 심각한 위협이었다. 북한이 이란, 시리아로 미사일과 핵무기 기술을 수출하고 있었던 것이다. 북한에 대한 특단의 조치가 필요했다. 김정일의 체제 유지 및 무기 개발의 자금줄인 국제 범죄 활동을 규제하고 비자금 계좌를 동결하고 북한 상사들의 해외 이체를 차단하여 자금의 숨통을 조이는 것이었다. 그러기 위해 미국은 2005년 9월 15일 마카오 방코델타아시아은행의 김정일 비자금 구좌 15개의 2,500만 불을 동결했다. 그러나 중국의 반대 때문에 중국은행의 김정일 비자금은 동결하지 못했다. 그런데도 김정일은 쩔쩔맸다.

이 돈은 북한에서 만든 위조지폐를 유통 세탁하여 예치한 자금, 중국 타이완 동남아 일본을 연결하며 마약 금괴를 밀수출 밀매한 자금들이었다. 마카오은행의 북한 자금을 제재하자 북한 상사들의 활동이 중지되었다.

북한은 새 루트를 급히 찾아야 했다. 조광무역공사와 마카오의 북한 상사들은 모두 바로 옆의 주하이로 서둘러 옮겼다. 그간 유리가 공들여 밀접한 관계를 만들고 정보 수집 공작에 이용해 오던 북한 요원들은

2005년 가을 그렇게 허둥지둥 마카오를 떠났다. 마카오 공민증과 외교관 여권을 가지고 있어서 필요할 때는 마카오에 들어올 수 있는 그들이지만 그것도 거기서는 특별 허가를 받아야만 되는 일임을 유리는 잘 아는 것이다. 떠나고 나니 멀어졌다. 북한 사람들 중에서 마카오 시민권과 중국 여권, 포르투갈 여권, 중남미 여권을 가진 요원들과 그들의 몇 회사와 왕대장만 남았다.

「마카오 방코델타아시아은행의 우리 북조선 계좌는 모두 동결되었음. 마카오 공민증, 포르투갈 국적, 중남미 국적인 요원들 이름으로 된 실명 계좌와 주하이 소재 은행에 개설된 계좌로 바꿔 사용할 것!」이라는 평양의 긴급 지시도 하달되었다. 이제 유리가 만날 수 있는 북한 요원은 왕대장 말고는 없었다.

「새로운 공작 여건을 개척해 보라! 모사드 본부와 적극 협력하는 방안도 검토할 것.」 그때 CIA 본부가 유리에게 또 보내온 지시 전문이었다. 이번에는 「모사드 측이 우리 CIA로 공식 제기해 온 협력 요청임.」이라는 부언도 있었다. 지난번의 지시에 따라 유리는 이미 불규칙하게 홍콩으로 다니면서 페리, 빅토리아 피크, 라마섬에서 야니와 우연히 조우하는 것처럼 만나고 있었다.

「유리 씨가 공작 활동을 중동 지역으로 확대해서, 중동 국가들과 북한의 핵 및 미사일 공동개발 동향을 모사드와 합동으로 추적해 보는 것이 좋겠음!」이라는 지시가 다음 날 추가로 왔다. 또 재촉하는 것이었다. 유리에게는 모든 상황이 급변하고 있었다. 중동으로 옮겨서 활동하라고 다그치는 것이었다. 유리로서는 이미 마카오에서 10년째였고 공작이 한계에 처한 터라 한편 반가운 지시이기도 했다.

유리는 리스보아의 보석상을 서둘러 정리했다. 동업자 라고스 씨는 1999년 12월 마카오의 중국 반환 직전 서둘러서 고향인 포르투갈 파티마로 돌아가 버렸고 유리 혼자서 경영해 오던 보석상이었다. 가온 아파트 임대도 종료했다. 예레나가 두고 간 채로 덩그렇게 남아 있는 피아노도 처분했다.

홍콩 란타우섬 피크의 등산로에서 유리는 모사드의 야니를 재차 만나 심층 대화했다. 유리가 그간 여권을 복사해서 CIA 본부로 보고했던 북한의 핵무기 기술자들 미사일 기술자들과 북한에 드나들었던 이란, 이라크, 시리아, 파키스탄의 무기 기술자들 신원 정보를 CIA 본부가 이스라엘과 정보 협력으로 공유하였음을 알았다. 모사드는 이 무기 기술자들이 중동 국가의 어느 장소 어떤 시설에서 무슨 활동을 하고 있는지를 시급하게 알아내고 싶어 하고 있었다.

2005년 12월 하순, 유리는 또다시 전번처럼 간편한 복장으로 대형 하드케이스 가방 두 개를 가지고 홍콩의 첵랍콕 국제공항에서 스위스 제네바행 비행기를 탔다. 유리는 그 옛날 서혜령이 하이힐 굽으로 자기 발등을 찍었던 제네바 국제공항 입국장 로비의 그 자리에 서서 짧은 인생과 삶의 허무를 실감하며 고인의 명복을 빌기도 했다.

제네바에서 스위스 여권 갱신도 했다. 옛날 로라와 드라이브하며 사랑을 나누던 추억을 회상하며 레만호 호반길로 몽트뢰의 호텔로 가서 며칠 쉬었다. 그리고 월요일에는 제네바 공항에서 이스라엘 텔아비브의 벤구리온 공항으로 가는 비행기를 탈 예정이다.